漫长的中场休息

[美]本·方登 著 张晓意 译

Ben Fountain
Billy Lynn's
Long Halftime
Walk

南海出版公司

新经典文化股份有限公司
www.readinglife.com
出 品

目录

序幕 1

步兵团的二等兵 13

主要是你的脑子有问题,不过我们治得好 21

人性反应 33

如何化零为整 51

虐心 75

这儿都是美国人 109

为了上帝隔着衣服操 141

杰米·李·柯蒂斯拍了一部烂电影 159

特大号 175

这就是事情的全部 191

比利和曼戈去散步 221

被天使强暴 231

如果将来你跟我说这就是爱,我不会让你失望 247

暂时清醒 257

猎杀吸血鬼换吃的 265

钱让我们真实 273

骄傲的道别 295

序　幕

B 班的小伙子们并不觉得冷。今年的感恩节天寒地冻、冷风刺骨，天气预报说下午晚些时候会有雨夹雪和冻雨，但仰仗加长豪华轿车里的迷你酒吧，威士忌可乐叫 B 班人浑身暖洋洋的。轿车在球赛日的车流中龟速前进。四十分钟喝了五杯也许多了点，可是比利确实需要一点提神的东西。

刚才在酒店大堂里，一群万分激动的市民在他宿醉未醒的时候轮流上前表示感激，叽叽歪歪个不停，让他头疼得更厉害了。其中一个男的，黏着比利不放。男人看上去像一块松软发白的奶油夹心蛋糕被塞进浆洗过的蓝色牛仔裤和花里胡哨的牛仔靴里。

"我自己没当过兵，"男人拿着超大杯的星巴克咖啡手舞足蹈，坦率地告诉比利，"可是我爷爷参加过珍珠港战役，把所有的事都告诉了我。"

接着，他便开始滔滔不绝地讲述战争、上帝和国家。比利放空自己，任凭那人的话在脑袋周围盘旋、翻滚——

　　　　　　　恐怖分子

　　　　邪恶　　　　　　　　　　自由
　　　　　　　　　　九一一
　　　　　　　　九一一
　　　　　　　　　　　　　　　九一一
　　　　　　军队
　　　　　　　　　　　勇气
　　　　　　　　　　支持
　　　　　　　　　　　　　　牺牲
　　　　　　　　　　布什
　　　　　　　　价值观
　　　　　　上帝

　　比利运气不错，拿到了得克萨斯体育场靠近过道的座位，这意味着整个下午他都将第一个面对这些烦人的事。他脖子疼，昨天晚上没睡好。五杯威士忌可乐，每喝一杯都叫他更难受，可是当看到这辆加长豪华轿车——雪白的悍马，两侧分别有六个车门，黑色的车窗能最大限度地保护隐私——驶入酒店的时候，他的心里还是涌起振作起来的渴望。"真不赖！"戴姆中士一拳砸在吧台上，大家为如此高规格的待遇欢呼雀跃。看来想快速恢复精神是不可能了，比利索性放弃，暗自陷入沮丧和焦虑。

　　"比利，"戴姆说，"不要发呆。"

　　"没有，中士，"比利立马回答，"我只是在想达拉斯牛仔队的啦啦队。"

"好你个家伙。"戴姆举起酒杯,然后毫无针对性地说了一句,"麦克少校是个同性恋。"

霍利迪惊呼道:"该死,戴姆,那人就坐在那儿呢!"

没错,麦克劳林少校此刻就坐在后座上,像冰块上的比目鱼一样面无表情地看着戴姆。

"我说什么,他都听不见。"戴姆笑着说。他转向麦克少校,故意放慢语速,一字一顿地说:"麦、克、劳、林、少、校,长官!霍、利、迪、中、士、说、你、是、同、性、恋。"

"去你妈的。"霍利迪叫道,但少校只是瞪了他一眼,然后伸出拳头,晃了晃手上的结婚戒指。大伙儿哄然大笑。

加长豪华轿车的轿厢内一共坐了十个人,八名 B 班的幸存队员,加上他们的公共事务陪同麦克少校和正拿着黑莓手机打电话的电影制作人艾伯特·拉特纳。算上牺牲了的可怜的施鲁姆和身负重伤的莱克,全队总共得到了两枚银星勋章和八枚铜星勋章,不过对这十枚勋章还没有明确的解释。"战斗的时候你在想什么?"塔尔萨电视台漂亮的女记者问。比利想啊想,上帝知道他真的在认真思考,他从未停止过思考,然而思绪却总是溜走,飘来飘去,似有若无,难以名状。

"我不知道,"比利回答,"感觉有点像路怒症。到处都在交火,他们朝我们开枪,我就回击,我真的什么都没想。"

比利最害怕的是把开枪这事搞砸了。当兵就是这么悲惨。你搞砸了一件事,他们吼你,你搞砸了更多的事,他们继续吼你,然而在这些琐碎、愚蠢、大抵可以预见的破事背后潜藏着一件更混蛋的挥之不去的破事。这些破事压得人喘不过气,整天提心吊胆,根本看不到救赎的希望。运河战役后的两三天,比利走在砾石路上准备去吃饭的时候,突然感到如释重负,暂时得到了解放,而他付出的气力不过是一次正常的呼吸。这种"啊——"地长舒一口气的感觉,让他觉得自己好像还有希望,好像并非只是一个消耗品。当时福克斯新闻的录像孕育的病毒已经开始蔓延,有传言说 B 班要回国了。这种不切实际、异想天开的流言,哪个头脑正常的士兵都不会相信。结果,突然有一天,瞧,他们在接到通知的两个小时后悄悄抵达巴格达,越过大西洋,开始了"凯旋之旅"。

一个国家,两个星期,八位美国英雄。严格说来 B 班并不存在。他们是 B 连二排一班,这个班有两个小分队:A 分队和 B 分队。福克斯的随军记者管他们叫 B 班,于是他们就以这个名字在世人面前亮相。如今旅程即将结束,比利觉得浑身软绵绵的。他吃得太多,又休息不足。睡眼惺忪、体力透支的比利回想起旅程刚开始的时候,不禁感到伤心和怀念。他们半夜三更被推上 C-130 运输机。飞机盘旋升空,离开了巴格达。施鲁姆也躺在机尾覆盖着国旗的棺材里,跟他们一起回来。飞往拉姆施泰因空军基地的途中,一直有几个 B 班的兄弟陪着他。不过这会儿比利想到的是另一些人,跟他们同乘一架飞机的二十几个不同肤色和口音的平民。不是间谍,他们太胖了,做不了间谍,脸上也摆着不关心世界疾苦的笑容。飞机一升空,这些人就尽情狂欢起来。上好的威士忌、十几台手提音响中炸响的音乐、数不尽的古巴雪茄——机舱里立刻烟雾缭绕。比利得知这些人都是大厨。为谁工作?他们只是笑笑,说:"盟军。"他们当中有法国人、罗马尼亚人、瑞典人、德国人、伊朗人、希腊人、西班牙人,比利看不出明显的国别特征,不过他们很友好,而且十分慷慨,迫不及待地跟大兵分享烟和酒。这些人显然在伊拉克发了大财。一个瑞典人打开小牛皮公文包,给比利看从巴格达弄到的黄金制品、金项链、金链子、金币什么的,足有好几磅,而且颜色偏橙黄,说明纯度很高。在大家吞云吐雾、有说有笑的时候,比利拿起一条金项链掂了掂。他才十九岁,浑然不知这场战争还涉及这些东西。对他和 B 班的兄弟来说,没能两个星期之内打赢这场战争简直是奇耻大辱。

"对。"艾伯特正在打电话。那手机是专门从日本买的,比其他攀比手机的人早了两年。"告诉她,告诉她这部电影会引起巨大的争议,可同样也会获得回报。"他停了停,"卡尔,我能说什么?这是部战争片——不是每个人都能活到最后。"与此同时,克拉克正在大声朗读《达拉斯晨报》体育版上美洲公司的赔率,好让霍利迪和阿伯特下注。可以拿来打赌的事情有两百多种,比如开球时抛的硬币是正面还是反面、在中场表演时天命真女组合的第一首歌是什么、电视台会在比赛的哪一节首次提到布什总统。

克拉克像念菜谱似的念了起来:"德鲁·亨森本场比赛的第一记传球会:成功,减二百;失败,加一百五;抄截,加一千。"

"失败。"霍利迪说,记在自己的本子上。

"失败。"阿伯特表示同意,也在自己的本子上写了下来。

"干吗不猜猜碧昂斯会在哪一节坐在我的脸上。"塞克斯说。

"永远他妈的不可能。"霍利迪不假思索地说。

"一百万年以后吧。"阿伯特一本正经地帮腔。塞克斯说去他妈的他就要赌这个,这时艾伯特啪地合上了电话。

"好了,伙计们,看来希拉里·斯万克正式表态了,她对这部电影有兴趣。"

什么,哇,谁?"希拉里·斯万克,那个婊子。"洛迪斯语无伦次,"她居然会跟我们谈?"

"因——为,"艾伯特故意拉长声调,深知 B 班听到他的话会有什么反应,"她想演他。"他说着指向了比利。B 班顿时又是大笑又是欢呼。

"等等。等一下。"比利跟大家一起大笑,但也感到不安。他意识到艾伯特是在拿他开国际玩笑。"她不是个女的吗?怎么会——"

"事实上,"艾伯特接着说,"她说她想演比利和戴姆。把你们俩合并成一个角色,她来演主角。"

大家又是一阵哄笑,这回笑的是戴姆。而戴姆只是心满意足地点点头。"我还是不明白……"比利喃喃地说。

"她是女的并不代表她不能这么演。"艾伯特说,"梅格·瑞恩在那部直升机的片子①里就是主角,就是几年前跟丹泽尔一起演的那部。或者她可以直接演个男的,哈,希拉里不是因为演男的得了他妈的奥斯卡嘛。②好吧,是演一个女扮男装的女的。但是管他呢。重点是她不仅仅是个花瓶。"

艾伯特又给很多人打电话:奥利弗·斯通、布莱恩·格雷泽、马克·沃尔伯格、乔治·克鲁尼。这是一个带有悲剧色彩的英雄故事。一个因悲剧而更伟大的英雄故事。在艾伯特看来,有关伊拉克的电影的票房一直不尽如人意。这是个问题,不过 B 班的故事不会有这个问题。这场战争本身的道德界线的确十分模糊,但 B 班的故事不存在这个问题。B 班的故事是关于拯救的,有拯救情节特有的巨大感染力。人们总是会被这类故事触动,艾伯特如是说。每个人都有忧虑,每个人多少都会觉得自己完蛋了,即使是最有钱、最成功、最安逸的人也会有快过不下去了的焦虑感。绝望是人之常情,所以无论救星以什么形式出现,是穿着闪亮铠甲登场的骑士,还是俯冲向被烈焰包围的魔多末日火山的雄鹰,抑或是突破重围突然出现的美国装甲部队,都能极大地震撼人心。认同、救赎、死里逃生,都是让人振奋的东西。震撼人心。"你

---

① 1996 年的电影《生死豪情》,第一部以海湾战争为题材的影片。
② 1999 年的电影《男孩别哭》,希拉里·斯万克凭此片获 2000 年奥斯卡最佳女主角奖。

们所做的事情,"艾伯特曾信誓旦旦地对他们说,"是最皆大欢喜的结局。这给了大家希望,人生总该有些希望。地球上没有人不想花钱来看这么一部电影。"

艾伯特年近六十,身材高大壮实,一头蓬乱花白的头发,鬓角不长不短,硬而浓密。他戴着一副黑色圆框眼镜,嚼着口香糖,宽大的手关节突出,耳朵里长着深色的杂毛。他今天穿着敞着领口的白色礼服衬衫,带耀眼的猩红衬里的深蓝色外套,黑色的羊绒大衣和羊绒围巾,油亮的平底便鞋,看上去像是用柔软的巧克力做的。这种不修边幅与温文尔雅的混搭叫比利着迷,也让他从中感到一股足以把 B 班当早餐吃了还不吐骨头的老练世故。此人可以直接拨通诸如阿尔·戈尔、汤米·李·琼斯的电话,能请到本·阿弗莱克、卡梅隆·迪亚兹、比尔·莫瑞、欧文·威尔逊、鲍德温四兄弟中的两个这类大腕拍电影,可惜这些人要么已经有了片约,要么对这种群像电影不感兴趣。

"我们要拍成《野战排》那样。"下一通电话里,艾伯特这样说道,"群像加上明星,妈的,能行。希拉里很有兴趣。"

B 班听了一会儿。那种好莱坞式的对话,充斥着圈内行话和各种不三不四没正经的损人话。

"没门儿。我宁愿跟特蕾莎修女上床,也不跟那家伙拍电影。"

B 班在一旁幸灾乐祸地笑了。

"哦,当然。就好像在你的屁股里插上导管,然后灌灌肠剂。"

B 班一个个瞪大了眼睛,笑得鼻涕都喷了出来。

"只是一场战斗?拉里,得了,《黑鹰坠落》才只是一场战斗。听着,我知道这是一部战争片,可我需要一个导演为故事增添一些人性关怀。"

停顿。

"灌肠剂我可以接受,我受不了的是导管。"

又是一阵哄笑。要不是系着安全带,洛迪斯早就从椅子上摔下去了。

"听着,拉里,只有两天。我的小伙子们两天后就要离开了,到时候再联系他们就很困难了。除非你的律师想空降到战区里。"

"好——了,"克拉克抖抖报纸,接着念道,"德鲁·亨森会不会被抄截:会,减一百二;不会,加一百零五。"

"会。"霍利迪说。

"不会。"阿伯特说。

"碧昂斯坐在我脸上时会不会给我看她的胸,"塞克斯说道。接着他又用黑人女孩的假音尖声唱了起来:"我需要一个士兵,士兵,需要一个士兵男孩……"

"安静,艾伯特在打电话。"戴姆吼道。B班的其他人也跟着冲塞克斯嚷嚷。闭嘴,白痴,艾伯特在打电话!安静,笨蛋,艾伯特要讲话!这时,一辆SUV开到旁边和他们齐头并进,一群女人,货真价实的女人探出车窗,冲着他们的悍马大声喊叫。她们看上去像是女大学生,或者再大上几岁,是一群身材标致的美国甜心,每晚在真人秀里横冲直撞的完美范本。

车子缓慢地往前挪,她们喊道:"嘿,把窗户摇下来!嘿你,那谁,有没有波庞芥末?哟——呼——牛仔队加油!把窗户摇下来!"

天啊,她们那么漂亮,那么丰满,一边朝他们吼叫,一边疯狂地甩着头发,犹如自豪地挥舞战斗旗帜。这样的姑娘可是B班做梦都不敢想的。塞克斯和阿伯特急忙去开那侧的窗户,一边大声咒骂窗户太难开。意识到这该死的窗户上了儿童安全锁,大家齐声朝前面喊,司机终于按了一下按钮,窗户打开了。女孩们一下子泄气了,哦,是当兵的啊。海军陆战队的吧,她们大概这么想,因为在她们看来都一样。不是摇滚明星,不是高薪的职业运动员,不是电影界或者八卦界的名人，只是几个坐在加长豪华车里的士兵。大概是某个支持军队的无聊的慈善活动吧。B班努力吸引对方的注意，但姑娘们变得客客气气的。我们是名人！阿伯特喊道。他们要拍关于我们的电影！姑娘们笑了笑，点点头，不住地张望着前后的高速公路，像是在物色更好的目标。塞克斯索性把整个身子探出窗外，喊道："该死，我是喝醉了，宝贝，而且我也已经结婚了！不过我还是爱早上丑八怪的你！"姑娘们笑了，一时间他们好像又有了希望。不过比利看得出，她们眼睛里的光彩已经消失了。

比利坐回位子上，掏出手机；反正那些女孩也不是认真的。立正！他看着二姐凯瑟琳的短信。

把枪放在皮套里小子

然后是大姐脾气暴躁的丈夫皮特。

搞个啦啦队员

然后是不肯放过他的里克牧师。

尊重我的，我必重看他

就这样，没有其他短信，没有电话，什么都没有。妈的，他就没有其他熟人了吗？他现在好歹是个名人，至少大家都这么跟他说，他自然就这么觉得了。车子继续前进，把那群疯狂的女孩甩在后面。体育场进入了他们的视野，像四分之三个硕大无比、长满疙瘩的月亮从广袤的市郊大草原上冉冉升起。今天他们要在全美电视台上亮相,细节未定,没人知道到时候要他们做什么。可能要讲几句话。可能要接受采访。据说他们要参加中场秀,这意味着他们有可能亲眼见到天命真女组合,但也意味着他们更有可能被威逼、利诱或是哄骗着做一些极其丢脸和愚蠢的事。地方电视台已经够糟了——在奥马哈,他们拍摄了一段 B 班在动物园新建的栖息地里与猴子僵硬地"互动"的镜头;在菲尼克斯,他们被带到一个滑板公园,曼戈在晚间新闻中摔了个屁股开花。普通人上电视总是出尽洋相,比利下定决心不让这种事发生在自己身上,不能是今天,不能在全国电视台上,不,长官,谢谢,长官,我郑重拒绝当傻瓜,长官!

  以上种种可能让比利的胃开始闹情绪,好像胃上有个针孔大小的伤口,空气正通过伤口往外跑。他想上电视,又不想上电视。他想上,因为只要不出丑,他说不定能泡到妞;但看着车窗外越来越大好像死星[①]一样的体育场,他又怀疑自己是否真的准备好了。过去两个星期,他的自信心备受煎熬,感觉像蹚过一条淹过头顶的河。他还太年轻,没见过什么世面。不算父亲以前主持的一些小规模短程车赛,他从未参加过任何职业体育比赛。尽管就住在从这里往西八英里之外的斯托瓦尔,可除了在经过美化的电视镜头里,他还从未亲眼见过传说中的得克萨斯体育场。这第一眼意义重大,或者说他至少努力让自己觉得意义重大。比利久久地端详体育场,仔细观察它的大小、它的呆板、荒凉和无可救药的丑陋。多年来,在精心拍摄的电视镜头里,这座球场充满了神秘和浪漫的色彩,是得州和美国的骄傲,如法老般永垂不朽。似乎大型公共建筑都自带这种光环。比利把体育场想象成了可以一步

[①]《星球大战》中帝国建造的超级武器。

登天的通道或入口。然而现实却如此寒碜，令人大失所望。当然，球场确实很大，但这个庞然大物看上去像个马马虎虎的后院工程。体育场的顶棚是用五花八门的瓷片随意拼凑起来的。整栋建筑透着一股萧条，一股人到中年、大腹便便、行动迟缓、前列腺肿大的衰败感，犹如一头搁浅的巨鲸。比利试着想象体育场刚建成的时候。时光倒回到三十年还是四十年前？体育场依旧光彩照人、熠熠生辉时的样子。过去对于比利来说总是不可靠的，但他此刻看着球场的心情，竟跟想起家人时的心情暗暗相通。同样沉重，同样了无生趣、忧愁苦闷，宛如甜得发腻的放克音乐，仿佛暗示着某些真实的东西。也许悲伤才是真正的现实？比利没有认真想过，但他相信衰亡是事物发展的标准轨迹。当某样新事物出现在世界上——比如说一个新生儿、一辆汽车、一栋房子，或是一个有特殊才华的人——凭借运气，又费尽力气和心思维持了一段时间的好光景，但是最后，最终，还是会渐渐衰落。比利不明白，如此浅显又不证自明的道理，为什么很少有人理解。他看不起大众遇到点事就震惊和愤怒。战事不顺？啊，啧。九一一事件？末日迟早会来。他们痛恨我们的自由？不，他们恨的是我们每一个人！比利怀疑他的美国同胞其实心知肚明，只是这片土地上总有什么令他们沉溺于青春偶像剧，沉溺于夸张地扮演无辜的受害者，一味地顾影自怜。

"该死的。"不知谁咕哝了一声，大家集体陷入沉默，从最初见到体育场的激动兴奋变成默不作声。也许是初冬阴霾的天气叫他们扫兴，也许是演出前的焦虑，又或者只是想到他们今天将要面对的事情。不过B班不擅长安静，胡说八道才是他们的风格，想心事带来的沉默很快就过去了。他们看到路边电线杆上挂着一块精心粉刷过的自制牌子，上面写着：停止在伊拉克的强奸！下面不知是谁的涂鸦：我的妈啊。B班爆发出一阵咆哮。

步兵团的二等兵

B班到达球场时，离比赛开始还有两个小时，似乎没人知道该拿他们怎么办，于是他们就在座位上等着。座位在四十码线的位置，主队半场，第七排。塞克斯和洛迪斯一坐下就开始争论这些破位子他妈的值多少钱，在易趣上能卖多高的价，四百美元，六百美元，一路上涨。他们的分析基于空气和异想天开，没有任何真凭实据。比利没有理会他们的胡说八道。他坐在靠过道的位子上，和左边的曼戈闲聊起昨晚的事，说坐在这儿比在蜂蛇基地掏耳朵里的沙子强多了。坐在曼戈左边的是赫伯特，外号阿伯特；接着是霍利迪，人称阿迪；再过去是洛迪斯，也叫洛德精、洛德裤，或者就叫洛德；下一个是塞克斯，但大伙儿总喜欢叫他萨克斯；再下一个是科克，听着像可卡因，外号克拉克或露股沟，特别是当他蹲下来露出一截屁股的时候；接下来是戴姆中士和艾伯特的空座位，最后是永远谜一样的麦克少校。大伙儿都说冷，可比利不觉得。天气预报说下午晚些时候会有雨夹雪和冻雨。透过体育场敞开的穹顶，他们看到天色越来越差，乌云密布，宛若一团巨大的刷锅用的钢丝球。空了一半的看台——时间尚早——发出如同地板抛光机或电扇震动的低沉的嗡嗡声。

"洛德!"戴姆中士吼道,"橄榄球场多长?"

洛迪斯哼了一声,太简单了。每天他至少要证明十次自大是真正愚蠢的标志。

"一百码,中士。"

"错了,白痴。比利,橄榄球场多长?"

"一百二十码。"比利努力表现得低调,可戴姆还是领着全班兄弟拍手叫好。

哇哈,比利,有两下子。对于戴姆这种点名让他出来接受优待和表扬的行为,比利总是充满猜疑。他总是这么直接,好像在考验其他人敢不敢挑战他。戴姆似乎打算惩罚某些人,可他要惩罚谁,比利不知道。不过教导式的惩罚是戴姆的专长。不行,此刻他正冲塞克斯大吼。塞克斯求他让自己小赌几把。自从塞克斯买黄片刷爆信用卡以后,戴姆就严格限制他的预算。

"班长,就赌五十块钱。"

"不行。"

"我一直在存钱——"

"不行。"

"我会把赢的每一分钱都给我老婆——"

"你他妈的当然得给她,但是不能赌钱。"

"求你了,班长——"

"萨克斯,你早上忘喝闭嘴的药了?"

戴姆一边说一边跨过面前的座位,走到他们前面那排空座位的尽头,大喊:"先生们,怎么样?"

"只是有点冷。"曼戈说。

"你再冷一点儿我们就可以把你插在棍子上,卖芒果棒棒糖了[①]。洛迪斯还觉得橄榄球场长一百码。"

"本来就是!"洛迪斯在座位那头喊道,"什么时候开始把球门区也算在里面了,哎。"

"求你了,班长,"塞克斯哀求道,"就这一回……"

"闭嘴!"戴姆扭头咆哮道,他用力地转了转脖子,好像想靠自己的力气把脑袋拧下来似的。他的目光又落回了比利身上。又来了,这种眼神,戴姆的目光里像是有一团熊熊火焰,逼视着谦卑的比利。最近戴姆经常这么看他,叫他心里发毛。戴姆灰色的眼睛中心风平浪静,边缘却涌动着疯狂,比利觉得自己仿佛置身龙卷风的中心。

"比利。"

"中士。"

"希拉里·斯万克这件事你怎么看?"

"我不知道,中士。叫一个姑娘演一个男的感觉有点奇怪。"

"比利,难道你没听说过,时下奇怪就是新的常态。"比赛日的气氛感染了戴姆,他伸手提臀侧身,做了个传球的假动作。"说不定她是要演一个女的,你听到艾伯特的话了。他们要把你改编成一个小妞儿。怎么样?后半辈子人们见到你就会说:'瞧,那个就是比利·林恩。在那部电影里,他被改编成了一个女的。'"

"她也想演你,中士。你干吗?"

戴姆皮笑肉不笑地说:"我跟你说,有可能。只要她让我做几个星期的男朋友,我说不定会答应。"

这回戴姆真的笑了,咯咯地笑,露出聪明人调皮的天真和容易厌

[①]曼戈(mango)的名字也指芒果。

烦的神态。大卫·戴姆，陆军中士，二十四岁，北卡罗来纳大学的辍学生。他订阅《华尔街日报》《纽约时报》《风度》《连线》《哈珀斯》《财富》和《骰子杂志》，每本都看。此外，他每星期还要读三四本书，大多是他性感得不得了的姐姐从教堂山寄来的二手历史和政治课本。有传言说他凭借高尔夫奖学金入学，他矢口否认。有传言说他高中时是个有名的四分卫，他说不记得了。不过有一天，蝰蛇基地里冒出一颗橄榄球。戴姆或许一时间沉浸在回忆中，触发了肌肉记忆。他扔出一记六十码的螺旋弧线球，球飞过阿迪的头顶，飞进了基地的修车场。他在阿富汗战争中获得了一枚紫心勋章和一枚铜星勋章，连队的其他中士给他起了个绰号叫"他妈的自由党"。不过 B 班最叫人惊讶的，也是比利逐渐才发现的，是这个小分队里不止一个，而是有两个极其出色的战士都对主流的正统观点嗤之以鼻。一天，副总统切尼来蝰蛇基地鼓舞军心，受到了戴姆和施鲁姆的"热烈欢迎"，连特里普上尉都看出了他们赤裸裸的讽刺。喔，耶，迪克！让他们好看！狠狠揍他们！喔，好好教训那些家伙！全排的人都在偷笑，笑得要尿裤子了。最后上尉终于看不下去，传了一张纸条给戴姆，叫他们"马上他妈的说话规矩一点"，不过切尼似乎很高兴自己受到了欢迎。他站在台上，穿着里昂·比恩牌的卡其布裤子，双手插在口袋里，NASA 风衣的拉链拉到了脖子下。他赞扬了蝰蛇基地的作战士气，并且给大家带来了振奋人心的作战情报。毫无疑问，他说。根据最新情报，他说。我们在战场上的指挥官，他说。说话时，切尼的声音变得好像拨号音，他说的话听上去他妈的那么有道理。他到底说了什么？哦，对了。武装分子不堪一击，他说。

"艾伯特！"戴姆喊道，"比利觉得希拉里·斯万克很奇怪。"

"等等，不是。"比利转过头，看见艾伯特正微笑着，带着西海岸的派头若有所思地走下台阶。"我只是说她想演男的让我觉得很奇怪。"

"希拉里挺好的。"艾伯特和蔼地说,"老实说她是好莱坞最友好的女明星之一。不过你想想,比利。"每当艾伯特直呼他的名字时,这位年轻士兵总是很反感。他想说,老兄,算了吧,你不用记住我的真名。"对于任何一个演员,反串都是一项巨大的挑战。我明白她为什么对我们的电影感兴趣。"

"他不想让一个小妞儿来扮演他。"戴姆说,"他怕会让人们觉得他是个娘娘腔。"

"艾伯特,别听他胡说。"

艾伯特咯咯笑了,比利一瞬间想到了圣诞老人,另一个笑呵呵的大胖子。"别紧张,伙计们。现在还没到操心这个的时候,咱们还有很长的路要走。"

艾伯特的目标是B班每个人的故事都至少卖到十万美元,加上叫人摸不着头脑的费用、点数、百分比和其他他们根本不懂、只能依靠他的东西。在两个星期的"凯旋之旅"中,艾伯特一会儿出现,一会儿消失。在华盛顿见了他们一次,然后飞走了;在丹佛见了一次,然后飞走了;在菲尼克斯见了面又走了;如今到了旅途的终点达拉斯。两个星期前,他说感恩节前就能把这事定下来,现在虽然看上去一切尽在掌握,但比利隐约觉察到这件事的热度正逐渐减退,只是艾伯特表面上还努力维系着而已。但B班的其他人什么都没说,所以应该是比利搞错了。可能是他搞错了。亲爱的上帝啊,但愿是我搞错了。假如能趁机赚点儿钱,他要把所有的钱都用在最有意义的事情上。比利刚到位于胡德堡基地的部队的时候,戴姆和施鲁姆整天奚落他,不客气地说他是小混混、不良少年、少年犯。不知为什么,他们总喜欢跟他过不去。想到将要和他们一起派驻海外,想到自己的服役期还有三年半,比利明白如果不能摆脱他们的纠缠,他的日子可不好过。终于有一天,当他在健身房举重的时候,他们俩又来了,搬出那套混混、废物、痞子的台词。比利跟着他们去了大厅,以最正式的语气告诉他们,戴姆中士,布里姆中士,我不是少年犯,也不是流氓或痞子,请不要再这样叫我。我只想竭尽所能为自己的排和连队立功。

不,施鲁姆说,你就是个他妈的目无法纪的小流氓。只有小流氓才会去砸别人的车。

操,比利心想,他们怎么知道的?"要看是谁的车。"他说。

谁的车?

我姐姐的未婚夫。前未婚夫。

这话让两个人提起了兴趣。什么样的车?戴姆问。

一辆萨博,比利告诉他们。石墨合金轮圈,五挡变速,刚出厂三个月。两个人伸长耳朵等着他往下说,他只好对他们讲起二姐凯瑟琳,她是家里的明星,十分漂亮,而且又温柔又聪明,已经获得了得克萨斯基督教大学的部分奖学金。到此为止一切都很好,她主修商科,加入姐妹会,每学期都被选为优秀学生。一切顺利。她跟一个比她高三个年级、正在读工商管理硕士的学长订了婚,一个扭屁股的娘娘腔,很是自以为是。但这也还好,不坏,过得去,虽然比利私下并不喜欢这个家伙。直到二年级末、五月一个下着雨的早晨,凯瑟琳开车去上班。她在布林保险公司当接待员和实习经纪人。一切都好,除了在鲍伊营大道上被一辆打滑失控的梅赛德斯拦腰撞上。那个巨大的黑色物体打着转朝她飞来,她怎么都忘不了旋转涡流发出的呼哧呼哧声,仿佛死亡天使在扇动翅膀。等她醒来,发现自己平躺在地上,三个头发花白的墨西哥人站在她身边,正用一块硬纸板帮她挡雨。每次说到这里,凯瑟琳就开始哭。讲到这里她就忍不住情绪崩溃,说那三个男人如何瞪大眼睛、惶恐地俯视着她。他们的衣服被雨淋湿了,小声地说着西班牙语,小心翼翼地举着硬纸板，像是在供奉什么。

我甚至没谢谢他们，凯瑟琳说。我只是躺在那里看着他们。我没法说话。事实上医生们说她大难不死是个奇迹。盆骨骨折，大腿骨折，脾脏破裂，肺功能衰竭，大面积内出血，脸上和背部像织花边似的缝了密密麻麻的针，脖子以下缝了一百七十针，以上缝了六十三针。你会好起来的，手术第二天，整形外科医生对她说。要花上两三年，不过最终会治好的，这种事情他见多了。可那个娘娘腔受不了。车祸后第三个星期，他开车来到斯托瓦尔，解除了婚约。温柔的凯瑟琳把订婚戒指重重地扔到他脸上，像是扔掉一只爬在手上的蜘蛛或者鼻涕虫。可比利觉得这样还不够。这可是关系到他的姐姐，关系到全家人的骄傲，最起码关系到天杀的做人的尊严，关系到一切的一切的大事。他开车来到沃思堡，在那个娘娘腔的公寓外找到了那个娘娘腔的萨博，用那根他一路带过来的在真值五金连锁店买的铁撬棍把萨博砸得稀巴烂。当他爬上车顶、准备让挡风玻璃狠狠吃第一棍的时候，他内心感受到了平静和正义。那一刻他觉得这是自己的使命。在躁动的青春期，比利无数次冲撞权威，惹了一堆自作自受的祸，这次他决心好好干一场。他冷静地举起棍子，仔细地精心挑选落棍的地方。效果令人十分满意。刺耳的汽车警报声也没能叫他动摇。他早就想给这家伙点颜色瞧瞧，这下总算可以动手了。

当时他还有两个星期就毕业了。校董事会开了好几次会，一本正经地刁难了几次之后，决定比利可以拿到毕业证书，但是只能邮寄。他不能"上台领"，也就是说，不能按照传统，和其他毕业生一起排队上台接受毕业证书。校董事会主席以最阴沉、最可怕、如宗教审判般的语气向比利宣布："你不能上台领。"为了忍住笑，比利觉得喉咙快炸了。好像他他妈的在乎似的！呜呜呜，我不能上台领？呜呜呜，我这辈子完了！帮他与校董事会谈判的律师在帮他免除牢狱之灾时费了更大的劲儿。砸烂萨博不是什么大事，要命的是他在停车场追着那个娘娘腔跑，手里还拿着铁撬棍。"我没想伤害他，"比利对律师坦白，"我只想看他跑。"事实上，比利笑得站都站不稳，根本没有认真去追。

最后，地区检察官同意，只要比利参军，就把重罪指控降至恶意损坏。军队不失为一个洗心革面的好去处，而且也比蹲监狱、每天晚上被外号叫"牧师"或"公猪"的家伙强奸强得多。于是他就这样在十八岁当了兵，成了一名最低等的步兵二等兵。

你姐姐后来怎么样？他讲完后，施鲁姆问。

她好多了，比利说。他们都说她会好起来的。

你到底还是一个少年犯，戴姆说。不过后来他们的态度缓和了许多。

主要是你的脑子有问题，不过我们治得好

比利希望乔希赶紧拿些布洛芬止痛片来，五杯威士忌可乐加重了他的宿醉。可要是他现在停下，反而更难受。戴姆和艾伯特站在过道上，正在聊昨天施鲁姆的葬礼。那本该是一场极其庄严肃穆的仪式，他们准备了道教经文和艾伦·金斯伯格的《威奇托中心箴言》，请了克劳人的一位长老来为战友的英灵祷告。结果仪式却变成了一出基督教极右翼分子的闹剧，一小群人站在教堂门外，高举"上帝痛恨你们，帖撒罗尼迦前书第一章第八节""美国大兵下地狱"之类的标语，高呼堕胎、杀婴和上帝诅咒美国之类的口号。

疯了，艾伯特说。恶心。太离谱了。

"嘿，艾伯特，"克拉克喊道，"一定要把这一幕拍进电影里。"

艾伯特摇摇头。"没人会相信。"

一架固特异飞艇从头上飞过，在狂风中艰难前进，好像在暴风雨中颠簸的帆船。大屏幕上正在播放纪念已故球星"子弹"鲍勃·海耶斯的视频，顶层包厢外檐的屏幕上显示着牛仔队"名人堂"成员的名字和号码。斯托巴克。梅雷迪思。多塞特。利利。这无疑是个大日子，

今天，放眼全世界，没有哪场体育赛事比这场更重要，而 B 班就身处这个泡沫的正中心。再过两天他们就要回伊拉克去了，得去服完剩下的十一个月兵役。然而此时此刻，他们置身于由美国的事物组成的防护罩之中，橄榄球、感恩节、电视、八种不同的警察和保安人员，再加上三亿善良的同胞。或者正如克利夫兰的一个颤颤巍巍的老头所说："你们就是美国。"

对于人们的这些真情流露，比利总是很感激。但他其实并不明白这些人究竟要表达什么。这会儿他在想也许去吐一吐会舒服一点。他跟曼戈说要去撒尿，曼戈环顾四周，看看戴姆有没有在盯着他们，然后小声问："想不想来点啤酒？"

当然！

两人一步两级台阶地离开了。看台上有一些球迷跟他们打招呼，比利只是挥挥手，没有抬头。他正在努力求生，没空理这些人。这个中空的巨大体育场中有一股强大的引力，犹如一股暗流把他往回拉，他必须拼命往上爬才能挣脱。过去两个星期，比利发现自己一看到庞然大物——水塔、吊桥、摩天大楼——就会神经紧张。那天车子驶过华盛顿纪念碑时，他的膝盖发软，觉得连周围死气沉沉的天空都因为那根柱子鬼哭狼嚎起来。所以比利一直低着头，专心走路。到了大厅后，他立刻感觉好多了。他们找到厕所——比利撒了泡尿，不想呕吐了——然后去棒约翰买啤酒。严格说来，他们穿着军装是不可以喝酒的，可是部队能把他们怎么样，送回伊拉克去？不过两人还是让店员把啤酒装在可口可乐杯里。喝之前，比利把杯子递给曼戈，在大厅里做了五十个俯卧撑。他受不了自己变得这么虚弱。之前的两个星期，他们辗转于飞机、汽车和酒店客房之间，根本没有时间锻炼，没办法保持最佳状态。之前的两个星期把 B 班变成了一群废物,如今他们要拖着疲惫脆弱、战斗力大幅下降的身躯回到战场上去。

比利做完站了起来,头还在疼,可身体其他部位感觉好多了。"先做俯卧撑,再来啤酒。"曼戈说。

"说对了。"

"觉不觉得他们在啤酒里掺了水?"

"老兄,尝尝看。"

"他们说没有,可你能喝得出来。就是不一样。"

比利点点头。"可我们还是喝了。"

"我们还是喝了。"

两人靠墙站着,一边喝酒,一边悠闲地看着观众入场。各式各样的观众,好像自然纪录片里的迁徙镜头,这儿有体型、年龄、身材、肤色和收入各不相同的人,不过还是以丰衣足食的盎格鲁人为主。自从为这些人上前线作战之后,比利就经常琢磨他们。他们在想什么?他们想要什么?他们知不知道自己活着?似乎只有长期、近距离地面对死亡,才能让人感到自己真的活着。

"你觉得这些人在想什么?"

曼戈迟疑了一下,咧开嘴露出郊狼般的笑容。"一些沉重的东西,比如上帝,哲学,生命的意义。"两人哈哈大笑。"才不是,伙计,看看他们。他们在想比赛,在想自家的球队今天能不能让他们押对宝。想他们坐哪儿,会不会下雨。要吃什么,下次发薪水是什么时候,就这些狗屁事儿。"

比利点点头。听上去没什么不对。比利并不因为他们想这些琐事而责怪他们,然而,然而……战争使他希望看到更多,而不只是从这些丰衣足食的反刍动物身上看到松垮的下巴和呆滞的眼神。哦,我的同胞，我的美国同胞！将眼光放长远些，看看这世界吧！几乎每个人都穿戴着一两件牛仔队的行头：印有蓝色星星队标的风衣和帽子、超大码的球衣、卫衣、银蓝色的围巾、晃来晃去的耳环或其他闪着光的球队饰物，一些人的脸上还画着小小的牛仔队头盔。看到大家真挚地表达着对球队的热爱，比利很感动。女人在比赛日的打扮品味比男人们强。他们穿着牛仔队球衣缓慢地向前挪动，衣服松垮垮地套在礼服外面，鞋跟周围的裤腿皱了起来，整个人看上去矮了一大截，像一群笨重的十二岁少年。

哦，我的同胞。两人喝完啤酒，像出色地完成了一项任务，动身回到座位。比利紧紧盯着脚下的台阶，坚决不抬头去看眼前的虚无。悬浮在面前的虚无像一只怪物。比利有些害怕，又大又空的球场中心产生了一块真空，所有重力仿佛都从在他们头顶张开的巨大的呼吸孔中倒流出去。比利回到座位上，出了一身汗。队友们有的在发短信，有的盯着球场，有的嚼着口香糖，还有的往杯子里吐烟叶。曼戈突然不小心打了个响嗝，这无异于在大声喊："啤酒！"戴姆像闻到血腥的鲨鱼一样猛地转过头来。

"麦克少校去哪儿了？"比利赶忙问，想转移戴姆的注意力。很拙劣，但是奏效了。戴姆皱了皱眉，左右看了看。

"麦克少校哪儿去了？"他冲所有人吼道。大家齐刷刷地转动脑袋，爆发出一阵哄笑。哎呀！麦克少校不见了！

"比利！曼戈！去找麦克少校。"

又要爬楼梯，比利耸耸肩，对抗可怕的空洞。这座球场庞大得有些畸形，是人脑变形的产物。两人直奔棒约翰，又买了两杯啤酒。这次比利做俯卧撑的时候有一小群人围观，帮他数数，最后还为他喝彩。有人喊道："再来一个！"比利举起杯子，行了个礼，把酒喝了。然后两人开始往前走。

"找人应该不难。"

"是啊。这儿只不过有,多少,八万人?"

"假如你是麦克少校,你会去哪儿,什么时候去?"

"老兄,他可能回到航空母舰上去了。"

两人哈哈大笑。麦克少校很少说话,甚至很少吃喝,也从来没有人见过他上厕所。B班的人甚至认为他们的公共事务陪同可能是个人类新品种,通过皮肤上的毛孔就能吃喝和排泄。戴姆中士通过秘密渠道打探到麦克少校上战场第一天就遇到了爆炸,不是一次,而是两次。爆炸造成的受损程度待定,但一定是很严重的听力受损。目前上头还没想好拿他怎么办,暂时先安排他做一些公共事务。少校长得棱角分明,腰杆像标本一样笔直,下巴有凹槽,他身上的每一寸看上去都像完美的特种兵。这也许说明了他为什么能在部队里待这么久,因为他已经彻底聋了,而且时不时就出神,灵魂出窍一般,瞪眼发呆,精神恍惚,浑然不知大家已经拍拍屁股走人了。戴姆称之为少校的"百忧解千里瞪眼"。

找麦克少校不过是部队派给他们的无数毫无意义的任务之一。部队就是这样,但比利宁愿出来也不想坐在那里,而且他也喜欢曼戈的陪伴,不仅是因为和一个拉美人成为好哥们儿可以提高他在街头的声望,更因为曼戈散发出的冷静而和善的气息。不论在作战时还是平时,曼戈都坚如磐石。他很能吃苦,从不抱怨,五英尺八英寸的敦实身躯能扛起好几百磅重的东西。他还能准确背诵各种数据和大事年表,比如,他不仅能背出历任美国总统的名字,连副总统也背得出来,这叫那些怀疑他是非法移民的人立马闭上了嘴。比利只看到过一次曼戈大哭。不是在战斗中,不是在他们遭遇迫击炮、火箭弹、伏击或路边炸弹的时候,也不是那次曼戈被炸出军用悍马的炮塔,问"我头上有没有插着什么玩意儿"的时候。曼戈一直坚如磐石,除了那天。一枚汽车炸弹炸毁了第三排的检查站,B班被派去现场拉防线。那是无比糟糕的一天,等到他们分散开来搜寻数目不对的残肢断臂时,曼戈突然双膝跪地,号啕大哭。

此刻两人在路上走着,要是能依靠纯粹的意志力走出战争该多好。比利看了看手机,有一条凯瑟琳的短信,那个脸上坑坑洼洼的二姐。她想知道你在哪儿,他回复体育场。然后是妈妈担心你会冷,他回复热得冒烟,她发来一个笑脸。每看到一个漂亮姑娘走过,他和曼戈就咕哝两声,不过她们每个人都裹得很严实,只能看到脸。

"昨晚那些女孩难以置信吧?"

"好得出奇,"比利同意,"人人都说达拉斯有最棒的脱衣舞俱乐部。"

"废话。感官超载,兄弟,那些人都从哪儿来的?昨晚咱们去的那个地方,不是最后那个,之前的那个,有人在笼子里跳舞的——"

"维加斯之星。"

"——维加斯之星,我说,见鬼,小妞儿,你干吗要在这里工作?任何一个女孩都能去当模特儿,我是说真正的模特儿,而不是跳脱衣舞。"

曼戈似乎是真心实意地替她们难过,好像看着一场悲剧正在发生,而他没能阻止。

"不知道。"比利说,"也许是性感的女孩太多了,就不值钱了。"

"你知道不是那样的。"

比利笑了,突然想到一个更宏大的概念:年轻鲜活的身体,人肉市场,以及看似无法改变的供需关系规则。严格说来,这个社会可能不需要你,但你还是有这样或那样的用处。

"也许她们是自愿去那里工作的，"比利说，但也只是随便说说，"这样才能遇到像我们这样的优秀青年。"

曼戈笑了。"肯定是这样。不是钱的问题，兄弟。她们真的爱上我们了。"

这句话昨天晚上塞克斯说过。他在后面享受完一次私人脱衣舞，回来时就这么跟他们说。她真的爱上我了。不是为了钱。昨晚，B班还没有从下午施鲁姆葬礼的震惊中缓过来，就去酒店换了便服，立马喝了个酩酊大醉，那天晚上他们多多少少都得到了一次口交。她爱上我了成了当晚最大的玩笑话。可今天回想起来，比利却觉得很失落。宿醉就像浴缸内侧的一圈污渍一样，残留在他的灵魂上。他认定口交本身太没劲。啊，有时候嘛，口交也不错。好吧，口交本身还是挺爽的，只是最近他意识到人生中确实需要些别的东西。不仅仅因为他已经十九岁了却还是个处男，更因为内心深处的饥饿。吸脂式的空虚感吸走了他整个人的精华。他需要一个女人。不，他需要一个女朋友，需要一个身心都跟他契合的人，过去的两个星期他一直在期待这件事，找到一个女朋友，谈情说爱。两个星期来他走遍了这个伟大的国家，走过那么多英里的行程，访问了那么多城市，获得了那么多积极正面的报道。那么多的爱与善意，那么多微笑着欢迎他们的人群，他总该找到女朋友了。

所以要么是美国烂透了，要么是他烂透了。比利走在大厅里，心中隐隐作痛。他意识到已经没时间了，今天晚上十点他们要去胡德堡报到，明天就要收拾东西滚蛋了，后天要飞二十七个小时，回战场继续服役。在比利看来，他们没有全死光简直是个奇迹。确实，他们失去了施鲁姆和莱克，做数据统计的人可能会说就两个，但若是算上B班的每个人都险些丧命，伤亡率可是近乎百分之百。随机这一点最折磨人，生、死和重伤的差别往往就在一线之间，你在去吃饭的路上弯腰系了下鞋带，你选择了一排马桶中的第三个而不是第四个，你向左而不是向右转头。随机的。这他妈叫人受不了。第一次离开驻地出任务的时候，比利就真切地感受到了这种恐怖的可能性。施鲁姆告诉他双腿要一前一后地站，不要并排，这样倘若有个简易炸弹在悍马底下爆炸，你就可能只丢掉一条腿，而不是两条。于是比利照施鲁姆说的那样站着，还时刻把手塞进防弹衣里，总是戴着护目镜，诸如此类。两个星期后，他跑去问施鲁姆为什么没有疯掉。施鲁姆点点头，好像比利的问题十分合理。他告诉比利自己在哪里读到过一个因纽特巫师，据说此人只要看着你就知道你哪天会死。不过他不会告诉你，因为他认为这样做是干涉别人的事，不礼貌。挺吓人的，嗯？施鲁姆咯咯笑着说道。看着那个老人的眼睛，知道他知道你的死期。

比利说："我可不想见这个人。"不过他明白了施鲁姆的意思。是祸躲不过。

发觉曼戈已经沉默了五分钟，比利便知道他的朋友也在想战争的事。他想主动提起这个话题，可三言两语又能说些什么？一旦开了口，你能停下来么，而且谈到最后还是同样的问题，他们要他妈的怎么挨过剩下的十一个月？

"你一直都很幸运，对吧？"

那天在后院喝啤酒时，凯瑟琳这样问比利。

我想是的，他回答。

"那就继续幸运下去吧。"

有时候事情似乎就是如此简单，只要记得要幸运就行。比利心里这样想着，眼睛打量着球场大厅里的那一排快餐店，塔可钟、赛百味、必胜客和棒约翰，一阵阵热气腾腾的肉香从快餐店里飘出来，充分展现了美式料理的天才之处，它们闻起来都差不多。比利突然明白，得克萨斯体育场根本就是一个破地方，又冷又脏，四处漏雨，还全是灰尘。总而言之，这里就像一个有人躲在角落里撒尿的工业仓库，到处都弥漫着淡淡的尿骚味儿。

"太气人了。"曼戈困惑地低声说。

"怎么了？"

"这里有成千上万个外国佬，却找不到麦克少校的影子。"

比利哼了一声。"你知道咱们永远找不到那个王八蛋。再说，他那么大的人了，咱们干吗要找他。"

"他自己知道路。"

"说得对。"

两人相视而笑。

"咱们回去吧。"比利说。

"咱们回去。"曼戈同意。

两人先到斯巴罗买了两块比萨，站在那里，就着纸盘子大嚼起来，享受着没被人认出来的时光。B班如今小有名气了，偶尔会被人们如潮的表扬和恭维压得喘不过气来。在集会上，在商场里，或是在电视上和广播里，总是有可爱的美国民众将你团团围住，热切地想要表达心中的感激之情，而另一些时候你又好像是透明的，人们对你视而不见，面无表情。比利和曼戈站在那里吃着热腾腾的比萨，心里清楚这名声并不属于他们自己。B班不过是又一个笑料。飘浮在空中的巨大幻影牵着大家的鼻子走，包括 B 班在内，不过他们能付之一笑，而且略有些优越感，因为他们知道自己是在被利用。当然。受人摆布是他们最基本的要素，士兵的任务不就是给上级当卒子吗？

穿上这个，照那样说，到那里去，朝他们开枪，最后，当然了，他们的终极任务就是送死。B班的每个人都是威逼利诱这门艺术的博士。比利和曼戈吃完比萨，接着往前走。两人垫了垫肚子，顿时精神抖擞，他们一时心血来潮，走进了牛仔队的专卖店。这是大厅所有商店里最气派的一家，专卖牛仔队的服装和周边商品。一进门他们就闻到一股醉人的上好皮子的味道，紧接着是一台亮晶晶的得州乐透抽奖机。墙上的平板电视正在播放艾克曼时代的精彩片段。两人微醺着走进商店，做好纯粹是来找乐子的准备，所以不一会儿就在店里哈哈大笑起来。这里不仅有成排的高档服装、精美首饰、裱框认证的收藏纪念品，不，你必须先佩服这些人的决心、毅力和营销的勇气，才会想到把牛仔队的商标印在棋盘、烤面包机、便携式个人制氧机、大容量制冰机甚至激光制导的台球杆上。嘿，哥们儿，看啊！这儿有一整套的牛仔队厨具。两个人的声音越来越大，其他顾客开始远离他们。在比利和曼戈看来，这里更像博物馆，所有的东西都只能看看，B班的人一件都买不起。这种羞耻让他们俩有点疯狂。男女纯棉绒毛睡袍，要四百美元。正品球衣，售价一百五十九美元九十五分。羊绒套头毛衣，水晶圣诞饰品，托尼·拉马限量版战靴。两人越看越觉得不是滋味、羞愧难当，渐渐互相爆起粗口来。嘿，哥们儿，看啊，他妈的紧身短上衣。只要六百七十九块，兄弟。

是真皮的吗？

妈的，你说呢，当然是真皮的！

哥们儿，我看不像。要我说是人造革的。

去你的人造革！

哼，白痴。你个他妈的乡巴佬，根本不懂什么是人造革——

两人突然打了起来，抓住对方的胳膊，头顶着头，像刚从酒吧出来的醉汉一样扭打在一起，嘴里骂骂咧咧，又笑得站不直。接着，他们开始揪对方的耳朵,把贝雷帽都弄掉了。耳朵很疼,而他们笑得更厉害了。两人已经上气不接下气,臭婊子,白痴,混蛋,贱货,曼戈狠狠给了比利几记上勾拳,比利冲曼戈的胳肢窝回敬了一拳,两人失去平衡,身体向左边一倒,在地上滚作一团。有什么我可以效劳的吗!有个人在他们旁边跳来窜去,大声喊着。先生们!小伙子们,有什么我可以效劳的吗?别打了!

比利和曼戈终于分开,涨红着脸,大笑着站起来。售货员——专卖店经理?一个头发日渐稀疏的中年白人男子——也跟着哈哈大笑。不过他很清楚遇到了麻烦,碰上两个十足的疯子。其他人——店员、几个没有逃走的顾客——都站得远远的。

"这是真皮的吗?"比利从衣架上抓起一件紧身短上衣的袖子问,"这白痴跟我说是人造革的。"

"哦,不,先生,"经理说,"是真皮的。"他咯咯笑着说。他知道他们是和他开玩笑,可他一直是这种正经的人,他的工作从一开始就是要使这个病态滑稽的世界变得井然有序。他娓娓道来,这衣服是用全粒苯胺羔羊皮做的,经过特殊的鞣酸和染色工艺处理,等等。更别提这衣服的做工绝对一流。嗯,嗯,嗯,两人全神贯注地听完经理的介绍,表情就好像山顶洞人看着一桶爆米花。

"听到了吧,笨蛋。"比利拍了拍曼戈的肩膀,"我就跟你说是真皮的。"

"好像你很了解时尚似的。我敢打赌你连内裤都没穿——"

两人互相猛击一拳,又打了起来,经理喘着粗气大声咳了一声,阻止了他们。

"那么,嗯。这衣服卖得好吗?"比利指着一件短上衣问。

"一场比赛卖五六件吧。赢球的时候能多卖几件。"

"天啊。你们可真能赚钱,哼。"

经理微笑了一下。"我想可以这么说。"

两人谢过经理,离开专卖店。一走出来,曼戈就说:"兄弟,六百七十九美元。"接着又说,"我操,比利。"之后两人再没说话。

人性反应

"一千五百万。"比利和曼戈回到座位上时,听见艾伯特说,"一千五百万的片酬外加百分之十五的毛利分红,一个炙手可热的当红明星确实可以拿到这么多。而希拉里最近就很红。要先有保证,她的经纪人才会让她看。"

"看什么?"塞克斯问。艾伯特先把目光慢慢地转向他,然后才把头转过去。

"剧本,肯尼思。"

"可我以为你说过我们没有剧本。"

"是没有,不过我们有脚本和编剧。既然现在希拉里已经表示有兴趣,咱们可以按照她想要的方向来写。"

"我最喜欢听他这样说话。"戴姆说。

"听着,剧本不是问题,只要照实写你们的故事就是个精彩的剧本。问题是怎么把这玩意儿送到她手里。"

"你说过你认识她。"克拉克指出。

"我当然认识她!两个月前我们还在简·方达家里喝得烂醉!可这

是公事，伙计们，她看的每样东西都要通过经纪人，而经纪人要等电影公司出具正式邀约才会让她看剧本。那样的话，她知道只要她同意，电影公司就上钩了。她不能被拒绝。"

"呃，那么，咱们有电影公司吗？"克拉克问。他知道自己该知道这些，可是关于拍电影的一切都太抽象了。

"罗伯特，我们没有。有一大堆电影公司说他们有兴趣，可要等哪个明星点了头，他们才肯答应。"

"而斯万克要等他们先答应。"

艾伯特微微一笑。"没错。"B班发出一阵恍然大悟的"啊哈——"。如此完美的悖论，如此缜密的现代循环逻辑，大家一下子都明白了。

"真见鬼。"克拉克说。

"是啊，"艾伯特表示赞同，"真他妈见鬼。"

"那你打算怎么办？"阿伯特问。

"把事情变成必然，变得像自然之力一样无法拒绝。狠狠吓唬那些人，说有别人打算买，他们必须答应，不然就得脑袋开花。"

"诸位，"戴姆郑重地说，"我想我知道艾伯特是干什么的了。"

比利和曼戈坐在最外面，接着依次是克拉克、艾伯特、戴姆、阿迪、阿伯特、塞克斯和洛迪斯，最后是麦克少校的空座位。比利注意到艾伯特总是在戴姆旁边。B班不需要证明他们的中士有多特别，但艾伯特就是这么认为的，他一下子就被B班的头儿吸引了。比利认定艾伯特爱上戴姆了，没有性意味的那种。戴姆让他着迷，戴姆这个人，戴姆这个士兵，戴姆的一切都跟这个枯燥乏味、一成不变的世界不同。在艾伯特的关注表里，戴姆第一，霍利迪则是远居其后的老二，而且这个排位似乎更多的是出于兴趣，为了对比和互补，用黑人阿迪的阴衬托白鬼戴姆的阳。阿迪决定不理会自己位居第二这件事，比方说现在，艾伯特和戴姆正靠在一起聊得热乎，阿迪坐在位子上审视着球场，像一位非洲国王高坐在王位上，俯瞰自己渺小的子民。至于其他 B 班的兄弟，则是公司众多股票中的一支，只不过这些股票会说话、会走路、会酗酒。"戴姆是资产。"昨晚阿迪少见地酒后吐真言，小声对比利说，"你们其他人只是他妈的产品。"

那施鲁姆算什么？施鲁姆和莱克，他们也是产品吗？这些天 B 班的谈话总是围绕着钱，钱钱钱，就像脑袋里的虫子，或是在转轮上不停奔跑的仓鼠，虽说跑得很快却总在原地打转。比利会马上转移话题，可他没法阻止其他人聊这个。他们聊得津津有味，就好像发工资的大日子快到了。这些钱好像不仅关乎他们的购买力，而且有几万元放在银行里就能保证他们在战场上不会屁股开花。直觉告诉比利这其中有一些心理逻辑可循，可在他看来这关系应该是反过来的：等钱真到账的那天，等支票真兑现的那天，就是他变成炮灰的日子。

比利只能硬着头皮听大家聊电影，心里充满矛盾。B 班连珠炮般地向艾伯特发问。克鲁尼呢？奥利弗·斯通怎么说？那个说可以联系上小罗伯特·唐尼的家伙呢？这时，坐在艾伯特后面的一位气度不凡的先生俯下身来，问艾伯特是不是电影圈的人。

艾伯特愣了一下，朝上方转过头去，好像听到了某种美丽而稀有的鸟的叫声。"什么，是的。"他亲切地回答，"我是电影圈的。"

"导演？编剧？"

"制片人。"艾伯特回答。

"洛杉矶？"

"洛杉矶。"艾伯特确认道。

"是这样，"那个人说，"我是个律师，为高智商罪犯做刑事辩护。我有个关于法律惊悚片剧本的绝佳构思。想不想听？"

艾伯特说他洗耳恭听，只要那人能在二十秒钟之内讲完。这时，几名牛仔队队员出现在球场上，开始热身。克拉克在东南阿拉巴马州立大学打过一年球，他解释说这不是真的热身，只是需要额外活动筋骨的球员在热身前的热身。比利的注意力很快被牛仔队的弃踢手吸引过去。一个削肩、圆脸、大肚子、头上没几根头发的家伙，是那种通常会站在超市肉类柜台后面的人，只是眼前这位能将橄榄球踢得很远再踢回来。嘭——每一次踢在球上发出的闷响都在比利的五脏六腑里回荡，球飞了出去，划出一道陡峭的弧线，越飞越高，越飞越高，不断向前、向上，你以为球该下降了，于是收住视线，可是它继续向上，像是发射出去的一枚飞得看不见了的传爆药柱，直冲向深不见底的苍穹。比利想要找到球的绝对最高点，即球悬浮在半空中处于中性浮力状态的一瞬间。在那一刹那，球静止不动，像是在丈量降落高度，然后优雅地慢慢掉转方向开始下落，带着投降的意味，满怀感激交出自己，接受被地心引力吸引的宿命。看了七八个球后，比利感到内心的某种东西蒸发了，他的自我意识逐渐消融、放松。他感觉很平静。看弃踢手踢球让大脑一阵轻松。球达到最高点的那一刻给他带来了最大的快乐。当球尖触到永生的边线，击中妄想的软肋，希望永远停留在弧线顶端时，比利的大脑里仿佛划过一道闪电。比利想象施鲁姆现在就住在那里，住在那片中性浮力里。这种想法很幼稚，很矫情，但假如施鲁姆必须待在某个地方，为什么不能是那里？B班早已全部沦为畅销产品，幸好现在市场营销对施鲁姆鞭长莫及。

看踢悬空球就像看金鱼在景观池塘里游泳一样叫人着迷，充满禅意。要不是他身后的球迷突然用力拍他的背，喊着，看！看！快看大屏幕！比利本可以一下午就这么高高兴兴地看踢悬空球。只见大屏幕上赫然出现了他们八个人放大好几倍的身影，还有艾伯特，笑眯眯的，像是一个自豪的新爸爸。球场上响起一阵稀疏的掌声。B 班的小伙子们装出一副很酷的若无其事的样子，尽量不去与屏幕里的自己对视。谁知塞克斯兴奋地开始高声喧哗，比画着下流手势。其他 B 班的兄弟异口同声地叫他闭嘴，可不一会儿大屏幕就换成了星光闪烁的外太空背景，出现国旗飞舞和炸弹爆炸的动画，一行白色的大字突然在漆黑的画面中央放大——

美国球队向美国英雄致敬

这行字随即消失，给第二波文字让路——

达拉斯牛仔队
欢迎运河战役的英雄们！！！！！！！
大卫·戴姆陆军中士
凯勒姆·霍利迪陆军中士
洛迪斯·贝克威思技术军士
布赖恩·赫伯特技术军士
罗伯特·厄尔·科克技术军士
威廉·林恩技术军士
马塞利诺·蒙托亚技术军士
肯尼思·塞克斯技术军士

掌声像是从球场顶部的呼吸孔吸收到了能量，越来越响。过道上的观众停住脚步，转过身。坐在他们身后那排的球迷站了起来，后面的球迷也一排接着一排慢慢地起立鼓掌，形成了一股和引力相抗衡、向后翻滚的人浪。大屏幕很快换上了极富动感的雪佛兰皮卡的广告，可是太迟了，观众已经开始朝B班走过来，无法阻挡，无处可逃。比利站起来，摆出应付这种场合的固定姿势：抬头挺胸，摆正重心，年轻的脸上露出腼腆但彬彬有礼的神情。这副姿势几乎是出于比利的本能，数代影视剧的男演员塑造出这种坚韧不拔的美国男人形象，他不用多想就会自然而然地这样做。适量的言语，偶尔微笑，眼神略带倦意，对女人谦虚温柔，对男人用力握手并交换坚定的眼神，就永远错不了。比利知道这样做的时候自己看上去很帅。肯定的，人们很吃这套，甚至有点儿为此疯狂。可不是吗？人们凑上前，互相推搡，抓住他的胳膊，大声说话，偶尔还有人因为太紧张而放屁。虽然比利已经参加了整整两星期这样的公共活动，可还是不习惯看到大家的反应，颤抖的声音、激动的言辞、外表健全的公民嘴里说出一些狗屁不通的话。他们说，感谢你们，声音像对爱人说话时一样颤抖。有时候他们会直接说出来，我们爱你。我们感激不尽。我们珍惜、感恩。我们祈祷，祝福，敬爱－尊敬－热爱－和－崇敬，这些话发自他们的内心，他们在说出这些有力的词的同时体味着它们的含义，矫揉造作的辞藻在比利的耳边像虫子撞到电蚊拍上那样噼啪作响——

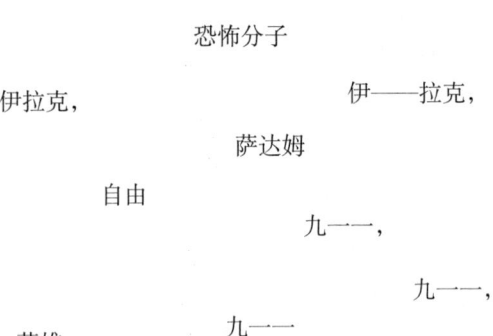

        牺牲，
                布什
                        牺牲性命
   布什
           奥萨马
                    价值观
      民——主——

  没人冲他吐口水，没人骂他是刽子手。相反，每个人都表达了绝对的支持或赞同，然而比利觉得这情景同样怪异而可怕。他的美国同胞身上有一种残忍的东西、一股狂热、一种欣喜若狂、一种强烈的需求。他感觉这群人想要从他身上得到些什么，这群中产阶级律师、牙医、足球妈妈和公司副总，都想啃一口这个刚刚成年、一年只挣一万四千八百美元的步兵的肉。和这些富有的大人物相比，比利的工资只是他们账户里微不足道的零头。可是当这些人进入他的地盘时，他们全都把持不住了，浑身颤抖，呼吸断断续续，还有口臭。这一刻的震撼令他们神情恍惚。他们长年累月从报纸杂志上，从电视上，从广播脱口秀里看到和听到关于战争的消息，以及对战争的口诛笔伐，如今终于有机会切实地、近距离地亲手触摸到活生生的战争。这几年美国人的日子不好过——怎么会变成这样？时刻提心吊胆，夜夜担惊受怕，终日听着流言和猜疑，年年焦虑不安，以致逐渐麻木。你听广播、读报纸、看电视，心想该怎么做不是明摆着吗，战争一拖再拖，让头脑中的抱怨变成了第二天性。干吗不……多派些部队？叫他们加把劲。全副武装，火力全开，发起正面进攻，不留活口。哦，对了，伊拉克人是不是应该谢谢我们？得有人告诉他们，你能告诉他们吗？难道他们想让独裁者回去。如果不行，就扔炸弹。更多威力更大的炸弹。让这些人知道上帝的愤怒，狠狠地炸，直到他们听话为止。如果还不行，就把核武器拿出来，炸它个寸草不生，再填装上全新的思想和感情，用核武器彻底改造这个国家的灵魂。

比利知道美国人每天都在和内心的煎熬打仗，因为他每天都能从跟他们的接触中感受到那股强烈的情绪。这种感觉通常出现在身体接触的一刹那，一股属于战士的压抑已久的暖流划过握在一起的双手，像触电一般。对于许多人，这一刻意义非凡：比利经历过的痛苦变成他们的，他们的则变成他的，某种神秘的移情悄然发生。然而从握手时这些人哽咽的表情来看，绝大多数人承担不起这份重担。他们张口结舌，气喘吁吁，脑筋短路，口齿不清，想不起自己要说些什么，抑或是一开始就不知道该说些什么，只好借助于老习惯。他们要签名，要手机合影，一遍又一遍地说谢谢，越说越激动，他们清楚当感谢军队时，他们是好人，他们眼睛里闪烁着自豪的光芒，确凿地证明他们是善良的好公民。一个女人突然放声大哭，她的感激之情令人震惊。另一个女人问我们是不是要赢了，比利回答我们在努力。"你和你的兄弟们在铺路。"一个男人低声说，比利没有傻到反问铺什么路。下一个男人指着比利的银星勋章，几乎就要碰到它了，粗声粗气地说："来之不易的勋章。"一副老于世故的样子。比利说："谢谢。"尽管这回答不太对。那人接着说："我看了《时代周刊》上的文章。"这回他真的伸手去摸勋章，那感觉就像弯腰去摸他的下身一样下流。那人说："这是你挣来的，你应该感到骄傲。"比利并无恶意地想，你怎么知道？几天前，他接受地方电视台的采访，一个满口胡言的蠢货新闻记者居然问他：那是什么感觉？对方朝你开枪，你也朝他开枪。杀人，自己也差点儿被杀。看着战友和伙伴死在自己面前，是什么感觉？比利结结巴巴地挤出一些含糊的话，说话时他的脑子里却开通了另一条线，一个陌生人也在讲话，悄悄说出比利说不出口的真话。打仗就是他妈的野蛮。他妈的不是人干的。是世界上最残忍血腥的堕胎，耶稣圣婴在烂粪堆上拉屎。

这些英雄事迹不是他主动挣来的，是它们自己找上门的。而他担心这样的"好事"会再来找他，这种担心像长在脑子里的一颗瘤子。就在比利觉得再也无法维持礼貌的时候，最后一批前来致意的民众终于走了，B班回到座位上。这时，乔希出现了，第一句话就是，麦克劳林少校哪儿去了？

戴姆若无其事地说："哦，他说什么要去吃药。"

"吃药——"乔希把后面的话吞了回去，"你们这些人——"乔希堪称积极向上的美国白领青年的化身。他又高又帅，身体健壮，鼻子像指南针一样又直又细，一头乌黑亮丽的浓密头发，整个人就像J.Crew品牌的男模。B班的人见到他就禁不住头皮发麻。大家已经争论过乔希是弯的还是直的，结论是他不是弯的，就是一个白领娘炮。塞克斯说："他就是所谓的都市型男。"大伙儿听了一致同意塞克斯必定是弯的，所以他才会知道这个词。

"好吧，"乔希说，"我想他自己会出现。你们想吃午饭吗？"

"我们想见啦啦队。"克拉克说。

"没错，"阿伯特说，"但是也想吃午饭。"

"好，稍等片刻。"

乔希拿起对讲机。大伙儿交换了一个"搞什么鬼"的眼神。牛仔队吹得天花乱坠，但在接待B班这件事上似乎是临时抱佛脚，所有的安排介于敷衍了事和糟糕透顶之间。比利趁着乔希用对讲机通话的空当，示意他过来些，时刻待命的乔希心领神会地在比利的座位旁边蹲下来。比利问："有没有帮我拿布洛芬止痛片——"

"哦，见鬼。"乔希低叫了一声，然后用正常的声音说，"抱歉，抱歉抱歉抱歉，我一定给你拿。"

"谢了。"

"还在宿醉,兄弟?"曼戈问,比利只是摇摇头。他们八个人一晚上去了四家脱衣舞俱乐部,没什么特别的目的,除了最后那次口交。想到这儿比利就恨不得一枪毙了自己。他回想起昨晚那个女孩的头在自己的大腿间浮浮沉沉,感觉就像在做牙科手术,医生正用蛮力往牙里钻。这是恶业,当然,他透支了自己的业的账户。"业"这个词是施鲁姆教给他的,指一个人善与恶的流水账户,是心灵的具象,宇宙最后趋向终极正义的表现。比利扫了一眼球场,那个弃踢手已经不见了。他把目光转向球场上空球刚才到达的最高点。现在那里只有空气,他需要球凌空划出的弧线,需要一个具体的标记来感觉施鲁姆悬浮在天的另一边。

施鲁姆,施鲁姆,伟大的施鲁姆预言了自己会战死沙场。施鲁姆说过,等他们结束在伊拉克的任务,他要申请休假,要去秘鲁来一场死藤水之旅。"去看看大蜥蜴,除非那些家伙先把我叫走。"除非。你猜怎么着。那天施鲁姆预感到了。这不正是他们最后握手的意义?他们遇到暴徒时,曼戈端起点五〇口径步枪朝对方开火,施鲁姆从座位上转过身,握住比利的手,大喊:"我下去了。"当时周围十分混乱和吵闹,比利把"我下去了"听成了"它下去了",他的耳朵自动过滤了奇怪的地方,所以丝毫没有觉察出不对劲。事后回想起当时的情景,比利才明白那天到底发生了什么,施鲁姆的话和眼神都暗示他即将离开他们,好像他从井底抬头仰望着比利。

只要想这些事超过几秒钟,比利的脑子里就会响起一种合成器发出的嗡嗡声,像是震耳欲聋的管风琴,不是施鲁姆的葬礼上演奏的那种半死不活的杀牛般的乐声,而是雷鸣般的和弦,宛如看不见的海啸在大洋深处翻滚,发出隆隆巨响。这声音叫人毛骨悚然,但比利从未试图抗争；这个巨大的声响可能是上帝在他的脑子里大声呵斥，也可能是某种用密码精心编写的真相，或者两者皆是，又或许两者根本就是同一种东西，有本事就他妈的把这个拍进电影里。你们是好朋友？《阿德莫尔每日星报》的记者问。"是的，"比利回答，"我们是好朋友。"你经常想念他吗？"是的，"比利回答，"我经常想念他。"每天，每小时，不，每隔几分钟。事实上差不多每隔十秒钟。不，更像是印在视网膜上的一个图像，无时无刻不在眼前。施鲁姆先是活着，警惕着四周的情况，然后死了，活着，死了，活着，死了，他的脸翻来覆去地出现。比利看见几个阿拉伯人把施鲁姆拖进高高的草丛里，心想"哦，操"，或者只有"操"，他的心理活动就这么多，因为他急忙爬起来，跑了过去。不过最奇怪的是，比利至今仍觉得他站起来的时候，清楚地知道后面将发生什么，那种印象太深刻，直到今天他都分不清哪个是事实哪个是幻觉。他对那场战斗的记忆是火红的、一片模糊，可对预兆的记忆却十分深刻而清晰。他怀疑是不是所有经历过这种震撼的士兵都在一瞬间清楚地预见了未来，好像拿着望远镜穿透时空，看到未来，告诉他们接下来该做些什么。还是只有活着的人预见了？也许他们都认为自己看见了，只是那些没能活下来的人并没有真的看见。唯有活下来的人才可以觉得自己先知先觉，不过比利现在觉得施鲁姆同样看得清清楚楚，只不过看到的是相反的结果。

哦，施鲁姆。比利感觉一下子要想的事情太多了，电影、采访、身上戴的勋章的意义，以及这一切背后最核心的问题：在阿尔－安萨卡运河河岸那场始终像谜一样的交战。你的头脑不得安宁。你没有病但也不太正常。比利隐约觉得有什么事情没做完、心里惴惴不安，好像你的人生自顾自地往前走，你不得不把它拉回来填满。没错，就是时间差的问题，应该从这里重新开始。可惜这个时候乔希大喊一声，吃午饭！全体起立。看台上爆发出一阵短暂的热烈掌声，塞克斯那个蠢货朝人群挥挥手，好像掌声都是送给他的。乔希带着大家勇敢地走上台阶，开始登顶的艰难跋涉，大家排成一列，像《泰坦尼克号》结尾那些难逃劫数的可怜虫一样，在茫茫的海天之间奋力抵抗。哪怕只放松一秒，你都会完蛋，所以策略便是绝对不能放松。来到大厅后，比利感觉好多了。乔希带大家走上一段盘旋的斜坡，风吹进来形成激烈的旋涡，把垃圾和灰尘吹得团团转。B班所到之处，空气仿佛凝固了，人们根据自己的政治立场和性格特点，或停下脚步或大声叫喊，或注视着他们或报以微笑，B班礼貌地保持楔形队形径直前进，不料一组西班牙语电台的人抓住曼戈进行采访，打破了一路上的纯净气场。人们向他们聚拢。空气中充满了欲望。大家想要聊天，想要肢体接触，想要照相和签名。为了得到想要的东西，美国人会出奇地彬彬有礼。比利背靠着栏杆，发现一对从阿比林来的夫妇在看着自己，他们看上去是个小康之家，后面跟着成年的儿子和儿媳。年轻人似乎为老人家的追星热情感到难为情，可两位老人一点儿都不在乎。"我就是忍不住想看！"女人冲比利大声说道，"就跟九一一的时候一样，我就是忍不住一直看，看着那两架飞机撞向大楼。我就是控制不住，鲍勃不得不把我拉开。"丈夫鲍勃是一位驼背的高个子老先生，浅蓝色眼睛。他平静地点着头，深知当妻子打开话匣子时应该任由她说别拦着。"对你们也一样，当福克斯新闻播出那段录像的时候，我立马坐下来，好几个小时没有动。我太骄傲了，太——"她一时语塞，"骄傲了，"她重复了一遍，"我想说，感谢上帝，正义终于得到了伸张。"

"好像电影一样。"

女人的儿媳加入了他们的谈话。

"没错。我必须时刻提醒自己这是真的，这些都是真的，美国士兵为我们的自由而战，这不是电影。哦，天啊，那天我实在太高兴了。我松了口气，好像我们终于报了九一一的仇。啊。"那女人停下来深吸一口气，她太需要喘口气了，"你是当中的哪一位？"

比利礼貌地做了自我介绍，没有再多说什么，女人似乎察觉到这是个敏感问题，没有继续追问，只是跟儿媳一唱一和，抒发爱国之情。她们百分百支持布什，支持这场战争，支持美军，因为各国间××××××保卫×××××××打击基地组织×××××××，那位女士一直往比利身上靠，拍着他的胳膊。比利渐渐进入了初级催眠状态，感觉身体麻麻的，很舒服。这时他的头骨被打开，脑子飘进了冰冷的空气——

     恐怖分子

        恐怖分子增多

大规模杀伤性武器

          骄傲，无比骄傲

   以及

     祈——祷

       我们

    祈祷

       祝愿

         祝福

           赞美

   都是从你而来

      吹角

    呵，B班   **收拾东西滚蛋！**

无论这些美国同胞是什么年纪，什么身份地位，比利都忍不住把他们当作小孩子。他们像一群聪明自负的孩子，大胆高傲、独断专行，费多少口舌都没法让他们明白战争就是不折不扣的罪孽。比利同情他们，鄙视他们，爱他们，也恨他们。这些孩子，这些男孩女孩，这些娃娃，这些婴儿。美国人都是小孩子，得去外面看看才能长大，有时甚至会死在外面。

"伙计，刚才那个女的。"大家继续往前走的时候，克拉克说道，"那个带着孩子的金发美女！刚才她丈夫给我们照相的时候，她简直就在用屁股蹭我那里。"

"胡说八道。"

"没胡说！我马上就硬了，伙计。她的屁股就在那里蹭来蹭去。再来个五秒，我就忍不住了，我没骗你。"

"听他胡扯。"曼戈说。

"我对天发誓！然后我说，嘿，把邮件地址给我，回伊拉克以后咱们保持联系，可她好像听不懂我的话。婊子。"

曼戈说他不信，不过比利觉得有可能，女人见到穿制服的男人就有点疯狂。他落后大家几步，看了看手机。里克牧师又给他发来一段《圣经》——

> 你们当知晓耶和华是神！
> 我们是他造的，也属于他。

这家伙真是没完没了，像个披着羊皮的二手车推销员。比利把短信删了，心想藐视牧师不知会不会遭报应，尽管藐视的只是个垃圾牧师。"你不冷吗？"一个路过的女人问道，比利微笑着摇摇头说："不冷，夫人。"他真的不冷,他并不羡慕球迷们奢华的裘皮大衣、鼓鼓的羽绒服、熊掌般的手套和忍者面具。很多男人也穿皮草,这是时下的潮流。突然,麦克少校不知从哪里冒了出来,走在他身边。

"麦克劳林少校,长官!"

少校迷迷糊糊地看了他一眼。比利这才想起应该提高嗓门。

"我们担心你,长官!我们不知道你去哪儿了!"

少校皱了皱眉。"看清楚了,士兵,我一直都在。擦亮你的眼睛。"

收到,在少校看来他一直都在,对于一个步兵来说这样就够了。收到,长官!少校低下头闷闷不乐地看着鞋子,大踏步地往前走,比利突然像条小塞特猎犬般紧张起来。试试看吧,傻瓜,比利自言自语。还有比现在更好的机会吗?他需要有人指导,需要有人和他谈谈死亡、悲痛和灵魂的宿命,需要有人和他好好讨论这些事情,而不是胡说八道贬低它们的真正意义,而麦克少校可能懂这些。每当别人问比利祷告吗?信教吗?或是明确地问他得到救赎了吗?是基督徒吗?他总回答是的。这样的回答会让对方高兴,而他也觉得这也算是实话,虽然可能跟对方想的不太一样。他想说的是,他确实依赖这些,就算不是基督教信仰的全部,也毫无疑问是其最核心的教义。神秘,敬畏,深切的悲与痛。哦,我的同胞。在施鲁姆死的那一瞬间,他感觉到施鲁姆的灵魂离开了身体。轰隆一声巨响!好像高压电线爆炸后,比利被烧焦的电线环绕。那挥之不去的混沌就像被一个厉害的重量级拳击手狠狠揍了一拳。有点像脑震荡,有时他觉得耳朵里还在嗡嗡响。

比利现在懂了:灵魂是一种看得见摸得着的实在的东西。这两个星期,他周游了这个伟大的国家,满心相信总有一天会遇上一个人,为他解释他经历的事情,或者至少帮他梳理出个头绪。他遇到了里克牧师,一时软弱,对牧师吐露了心事,结果那不过是一个自以为是的混蛋。

戴姆与这件事联系太过紧密，而且比利需要的是一个稳重的成年人形象。有一段时间，比利以为艾伯特就是他需要的人。艾伯特阅历广泛，受过良好教育，好像懂得很多，可以把太阳说沉了又升起来。但后来比利失望了。并非因为艾伯特缺乏同情心——虽然有时候他会冷漠地看着你，好像你是他下一口要吃掉的汉堡，而是艾伯特对什么事情都挖苦讽刺，包括他自己。艾伯特自认为聪明，世界上大多数人都是如此，但正是这种内在的世故让他没法成为比利最需要的那个人。

于是，只剩下麦克少校是最佳人选了。如斯芬克斯、僵尸和幽灵一般，极少说话，从不去撒尿的麦克少校。只有百分之四十的时间出现、出现时也只有百分之六十的魂儿跟随的麦克少校。所以，比利此刻才极其沮丧地跟着自己的长官走在大厅里。他想知道那天在拉马拉发生了什么。那天少校是否有兄弟或朋友牺牲，他有没有眼睁睁地看着他们死去。比利迫切需要跟谁好好谈一谈，男人之间战士之间推心置腹的交谈，他渴望简单粗暴但却实用的智慧。可他不知道怎么跟长官攀谈，更别说破解少校失神的密码，挖出私密的真心话。他该如何打破沉默呢？哟，少校，瞧这儿有桶装的喜力啤酒。可惜这时乔希带着大家拐进外廊，来到一部专用扶梯前，比利觉得机会溜走了。两个人高马大、西装革履但看上去没什么自信的保安看了一眼 B 班的球馆通行证，摆摆手让他们过去。扶梯载着大伙儿往上走，塞克斯高声说道："伙计，这是通往天堂的阶梯！"说完他大笑起来，好像说了一句多么风趣的俏皮话。比利故意站得比少校低了一个台阶，心想没戏了。他缺乏勇气和口才，而少校的耳朵又听不清，有些事情是不能用泡路旁酒吧时的音量说的。死亡、悲痛和灵魂的宿命，它们是需要在清醒时认真探讨的话题，不可能靠吼来吼去聊出什么结果。

所以比利什么都没说，少校也什么都没觉察。一行人跨出自动扶梯，来到一个叫蓝星层的地方。乔希带他们走到一部写着"非球场俱乐部会员不得入内"的电梯前,掏出卡片在门禁上刷了一下,大家步入电梯。两对穿着考究的夫妇走进了轿厢。他们的年纪足以抵得上任何一个 B 班队员的父母,不过金钱帮他们减去了至少十岁。没有人打招呼。电梯门关上,也锁住了女人的香水味,刺鼻的柠檬麝香瞬间弥漫开来,好像燃烧的柠檬树。电梯一声闷响,启动了,比利的肠子突然咕噜作响,想要通过肛门打个大嗝。他竭尽全力强忍着。一阵难以察觉的颤抖在 B 班中蔓延;有些人站得僵直,有些人不停换腿,拳头一张一合。哦,天啊,上帝,拜托,不要在这里,不要在这时。大家都咬紧牙关,直视前方。为何狭小的空间一定会刺激这些士兵的肠道?

戴姆不愧是天生的领导者,他以钢铁般的意志说道:"先生们。"他停顿了一下,"想都别想。"

如何化零为整

大家站在奢华的自助餐台前,整装待发。塞克斯一直管这叫"早午餐",好像这样说显得他很有型很懂。直到戴姆叫他闭嘴,这是午餐,哟,或者你非要较真的话,这是感恩节大餐。摆在他们面前的的确像明信片里的饕餮盛宴,不下六十英尺长的桌子上摆放着琳琅满目的食物,既有传统的节日美食,也有新式菜肴,如《星期天》杂志增刊上的广告般光芒四射。比利从架子上取下一个干净的盘子,觉得自己快吐了。宿醉让他不堪重负,一块块、一盘盘、一层层,成山成堆的食物好似一套复杂的土方工程。这"切实感",这密密麻麻的景象刺激着他的肠胃。比利站在原地摇晃了一会儿——他会忍不住吐出来吗?这时他的肚子释放出原始需求的信号,咕噜咕噜叫了起来。

"大家装食物吧,"戴姆说,"然后谈谈小人物的生活。"屋里散发着肉汁和打完蜡的家具的味道,表明这里确实是乡村俱乐部会员在比赛日常来的地方。进来要十美元,吃饭四十美元,外加税金和服务费。但是免费招待英雄,乔希说。B班齐呼,真的?不过这"俱乐部"没什么值得欣赏的,格局凌乱,天花板低矮,一面是吧台,一面是俯瞰球场的落地窗。屋内有的地方光线刺眼，有的地方阴沉昏暗，晃得人很不舒服。头顶的照明设备洒下如变质黄油般的蒙蒙细雨一样的光，而巨型落地窗反射着耀眼的白光。两种光线交织在一起，时强时弱，忽明忽暗，叫用餐的客人永远难以适应。地毯是泥浆灰色的，装潢用了酒红色塑胶和棕红色装饰面板进行混搭，刻意营造出富丽堂皇的样子。不过装潢已经旧了，让人想起二十世纪七十年代的假日旅馆。很显然，作为球场的专属俱乐部，经营者只想投入最少的钱，确保主顾们不会有太大意见，其他能省的都省了。

比利十分厌恶这个地方，心情很是低落。但他觉得这不过是对有钱人过敏。他一进来就浑身紧绷，嗅到了铜臭味。他想立刻离开，想揍人一顿。有钱人叫他紧张，没有理由，就是这样，比利穿着褐绿色A级军服站在领座员的台子旁，他感觉身处此处，自己就像被洒在裤子上的葡萄酒。但是——你猜怎么着？就在大家站在那里等待就座时，俱乐部会员一齐起立，庄严地鼓掌。几个就在旁边的百万富翁走过来跟他们握手，坐得远一点的爱国人士看来已经喝醉了，发出一阵醉醺醺的欢呼。俱乐部经理亲自带大家入座，他是一个油光满面但很苗条的家伙，像个在酒吧里轻声搭讪的殡仪师，说着虚情假意的客套话。被这些有权有势的人盯着，比刚才更糟，比利感觉脚步不稳，手臂开始不听使唤。他赶忙瞥了戴姆一眼，镇定下来，抬头挺胸，目视前方，下巴微微抬起六度，仿佛自己的尊严是个稳稳放在下巴上的烈酒杯，千万不能掉下来。他模仿着戴姆的动作，一切顿时豁然开朗。

装装样子就熬过去了，比利提醒自己。他就是这样熬过当兵的日子的。

见大家都取好餐坐定，乔希宣布要离开一下。

"哥们儿，你也得吃点。"阿伯特说，"你光站在那里都瘦了。"

乔希笑了。"我没事。"

"我们几时见到啦啦队?"霍利迪想知道。

"很快。"乔希的声音盖过了克拉克。后者正嚷嚷道,去你的啦啦队,把天命真女带来,他要跟碧昂斯好好"面对面"交流一下。

"她们会给我们跳膝上舞吗?"阿迪又问。乔希想了想,一本正经地回答:"我问问。"大伙儿都笑了。乔希啊乔希。乔希真是个可爱的娘炮。B班坐在靠窗的一张大圆桌旁,面向球场,视野极佳,不过此刻球场上没什么可看的。戴姆允许他们午餐时喝一瓶喜力啤酒。就一瓶,他说着瞥了一眼麦克少校,少校点点头。比利一定要坐在戴姆和艾伯特旁边,因为他想听到他们说的每一句话。他明白自己知道的东西不多。他几乎一无所知,或者说知道的都是些没用的,而眼下有没有用的标准就是能不能让他安心宁神。所以比利要确保坐在戴姆旁边。戴姆坐在哪儿,哪儿就是餐桌的主位。艾伯特坐在戴姆的右边,然后是阿伯特、阿迪、洛迪斯、克拉克、塞克斯、麦克少校、曼戈,最后转回到比利。要不要给施鲁姆和莱克也留个位置?这是在集体用餐之前,比利在饭前祷告时总会想的。他还有个习惯:永远不能左脚先跨过门槛。还有一个:系防弹衣时要从下往上,不能说W开头的句子,出任务前六个小时内不可以手淫。可是运河战役那天,他遵守了这些习惯和护身符般的仪式。所以也许一切都不重要,昨天晚上他们住在达拉斯一家W开头的酒店,或是酒店里的高档酒吧取了个真他妈奇怪的名字叫"幽灵酒吧"。有这么多的预兆、征兆、迹象需要你解读。偶然性、随机性把你的脑子变成这个样子,每分钟都像生活在俄罗斯轮盘赌里。迫击炮弹从天而降,随机的。火箭弹、炸弹、简易炸弹,都是随机的。有一次在哨所,轮到比利守夜,他突然感到鼻梁上噗的一声,往后踉跄了一下。这时他意识到刚才是一颗子弹高速飞过。就差那么几毫米。

不是几毫米,是微米、纳米。一切都是随机的,这一秒钟你站在便池前还是迟了一步,吃饭恰巧快了几秒,在双层床上向左而不是向右翻身,站在队列里的什么位置,这些看似不经意的随机之举却事关重大。一开始他们攻击领头的悍马车,后来转而攻击第二辆,然后第二、三、四辆都有可能,接着又回到第一辆。更别说永远都在争论要坐在车里的什么位置才不会中奖,任何一天,任何地点,任何事都有可能发生。前几天比利对一个记者说:"你可以躲过火箭榴弹。"他并非想通过这种耸人听闻的爆料来哗众取宠。他有些不自在,觉得像是在爆料见不得人的家丑,但他说的是真的。你可以躲过火箭榴弹,那鬼玩意儿晃晃悠悠地落下来,然后像廉价的墨西哥烟花似的冒烟,迸溅出火星,滋－滋－噼－啪－嘭－!他要说的是,他想说的是,他没瞎说,有时确实就像电影里的慢镜头。他真正想表达的是,生活是多么奇怪和不真实。最近他在想,其实可以在火箭榴弹飞过时像戳破气球那样敲敲它让它飞向别处,而不是一味地躲开,看着它噼啪作响地飞过,然后爆炸,留下一片狼藉。吃饭、拿刀叉、举杯,此时此刻发生的事情还不如回忆来得真实,这几天世界上最真实的是发生在他脑子里的这些事。比如说莱克。莱克,啊,想到这里比利脑子里就开始播放单调的小电影了。一天晚上,比如说,在一条悬崖边的小径上,月光淡淡,蟋蟀鸣叫,远处隐约传来犬吠,运河缓缓流过一旁。这样安静的夜晚,在一条悬崖边的小径上,镜头慢慢地离开小径,聚焦在附近高高的草丛里的什么东西上。一条腿。两条腿。莱克的腿。四周很安静。那些蟋蟀,柔和的月光,呜咽的河水。接着那两条腿像是从沉睡中苏醒过来,开始动弹。起先小心翼翼地,像孩子般天真无邪不知所措,后来两条腿终于站了起来,迈开步子,去找莱克的身体。就像是一部迪士尼电影里两只不小心被主人遗忘的宠物。这两条腿多么勇敢、轻信和忠诚,怎么会知道它们从一开始就被欺骗了，莱克的身体远在六千英里之外的大洋彼岸？吃饭的时候想这些不合时宜，可一旦这些小电影在你的脑子里开始播放——

"比利，不要发呆！"戴姆吼道。

"我没有，中士。我只是在想甜点。"

"超前思考，好士兵。天杀的我把他们训练得真好。"

"他们真能吃，"艾伯特说，"嘿，伙计们，慢慢吃。菜又跑不掉。"

"别担心，"戴姆回答，"只要让你的手脚远离他们的嘴，就不会受伤。"

艾伯特笑了。他只拿了一盘什锦蔬菜沙拉、一杯汽水和放在一旁几乎没有动过的"牛仔丽塔"鸡尾酒。"我会想念你们的，"他说，"认识你们这群优秀的年轻人真是难得的体验。"

"跟我们回去呗。"克拉克说。

"是啊，跟我们回伊拉克，"阿伯特力劝道，"很好玩的。"

"不，"霍利迪反对，"艾伯特要留在这里让我们发财。对不对，艾伯特？"

"是这么打算的。"艾伯特故作温和地回答。就是这个，比利心想，就是这种最后关头的软化，不易察觉地放松自我和进一步的努力，决定了谁才是一流的职业选手。"我只会碍事。"艾伯特说，"而且我是典型的反战蠢货。你看，我之所以去读商学院就是为了避开越战，而且我告诉你们，要是我的延期申请没有通过，当晚我就坐上去加拿大的汽车了。"

"那是六十年代吧。"克拉克问。

"没错，六十年代。那时候我们只想吸很多大麻，泡很多妞儿。你说什么，越南？我怎么会想去臭气熏天的水稻田里，被炸得屁股开花，好让尼克松可以再连任四年？去你的，而且不止我一个人这么想。看看现如今的这些战争贩子都逃避了越战,我是最不可能开口骂他们的人。布什、切尼、罗夫,这些人只不过干了大家都会干的事,而我跟他们一样,跟所有人一样贪生怕死。我看不顺眼的是如今他们那么鲁莽和激进,说着'放马过来吧'的屁话。我是说,天啊,谦卑一点,诸位。他们应该爱惜你们年轻的生命,就像爱惜他们自己的一样。"

"艾伯特,你应该去参加竞选。去竞选总统吧。"曼戈说。

艾伯特笑了。"我宁可去死。不过谢谢你的提议。"这位制片人此刻显然很开心,面带微笑歪坐在椅子上。他就像赫特人贾巴坐在特制的王位上那样,整个儿斜靠在椅子里,舒舒服服地摆脱重力的拉扯。"他他妈的打电话给我们干什么?"艾伯特第一次与B班联系时,克拉克问。迅速上网搜索一下,他们便发现:确实如艾伯特所说的,他是一位好莱坞资深制片人,在七八十年代获得过三次奥斯卡最佳影片奖,此外还"荣幸地"制作了华纳兄弟史上最赔钱的电影《洗衣店的福迪》。"那部电影就是当年的《伊斯达》。"艾伯特喜欢笑着如是说,将当年的失败之作当作一枚荣誉勋章,毕竟只有顶尖的制片人才有资格烧掉天文数字的预算。不管怎样,两年后他获得了第三座奥斯卡奖杯,挽回了声誉。事业中期他选择了休息。好莱坞的运作模式变了,电影公司不再和制片人签订长期合同,加上他刚结了第三次婚,开始组建新的家庭。赚够了钱,他决定离开一阵子。如今三年过去了,他渴望重操旧业。多亏老朋友,他在米高梅的片场得到了一间独立工作室,有一个电影公司指派的秘书兼助理。"我喜欢现在这个样子,"初次见面时,他对B班这么说,"没有管理开支,没有压力。我感觉又像个孩子一样,可以做自己想做的事。"

他那位身材火辣的年轻妻子(B班也上网搜了她)会不会因为他不能回家过感恩节而生气?啊,她是个好孩子,理解这是他工作的需要。

几个俱乐部会员停下脚步,向他们致以敬意,艾伯特饶有兴致地看看。这几个男人中间有成功的银行行长,也有中等规模城市的市长。他们满头银发但精神矍铄,皮肤黝黑,六十岁了还能在网球场上大力发球。妻子们都比丈夫年轻,但还不至于年轻得令人觉得突兀,个个都是金发碧眼的美女,都展现出做过整形手术一般的好身材。倍感骄傲,男人们一面上前握手一面说道。感激不尽。无比荣幸。卫士。自由。狂热分子。恐怖主义。男人们致意时,妻子们站在一旁看着,略显惆怅地微笑着,但没有表现出半点欲望。

各位慢用,男人们离开前说道,就像那些戴着白手套的高级侍应生,一副臭脸,嘴上倒说得好听。"他们真的很喜欢你们。"这群人离开后,艾伯特说。克拉克哼了一声。

"他们要是这么喜欢我们,何不叫他们的妻子——"

"闭嘴。"戴姆吼道,克拉克就不吱声了。

"我的意思是每个人都喜欢你们,黑人、白人、穷人、富人、弯的、直的,每个人。你们是二十一世纪的平权英雄。听着,我跟其他人一样愤世嫉俗,但你们的故事触到了这个国家的敏感之处。你们在伊拉克的表现,跟一群极其恶劣的暴徒展开正面交锋,狠狠教训了他们一顿。就连我这种讨人厌的反战人士都不禁佩服。"

"我干掉了七个。"塞克斯说,他每次都这么说,"至少七个。我想还不止。"

"听我说,"艾伯特说,"B班那天的经历与普通人经历的现实完全不一样。像我这种从来没打过仗的人,感谢上帝,不可能知道你们究竟经历了什么,所以我想我们才会一直在电影公司碰钉子。那些人,他们都生活在泡沫里。亚裔美甲师请假一天,他们就觉得天塌地陷。让那种人来评判你们的经历有没有市场是错的,岂止是错,简直是没有天理。他们无法理解你们经历的事情。"

"那就告诉他们。"克拉克说。

"对,告诉他们。"阿伯特附和道,B班突然齐声高喊,告诉他们,告诉他们,告诉他们,像青蛙大合唱或是僧人念经。旁边的客人们笑了,好像看到一群兴高采烈的大学生在一旁恶作剧。不过喊声开始得突然,也结束得突然。

"让希拉里告诉他们。"戴姆说。

"我在努力,老弟。达成协议前还有很多事要做。"这时艾伯特的手机响了,他说的第一句话是:"希拉里正式表示对这部电影有兴趣。"接着,"她肯定。这是一个艰难的角色,希拉里是一个能吃苦的演员,又很爱国。她真的想演。"停顿,"我听说是一千五百万。"停顿,"会不会涉及政治?"艾伯特替B班翻了翻白眼,"拉里,你有没有听说过克劳塞维茨的名言,战争只是政治的另一种手段。"停顿,"不是,你这个白痴,不是《战争的艺术》。是那个德国人,普鲁士人。"沉默,"你怎么可能读过《战争的艺术》。你是在克利夫笔记网站上读的吧。我相信你读过简介。"艾伯特静静地听着,但眼神越来越愤怒,嘴唇抽搐,毛茸茸的手不停地摆弄桌布。

"拉里,你告诉我,一部关于伊拉克战争的电影要怎样才能不涉及政治?你想要一款电子游戏,是这意思吗?"

B班对视了一下。这主意也不错,大家普遍这么想。

"好吧,听着,这部电影中的政治是这样的。我的小伙子们是一群英雄,对不对?是美国人,对不对?毫无疑问他们站在正义一边,同时毫无疑问,他们非常了不起,这个国家有多久没遇到这种事了?这就是这部电影的政治,拉,再次唤起美国人的爱国热情。想想《洛奇》遇上《野战排》,你就明白了。"停顿。翻白眼。嗯哼,嗯哼,嗯哼。"听着,我们现在在牛仔队的球场,我告诉你,我从没见过这种阵势。他们走到哪里都会引起轰动,像披头士当年一样。大家发自肺腑地喜欢他们。"

B班队员相互看了一眼。最令人惊异的是艾伯特讲的大部分是真的。

"听着,跟鲍勃说说。他现在需要点儿热度,我放在一个他妈的大银盘里,双手捧给他。"沉默,"天啊。"又是沉默,"操,今天是感恩节。我说了希拉里有兴趣,你要相信我。不然你会后悔的。"

"有问题吗?"艾伯特咔嗒一声合上手机时,戴姆问。

"没什么。一切正常。"艾伯特喝了一口"牛仔丽塔",做了个鬼脸,"如今掌握电影公司的都是些会计师,开着玛莎拉蒂的侏儒,衣冠楚楚的小人。每天早上起来都要搜索一下自己,才能记得自己是谁。"

"你不是说奥利弗·斯通去过越南?"塞克斯问。

"没错,肯尼思。我忘了说他还是个疯子了吗?反正他现在也没什么票房。听着,就算要我为了这部电影沿街叫卖,我也愿意,我对你们就是这么有信心。"

没人明白艾伯特究竟什么意思,不过自助餐在召唤他们。大家起身去拿第二轮——只有戴姆、艾伯特和麦克少校坐着不动。前面已经排了很长的队,不过其他人一看到他们就纷纷让到一边,让他们先取。起初B班拒绝了,引起了一番愉快的谦让。你们先!大家假装责备地催促道。快点啊,去拿吧!于是B班排到了前面,他们经过时,人们都点头微笑,欢喜地看着这群身材高大、彬彬有礼、能把眼前的食物一扫而光的美国小伙儿。每个人都很高兴。这是个意义非凡的时刻。表明了观点,证明了假设,大家可以继续欢喜地享受这一天接下来的时光。在卡路里的猛烈进攻下,比利的宿醉吓得躲了起来,第二轮取餐时,丰盛的美食再次令他惊叹:火鸡金黄酥脆的外皮下露出美丽的纹路，香浓多汁的什锦砂锅，山一样的填料，六种不同的土豆泥和整颗土豆，其中有一种紫色的外国品种，口感像酵母菌，非常不错。在这块上帝保佑的土地上，在美国主流社会里，你可以文明地用餐和拉屎，在室内舒舒服服地坐在抽水马桶上，拥有上帝赐予的起码的隐私；而不是在野蛮人的荒漠里，在光天化日之下，任凭风沙像斗牛犬一样咬你的屁股。比利突然意识到，这就是文明的全部意义，吃美味的食物和得体地拉屎，不管是哪一种他都赞成，因为他已经受够这两种罪了。

走回座位时大家咯咯笑了起来，无缘无故地有点儿微醺，食物让体内的血糖上升。不过回到座位上，戴姆叫他们他妈的坐下，闭嘴，他不是在开玩笑。出事了。出什么事了？很快大家就知道了，非常厉害的编导团队格雷泽和霍华德有意拍B班的电影，环球公司甚至口头答应了，但条件都是把故事背景挪到二战。不过此刻B班只知道一件事，那就是戴姆突然暴躁起来，而艾伯特还是一副若无其事的样子，平静地用手机发短信。"他是个心理专家。"一天晚上，比利把他的夜视镜落在了悍马上，第二天被班长折腾了一个早上，事后施鲁姆如此评价戴姆。俯卧撑、仰卧起坐、举沙袋、在接近四十度的高温下绕着基地内场跑六圈，相当于四英里，跑得快没命了。"你永远搞不懂他，所以别费这个工夫了。"施鲁姆建议。

"他是个混蛋。"比利说。

"没错。可你反而会因此更喜欢他。"

"去你的。我恨那狗狼养的。"

施鲁姆哈哈大笑，他有资格笑。他和戴姆一起在阿富汗服役，是B班里唯一没有被戴姆折腾过的人。这次交谈发生在康乃克斯集装箱外的阴影里，施鲁姆在那里搭了一张简易遮掩网。他空闲时就修补修补网子，坐在从科威特买来的迷彩轻便折椅上，抽烟、看书、思考事物的本质。比利回想起施鲁姆当时的样子：赤着脚、裸着上身、手里拿着烟、腿上放着一本《沿恒河而下》，心里便觉得平静。施鲁姆喜欢沉浸在致幻植物带来的幻境之中，以至于整个人看上去就像一颗巨大的迷幻蘑菇，一个丰满、削肩、缺乏黑色素的白人，身形犹如海牛，却有工人般的力气。他能像拿手枪那样单手拿起班用自动武器，能单手架设好点五○口径的步枪，能像提懒人沙发一样提四十磅重的人道援助米袋。施鲁姆每隔一天就剃一次头，精致优雅的圆脑袋跟身体其他部分相比似乎小了几号。在炎热的天气中，他的脸像流动的熔岩灯般闪闪发亮，他不怎么流汗，而是在皮肤表面渗出一层像变质的泡菜汁一样油乎乎的液体。

戴姆经常说："人类要是生活在月球上，就都跟施鲁姆一样。"

施鲁姆告诉比利，戴姆的父亲是北卡罗来纳颇具影响力的法官。"戴姆很有钱。"施鲁姆说，"不过他不想让人知道。你知道这是什么意思吧。"

不，比利回答。什么意思？

"意思就是财产是世袭的。"

英俊潇洒的戴姆和月球生物施鲁姆真是天底下最奇怪的组合，在正常情况下，他们对于彼此的了解会被认为是不健康的。戴姆偶尔会暗示施鲁姆的童年十分悲惨，遭受过的沉重打击如史诗般壮烈，还在收养流浪儿童的宗教机构里待过一段时间，或者按戴姆的话说，是俄克拉荷马州某个收养无家可归的小屁孩的什么破救赎浸礼会之家，而施鲁姆听了眼睛眨都不眨一下。比利猜想施鲁姆熟知的大量《圣经》段落应该就是在那儿学到的，还有那些玄妙的箴言，诸如"耶稣不是卡车出租公司"，"不管愿不愿意，我们都是上帝的夹心饼干"之类的。在施鲁姆的世界里，砖头是"泥土饼干"，树木是"天空灌木"，前线步兵是"肉兔子"，而媒体上报道战争的进展则是"对着你的坟墓撒谎"。

之前，在他们还没有见识过真正的战争时，比利问过施鲁姆交火是什么样的。施鲁姆思索片刻，回答："什么都不像，真要说的话大概就像被天使强暴吧。"出任务前施鲁姆会对班上每个人说"我爱你"，直截了当，不是开玩笑，也不是自以为是，更没有基督徒的假惺惺，这句话干脆利落，好像给每个人的灵魂都系上了安全带。B班其他队员也跟着说"我爱你，兄弟"。开始不怎么正经，只是学百威啤酒广告里的傻瓜煽情地乱嚷嚷，但后来战斗越来越激烈，每次外出执勤都是高度紧张，就再也没有人开玩笑了。

　　我下去了。就像幻灯片，活着，死了，活着，死了，活着，死了。比利差不多同时在做十件事：打开医药箱，给步枪换上新弹夹，跟施鲁姆说话，打他的脸，吼他，好让他保持清醒，试图找到对方攻击的方向，周围什么掩护都没有，他只能蹲得很低。在福克斯新闻的纪录片里，比利一只手开枪，另一只手在给施鲁姆疗伤。可是他不记得了。他想自己肯定切断了施鲁姆的弹药夹，解开防弹衣找伤口。这就是人们所谓的勇敢？就是做些平时他们训练你做的事情，只是非常快速地完成。比利记得自己的前胸沾满了血，他还在想自己是不是也流血了，手上也都是血，太滑了，最后他只好用牙齿撕开弹力绷带。等他转过头时，施鲁姆那个大混蛋居然坐了起来！施鲁姆很快又倒了下去，比利赶忙侧身一滑，让他倒在自己的大腿上，施鲁姆抬眼看着比利，眉头紧锁，两眼放光，好像有很重要的话要说。

　　"他是你的班长。"那天在集装箱外头，施鲁姆这么说，"叫你的日子不好过是他的工作。"接着施鲁姆跟他解释为什么说戴姆是个心理专家，时而正面鼓励，时而纠正行为，比一直采用同样的方法更为有效。管他呢。施鲁姆从书上读了很多没有用的东西，不过此时此刻，在体育场的俱乐部里，比利想的是：谢谢你那么折腾我们，班长！谢谢你毁了这顿美味的午餐！这很可能是这段时间里他们最后一顿既非军队伙食也非军队请人来做的食物，但不管怎样，他们只是卑贱的前线步兵，现在的任务就是闭嘴、吃饭。

戴姆喝道："阿伯特，你他妈的在干什么？"

"我在给莱克发短信，班长。告诉他我们在做什么。"

戴姆没法反对。他扫视餐桌，寻找别的目标，可惜大家都在埋头大口吃饭。突然艾伯特暗自发笑。

"给，瞧瞧这个。"他把黑莓手机递给戴姆。

"他是认真的？不可能吧。"

"恐怕他是认真的。"

戴姆转向比利，说："这个家伙说咱们的电影是下一部《威震八方》，不过是在伊拉克。"

"哦。"比利没看过《威震八方》，"里面有希拉里·斯万克吗？"

"没有，比利，没希拉里·斯万克——天啊，算了，没事。艾伯特，他们是谁？"

"一群笨蛋，"艾伯特说，"书呆子，废物，骗子，没脑子的小杂种狗，只会傻乎乎地追着假兔子跑。对内容大惊小怪，不，应该说是恐惧。'这个好？哦，这个不好？哎呀，我说不准！'可悲，有那么多钱，却没有品位。你丢给他们另一部《唐人街》，而他们会说咱们塞几只可爱的小狗进去吧。"

戴姆漫不经心地说："你是说我们被耍了。"

"哎呀，我这么说了吗？我这么说了吗？没有吧，我可没有这么说。我在这行干了三十五年，我看上去像会被耍的人吗？"B班的小伙子们哈哈大笑。是啊，不像，没人认为艾伯特这种人会被耍。"好莱坞是一个恶心变态的地方，这点我可以保证。腐败、堕落、充斥着整天惹是生非的怪胎,就好像,嗯,十七世纪法国太阳王路易十四的宫廷。别笑,伙计们,我说真的,有些事用具体的事物比喻比较好懂。财富遍地,富得流油,方方面面都超越顶点,城里的每个笨蛋都机关算尽想要分一杯羹。但你得先接近国王才行,凡事都得经过国王同意,对不对?现在问题来了。大问题。如何接近国王。你不可能大摇大摆地直接走进宫殿当着国王的面推销叫卖,但不论何时,总有二三十号人在宫廷里晃悠,可以接近国王。这些人门路广,消息灵通,影响力大——关键就是让其中一个人对你的事情感兴趣。好莱坞也一样,能推动一个项目的每次都有二三十号人。名单每年都在变,不过作用是一样的,人数也差不多。只要能让其中一个人看上你的故事,就有戏了。"

"斯万克。"克拉克指出。

"斯万克是重要人选之一。"艾伯特肯定道。

"沃尔伯格?"曼戈问。

"马克可以推动一个项目。"

"韦斯利·斯奈普斯呢?"洛迪斯说,"比方说,你懂的,让他来演我。"

"有意思。"艾伯特沉思片刻,"这次不行。不过我跟你说,洛迪斯。他的下一部电影我看能不能把你塞进去,怎么样。"

哎哟——大伙儿一起打趣起洛迪斯来。洛迪斯咧开嘴开心地笑了,露出沾满食物的牙齿。这时俱乐部的一个客人过来跟大家打招呼。年轻人或者中年人从不会跟他们寒暄,过来的都是上了年纪的人,那些已经过了能打仗的壮年、安享晚年的银发老头儿。他们感谢士兵为国家所做的贡献,询问午餐如何,赞美士兵爱国、顽强、英勇善战等想当然的品质。这会儿来跟他们打招呼的客人面色健康红润,头上还有一些黑发,说话时元音拖得很长,让他的名字听上去像是"豪-韦恩"。不一会儿他就开始侃侃而谈,说自己有个家族石油公司,公司现在拥有一项全新的技术，利用盐水和化学压裂剂从巴尼特页岩开采出更多的原油。

"一些朋友的孩子也像你们一样在伊拉克服役，"豪-韦恩说，"因此增加国内的石油产量、减少对进口石油的依赖，对我来说是与我个人息息相关的事情。我想如果能把自己的工作做得更好，就能让你们这些年轻人早点回家。"

"谢谢您！"戴姆回答，"太好了，先生。我们感激不尽。"

"我只是尽自己的一份力。"这话说得真棒，比利事后反应过来。要是他跟其他人一样，说句各位慢用就继续回去过爱国富翁的日子就好了。可是他没有，他太贪心，还想从B班再多榨取一点东西。所以他问，从你们的角度来看，你觉得我们在那里干得怎么样？

"我们干得怎么样？"戴姆欢快地重复了一遍，"从我们自己的角度？"B班的人双手交叠，低头看自己的盘子，但有几个人忍不住偷笑。艾伯特抬起头，把手机收进口袋里，突然来了兴趣。"啊，这是战争。"戴姆还是一副欢快的语气，"战争是一种极端情况，人们拼了命地想杀死对方。不过我没有资格评论大局，先生。我只能肯定地告诉您，为了置人于死地而刀兵相见是会改变一个人的心智的，先生。"

"是的，是的。"豪-韦恩严肃地点点头，"我可以想象对于年轻人来说多么艰难。面对那么可怕的暴力——"

"不！"戴姆打断他的话，"不是这样的！我们喜欢暴力，我们喜欢杀人！我的意思是，你们付钱给我们不就是叫我们干这个吗？跟美国的敌人打仗，送他们下地狱？如果不喜欢杀人，那还要我们做什么？你们大可以派维和部队去打仗。"

"啊哈。"豪-韦恩笑了，不过笑得没刚才那么闪亮了，"你把我问倒了。"

"听着,你看到这些人了吗?"戴姆指了指桌子,"我爱他们每一个人,跟兄弟一样,我敢说我比他们的亲妈还爱他们,但是我可以说实话,而他们明白我的感受,所以我大可以在他们面前直说,我要郑重声明,这是一群你见过的最变态的杀人狂。他们入伍之前是什么样子我不知道,可是只要给他们武器和几粒能量片,他们就能把任何会动的东西打得稀巴烂。是不是这样,B班?"

大家立马高声回答:是,中士!引得餐厅里好几个头发梳得一丝不乱的脑袋朝他们看过来。

"明白我的意思了?"戴姆哈哈大笑,"他们都是杀手,很享受现在的日子。所以如果您的家族石油公司想要开采巴尼特页岩里的那破玩意儿,没问题,先生,那绝对是您的权利,但别说是为了我们。您有您该做的事,我们有我们该做的事,所以您继续开采,我们继续杀人。"

豪-韦恩张开嘴,下巴动了一两下,却说不出话来。他的眼睛深陷进脑袋里。比利心想:看啊,世界上最愚蠢的百万富翁。

"我得走了。"豪-韦恩咕哝道,看看四周,像在确认逃跑路线。不懂的事不要乱讲,比利想。每次遇到这种人,几个回合之后便高低自现。B班占有经验优势,他们才是真正打过仗、上过战场的人。他们已经面对太多死亡,承受太多死亡了,他们闻到的、握着的、靴子踩过的、衣服上喷溅的、嘴里尝到的都是死亡。这是他们的优势,想到美国制定了一套男子汉的标准,事实上合格的人却没几个,真是有意思。我们为什么打仗,哟,我们指谁?在这个主战的人都是胆小鬼、只会吹牛皮的国度,B班总是手握血淋淋的王牌。

豪-韦恩一走,B班刚才的偷笑变成了哄堂大笑。"你知道吗,大卫。"艾伯特若有所思地看着戴姆说,"退伍以后,你真的应该考虑当演员。"

B班的小伙子们又是一阵哄笑，可艾伯特好像很严肃。戴姆也一脸严肃地问："我是不是对他太凶了？"这惹得大家捧腹大笑，可戴姆却坐在那里绷着脸。几个B班队员开始喊"好莱——坞"，阿迪对艾伯特说："戴姆不是在演戏，他就是喜欢惹别人。"艾伯特回答："你以为什么是演戏？"大家又一阵哄笑。与此同时，戴姆凑近比利，小声说：

"真见鬼，比利，我为什么要让那个人难堪？"

"我不知道，中士。我想你有你的理由。"

"我的天啊。能是什么理由？"

比利心跳加快，好像上课被老师点名。"不好说，中士。因为你讨厌别人胡说八道？"

"是，有可能。再加上我是一个混蛋？"

比利不想回答。戴姆笑了，放松下来，招手叫来一个侍应生。然后他再次回头看着比利，又来了，他又露出了那种眼神，他的眼神如此坦率随性，让比利不禁怀疑，为什么是我？一开始他担心这是某些可怕的同性恋情的前兆，同性恋几乎是他能想到的男人与同性眼神交流时间过长的唯一解释。可是最近他开始产生怀疑，对人性的看法大大拓宽了，让他觉得不是这样。戴姆要找的是别的东西，某种认同或尚不确定的洞悉，虽说比利知道要是他把这一切如实地说给毫无瓜葛的第三个人听，那听上去确实像是要搞同性恋。必须亲身经历过，才能理解那天他们哀痛欲绝的心情。那天莱克躺在手术台上，拼命挣扎，想要摆脱医生。他大喊大叫，乱踢乱打，血溅得到处都是，好像医生们不是在救他而是在活剥他的皮。而他们看得心如刀割。比利意识到那一刻是个转折点，是他情绪弧线的拐点。在那之前或之后，不论情况多糟糕，他都能挺住。可那一刻他崩溃了，跑到救助站外的斜坡上号啕大哭。戴姆把他拖进一间补给储藏室，按在墙上像是要揍他。要不是戴姆这么做，他肯定会因为震惊和悲伤过度而失控。那时连戴姆也哭了，两个人抱头痛哭，咳嗽呕吐流鼻涕，浑身都是泥土、鲜血和汗水，好像刚从某个烂泥堆中爬出来，又是喘气又是恶心。戴姆不停地在他耳边低声说：我知道会是你。他的嘴巴好像一把丁烷点火枪，在比利耳边喷着热气，我知道会是你，我知道我知道我他妈的知道我真他妈的太为你骄傲了，说着他双手捧住比利的脸对着嘴唇吻了下去。比利的嘴唇像被狠狠踩了一脚，又像被橡胶锤猛砸了一下。

比利的嘴巴一连酸痛了好几天。他一直等着戴姆给他个说法，可戴姆什么都没说，他只能用手指抚摸着嘴唇上的瘀青。不可能把这段拍进电影里，还指望观众能理解。就比利看过的电影而言，不可能。如果你说可以理解，那他会说，好吧，拍进去就拍进去，他他妈的才不在乎人们会不会以为他是同性恋，但必须演得聪明、有技巧，不能直白地这么演出来，要让观众理解。可是，现在，斯万克把他的脑子全搅乱了。如果她要同时出演他和戴姆，这段戏怎么演呢？自己亲自己。自己救自己。说不定在电影里他们都得变成疯子。

去他妈的，反正没人知道这事。戴姆又给大家要了一轮喜力啤酒，不过要侍应生先把空瓶子收走。这个侍应生走了以后，另一个侍应生过来问他们要不要咖啡。咖啡？当然了，咖啡！咖啡因是不可或缺的基本药品。克拉克问有没有红牛，侍应生说他去看看，结果其他人也都说要来一罐。大家一起起身去拿甜品，但比利要先去厕所。他不好意思问厕所在哪里，就自己在俱乐部的外间转悠了一会儿。不过这样也挺好的不是？他正好需要透透气，看看代表了职业橄榄球队四十年历史的纪念品不失为麻痹大脑的好办法。有海报大小的万福马利亚接球照片；斯托巴赫在第六届超级碗上穿的钉鞋；在棉花碗球场的最后一场比赛中，牛仔队的梅尔·伦弗罗穿的沾满草的球衣。每一件物品都像神圣罗马帝国的遗物一般被精心收藏并供奉起来。比利找到男厕,撒了尿。这里的一切都很干净。在伊拉克,厕所不过是露天下水道,里面满是垃圾、尘土、瓦砾和腐烂的东西,还有那些叫人发狂的细小沙砾,拼命往人身上的各个孔里钻。近来比利发现连自己的肺里也有讨厌的沙砾,深呼吸的时候,它们就在肺里嘎嘎作响,发出微弱的尖叫,好像深谷里传出的风笛声。他不知道自己是永远落下这毛病了,还是身体里的过滤系统一时堵塞。

比利洗手洗了很久,直盯着镜子里的自己看。在老家斯托瓦尔有一个叫丹尼·沃伯纳的男孩,是他朋友克莱的哥哥。丹尼待人礼貌而疏远,沉默寡言。他的两个好朋友在一次车祸中遇难了,他死里逃生,因此,人们不太在意他的古怪行为。比如,在他跟克莱同住的房间里,他会赤身裸体地站在镜子前看很长时间,不管房门是不是开着,天气冷不冷,或者有没有其他男孩在屋里走动。这只是丹尼的古怪行为之一,看似不正常的举动背后却有不容争辩的道理:他盯着镜子看是为了证实自己还活着。

最近,比利照镜子时就会想到这个。他从厕所出来,看见曼戈和一个侍应生正迎面走过来。侍应生是个敦实的拉美青年,戴着一只金耳环,留着贫民窟小子常见的扫帚头。两人一脸坏笑,肯定在打什么鬼主意。曼戈把比利拉到一旁,站在汤姆·兰德里与罗纳德·里根握手的照片正下方,悄声问:"想不想找点乐子?"

好啊。侍应生领着他们穿过厨房,走过杂乱的员工走廊,进入堆满杂物、没有暖气的贮藏室。接着穿过贮藏室,来到室外一块小小的梯形平台上。平台像是体育场的钢架外多出来的一个空铁笼。这是一个失误,是一个设计缺陷,正好藏在别人看不见的地方,大小勉强能容下三个人。这个名叫赫克托的侍应生还得弯下腰,避开他站的那个角上的工字梁。

比利觉着应该说点什么,便问:"这是什么地方?"

赫克托笑了。"不是什么地方。"他踢了一脚门下边的木头,"这是无名之地,伙计,一个不存在的地方。我和一些同伴来这里抽烟休息。"

大家都笑了。冷空气吹得他们挺舒服的。不怎么明亮的日光被交错的钢筋过滤后,照在他们身上。有几秒,比利想象体育场是自己的延伸,仿佛正穿在他身上。他穿上了一件人类有史以来最厉害的防弹衣,感觉安全而舒适,直到他的胸口在钢筋的重压之下开始喘不过气,幸好这时赫克托递了大麻香烟过来。

"不错。"曼戈称赞道。

赫克托点点头。"缓解压力,伙计。帮你熬过一整天。"

"确实能。"比利装模作样地表示认同。他脑子里有一部分灯亮了,另一些灭了。"这是上等货。"

"哈,你们懂的,要支持军队嘛。"赫克托笑了,抽了一口,"你们不担心尿检?"

曼戈说不,他们不担心。B班猜测,陆军不希望因为随机药检而毁了B班这次漂亮的公关活动,所以"凯旋之旅"期间他们大可以放心。"而且就算他们发现了又能怎么样呢,哟,把我们送回伊拉克?"

赫克托已经有点飘飘然了,他严肃地摇摇头。"不可能,不会为了一根大麻烟。就算是军队也不会这么不近人情。"

比利和曼戈迟疑了一下。上级对B班很快就要回伊拉克一事似乎很敏感。倘若有人提及这个话题,B班倒无须否认这次调动,但是上头更愿意在"凯旋之旅"期间规避这件事。

曼戈咧嘴一笑,朝比利使了个眼色,告诉赫克托:"伙计,我们的确要回去了。"

赫克托眯起眼睛:"骗人的吧。"

"不骗你。星期六出发。"

"见鬼,你们真的要回去。"

"我们的派驻期还没结束。"

"妈的!妈的,你们真的要回去,你们他妈的做了那么多,你们可是他妈的英雄啊?!这是他妈的什么道理?你们已经完成了任务,他们为什么不能放过你们?"

曼戈笑了。"那可不是军队的做派。他们需要炮灰。"

"呸。"赫克托愤怒了,"你们要去多久?"

"十一个月。"

"妈的!"他怒不可遏,"你们想回去吗?"

两名B班队员哼了一声。

"哎呀。这太不近人情了。不应该这样。"赫克托想了一会儿,"他们不是要拍一部关于你们的电影吗?"

嗯哼。

"可你们还得回去?妈的,万一你们,呃,你们,呃——"

"死了?"比利帮他把话说完。

赫克托吓得转过头去。

"别担心,朋友,"曼戈说,"电影根本和我们没关系。"两名B班队员都笑了,赫克托也不好意思地笑了笑,感激他们没有因为自己提到他们的死亡而生气。香烟又传了一圈。阳光照在这块小地方,发出一种珍珠般的神圣光芒。战争在远处的某个地方,但比利感觉不到,就好像他唯一一次用了吗啡,用了之后就感觉不到疼了。他甚至做了个实验,盯着自己受伤的手脚,集中精力想着疼痛,可是疼痛感消失得无影无踪。这就是此刻比利对战争的感受,战争只存在于他的意识里,只是他脑子里紧绷的一根弦，一个空洞的概念，就像甜甜圈中间的洞。当比利回过神来听同伴讲话时，赫克托正在问他们会不会见到天命真女组合，今天中场演出的主角，也是目前全美春梦排行榜上的第一名。

"他们什么都不肯说。"曼戈俯身面向街道，说话的声音变得奇怪起来，不至于含糊不清，就是有些大舌头，"啥都不肯告诉我们，比如说我们是不是要参加中场演出？他们说我们会见到啦啦队。"

"呸，伙计，谁都能见到啦啦队，他妈的童子军也能见到啦啦队。你们是摇滚明星，他们应该安排你们见见碧昂斯和她的姐妹们。呸，你们是英雄，他们真应该让你们操那些婊子。"

货真价实地操吧，比利自言自语。不可能。就算真的有机会，他也不一定会这么做，更何况只是有可能。说不定。好吧，一定会。或者看情况。他多少想要两全其美。他要好好跟碧昂斯约会，一起做一些愉快的小事，诸如打牌、出去吃冰激凌，或者这样，两个人到某个热带天堂先交往三个星期，像刚才说的那样一起愉快地消磨时间，说不定他们会坠入爱河，同时，一有空闲时间就干他个痛快。他两样都要，他想要灵与肉的全面交流，缺了哪个都是侮辱。他怀疑是不是战争激发了体内深层次的敏感和渴望？又或者只是因为他快要步入人生的第二十年了？

时间不多了。他们该归队了，可没有人想动。大麻烟烧得只剩下烟蒂了，这时赫克托说他在考虑要不要参军。

两个B班队员哀号：别啊。

"对，我知道参军不好玩，可是我有一个孩子，孩子她妈不工作，所以全靠我一个人。这点我接受，我是说很乐意照顾她们。可是照现在这个样子我养活不了全家。除了这份差事，我每星期还在奎克·卢伯汽修厂上五天班，但两边都没有保险。我想给小女儿买份保险。另外我还欠着债。你懂的,谁没有欠债呢?"比利注意到赫克托操心的时候像个男人,而不是大惊小怪瞎嚷嚷的小屁孩。他清醒地衡量自己面对的困难,振作起来面对每一天。他说报名参军就有六千美元奖金,而且参军后,他就不用担心保险的事了。

"所以你准备去吗?"比利问,听到六千美元的奖金,他心头一跳,对军队来说,他这副身子骨可是白送的。

"不知道。你们觉得我该去吗?"

比利和曼戈对视了一下,几秒后两人哈哈大笑起来。

"参军烂透了。"比利说,"我也不知道我们他妈的为什么会笑。"

"没错,"曼戈说,"有时候我会想,哟,这里的生活我真他妈受够了,但是转念一想,好吧,退伍以后,等着我的事难道比现在好吗?比如说,操,去汉堡王打工?然后我就想起来当初为什么报名参军了。"

赫克托点点头。"我就是这个意思。反正现在的生活也不如意,不如参军。"

"不然呢?"曼戈说。

"不然呢。"赫克托应和道。

"不然呢。"比利重复一遍,不过心里想到了自己的家里。

虐 心

  B班有两夜一天的时间回家探亲。塞克斯回了胡德堡,他的女儿和怀孕的妻子住在军队提供的一栋小房子里,就在炮兵部队的伞降区边上。洛迪斯去了南卡罗来纳的弗洛伦斯,他家就在那儿,最起码他是这么说的,他第四个或第二个远房表兄史诺普·道格①就住在那儿。阿伯特回路易斯安那的拉斐特,克拉克回伯明翰,曼戈回图森,阿迪回印第安纳波利斯,戴姆回卡罗来纳。莱克继续躺在圣安东尼奥的布鲁克陆军医疗中心的病床上,施鲁姆天不遂人愿地躺在位于俄克拉荷马阿德莫尔的梅里安姆-盖洛德殡仪馆里。而比利则回到了斯托瓦尔的西斯科街上,回到那栋三房两卫的砖砌平房里。屋前和屋后都有结实的进出坡道,供父亲的轮椅进出。说到轮椅,那是一台深紫色的电动轮椅,装有厚重的白胎壁轮胎,背面贴着一张美国国旗的贴纸。比利的二姐凯瑟琳称之为怪物,一台用法兰凸缘盘连接成的驼背一样的机器,活像煮沥青的锅炉或者巨大的屎壳郎。"一看到那玩意儿,我

---

①美国著名说唱歌手。

就毛骨悚然。"她对比利坦言，而雷的使用方式粗鲁野蛮，似乎故意要把机器令人毛骨悚然的效果发挥到极致。轰—隆—隆—，他驶进厨房来喝早上的咖啡，轰—隆—隆—到客厅去抽第一根烟，看福克斯新闻，然后轰—隆—隆—回到厨房吃早饭，轰—隆—隆—去卫生间，轰—隆—隆—去客厅看废话连篇的电视剧，轰—隆—隆—，轰—隆—隆—，轰—隆—隆—，他拼命推着强化橡胶槽里的操纵杆，因为用力太猛，电机发出文身机般的哀鸣，刺耳的咿—嗯—呀—与主声部的轰—隆—隆—此起彼伏，一唱一和，正体现了使用者的性格。

"他是个大混蛋。"凯瑟琳说。

比利回答："你才发现？"

"闭嘴。我的意思是他喜欢当混蛋，他乐在其中。有些人，你会觉得是迫不得已，可他是自愿的。他就是那种所谓的自甘堕落的混蛋。"

"他干了什么？"

"什么都不干！我想说的就是他什么都不做！也不接受理疗，也不出去。整天就坐在那该死的轮椅上看福克斯台，听死胖子拉什·林博的脱口秀，不说话。除非想要什么东西时，他才会哼哼几声。想让别人当牛做马地伺候他。"

"那就别管他。"

"我没管！可这样一来事情就全都落在妈妈身上。她把自己累垮了，我只好，好吧，管它呢，我来吧。只要我还住在这里，就无法置身事外。"

家里的某个角落有满满的一箱摇滚和金属乐队的高光宣传海报，都是雷收集的，从七十年代到八十年代，一直到九十年代的，凯瑟琳称那个原始时代为"鲱鱼时代"。那些乐队大多早已经被人遗忘，谢天谢地。不过雷的收藏中也有一些货真价实的明星，肉糕、点三八特殊弹、堪萨斯、奥尔曼兄弟。一定的才华加上相当的自负使雷在当地小有名气。

然而代表爱、欲望和永无止境的青春期的流行乐坦克一路向前，把靠口才吃饭的摇滚音乐广播主持雷·林恩抛在了身后。九一一之后经济萧条，不再年轻的雷被裁员了。我们喜欢你，老哥，可是你得走了。几十年来，雷在达拉斯和沃思堡一直都有自己的公寓，那样的日子一并灰溜溜地终结了。雷本打算靠接一些零活儿东山再起，主持当地的选美比赛、扶轮社宴会之类的活动。他尖酸刻薄地称这些活动为"猴戏"。在家时，他讲话都是这种语气，很符合他鄙夷蔑视、讽刺挖苦、满腹牢骚的默认设置。可是雷能马上从这种语气转换到职业语气，无需道具，堪比口技艺人，令人叫绝。比方说他正在骂你没有给轮胎上足牛魔王洗车液，害得轮胎不像在展厅里那样乌黑光亮。就在他污水管爆裂一般将各种脏话粗话喷涌而出的时候，手机响了，他好像切换了频道，立刻转换成另一种声音，那种主持过上万小时高峰时段节目、长年蝉联阿比创都会区收听率冠军的时髦快活的声音。

比利讨厌这样。这样是在骗人，而且违反自然规律，就好像有人当着你的面换了个脑袋。不过雷下决心要东山再起。经过调查研究，他断定，市场能再支持一个愤愤不平的来自美国腹地的白人男子捍卫他们的信仰和旗帜。他研究各种专家，关注新闻，花大量时间上网。他开始制作并四处邮寄样带；家人成了他的小白鼠，听他发表越来越具有巴洛克风格的保守主义演说。一次，听完他关于福利制度的陈词滥调之后，比利的大姐帕蒂灵机一动，称他为"美国的刺"。雷从摇滚一下子跳到强硬的右翼主义，中间没有任何过渡。这是相当了不起的自我实现，但雷也为此付出了代价，身心都承受了巨大的压力，这种心理转变恐怕超出了人类极限，跟去一趟火星承受的压力差不多。雷的神经无时无刻不处于高度紧张之中。他看电视、听广播以获取精神食粮，每天抽两包烟以获取感官营养，没有时间去干呼吸新鲜空气、锻炼身体这类无聊的事。他就这样每天高速运转，直到有一天从睡椅上起来，神志恍惚，脚下踉跄，口齿不清，还滑稽地猛敲脑袋，好像在驱赶一群蜜蜂。

他中风了，在急救人员到来之前又发作了一次，这次险些要了他的命。中风之后，雷话说含含糊糊，口齿不清，就像《绿野仙踪》里没有上润滑油的铁皮人。比利懒得费神去听他说什么，凯瑟琳能听懂他的话，他们的妈妈丹尼斯也能听懂，还有帕蒂，她特意带着正在学步的儿子布赖恩从阿马里洛开车过来，与比利共度这两夜一天，她也差不多都能听懂。雷只在有需求的时候才试着开口说话，这里面藏着一个全家人的秘密，没人敢道破。这个秘密不是多年来他一直在外面有另外一套公寓，在公寓里搞婚外情。因为工作，他确实需要另一套公寓。他先后在都会区的多个电台担任早间主持，不可能每天一大早都从斯托瓦尔去上班。但他们选择在斯托瓦尔这座邻里和睦、尊崇美国核心价值观的得克萨斯小镇生儿育女，而且丹尼斯在这里有一份相当不错的工作。于是生活是这样安排的：工作日，雷待在城里辛勤工作；周末，扬扬得意地回家来。婚外情并非这个家里可怕的秘密，不论是他在外面乱搞，还是在他中风之后突然冒出一个女孩，声称是他十几岁的女儿，还将他告上法庭要求做亲子鉴定并索要抚养费。这诚然令人遗憾，但并非什么秘密，并不是什么给家庭名誉抹黑、让大家避而不谈的事情。另外一件事更令他们羞愧，不敢道破却又暗自兴奋。你为自己的兴奋而羞愧。雷不能——无法？——说话了！这个著名的银舌头终于闭嘴了，全家人顿时觉得窃喜和如释重负。

"有时候我觉得自己的生活就像一首悲惨的乡村歌曲。"凯瑟琳说，然后又跟比利说起有一天她走进客厅，发现雷卡在茶几和沙发之间，在地板上抽泣。从他裤子前面已经变黑的污渍可以看出，他已经卡在那里好一会儿了。不到十英尺之外，丹尼斯就坐在书桌前付账单、整理保险表格。凯瑟琳喊：妈妈，你没看到爸爸躺在地上吗？丹尼斯转过身，若无其事地看了丈夫一眼，又转回去，说："哦，不用管他。他想起来的时候就起来了。"

凯瑟琳讲完哈哈大笑。"我敢说要是我不在，她准会让他死在那里。"

就算你碰巧是他的儿子，就算你作为国家英雄荣归故里，也无法取悦他。比利进家门那一刻，大家兴高采烈地欢迎他，妈妈高兴得哭了，两个姐姐又哭又笑，小布赖恩在大人的腿间跑来跑去，也跟着哭了起来，大家激动地抱作一团。而雷在客厅看电视。比利走进去，雷抬头看了他一眼，含糊不清地咕哝了一声，又继续看电视。比利以稍息的姿势站着，打量着屋里的情况。我看你依旧染了头发，他说。确实，老人的背头如刚刚冒出来的石油般乌黑发亮。靴子很漂亮，比利又说，冲着带鸵鸟毛装饰的棕靴子不住点头，上面一点褶子都没有。新的？雷瞪了他一眼，眼睛闪烁着，显露着高得吓人的智商。比利窃笑了一声。他实在忍不住。这个男人还是老样子，一头黑亮的头发，对梳洗打扮一丝不苟，请美甲师上门服务，把指甲弄得闪亮粉嫩。雷个子不高，身材瘦削，跟泥蜂似的，五官和棱角分明的脸是他最帅的地方，可他很受某类女人的欢迎。女服务员、发型师、接待员。尤其是秘书，他自己的和别人的秘书。大家在打官司的过程中了解到不少情况。

"椅子看上去很亮。打过蜡？"

雷没理他。

"看上去像一台小型磨冰机，有没有人这么说过？"

雷还是没有反应。

"这玩意儿倒车的时候也会哔哔作响吗？"

晚上丹尼斯做了丰盛的焗烤鸡肉意面。她做了头发，化了妆，希望一切尽善尽美。结果雷轻而易举地破坏了这一切,他把比尔·奥莱利的声音开得很大,吃饭时一根接一根不停地抽烟。"每个女儿都渴望死于二手烟。"凯瑟琳故作惆怅地温柔地说,然后转向比利,哈哈大笑。"瞧,他要是能一下子把整包烟塞进嘴里一起抽,准会这么干,只有那样他才开心。"雷不理她。他基本上谁都不理,那天晚上,比利突然第一次意识到全家人是多么紧密地联系在一起。他看着餐桌对面的父亲,心想:你甩不掉他。你可以恨他,爱他,可怜他,从今以后不再跟他说话,不再正眼瞧他,甚至不再屈尊出现在他面前,不再忍受他的暴躁和愤恨,但你始终是这个狗娘养的家伙的儿子。无论怎样他都是你的父亲,就算是万能的死亡也改变不了这个事实。

丹尼斯会满足丈夫的每一个要求,不过总是慢慢来。比利注意到她总是等雷哼哼第二次或第三次才去做,而且等她真的去拿东西、倒水、切菜的时候,也是一副事情很多心不在焉的样子,比如说她会一面打电话一面给植物浇水。她颇为狡猾,有进有退,攻守结合。染过的头发已经褪色了,看不出原来是什么颜色,脸上大部分表情肌肉已经退化,不过偶尔还是会露出悲伤而扭曲的微笑,像是镇上贫民区的圣诞节灯饰,勉强挤出些许欢快。她尽量让谈话开心积极,然而家里的麻烦总是会趁人不备从各个角落偷跑出来。钱的问题、保险的问题、医院的官僚主义问题、雷总是讨人厌的问题。饭吃到一半的时候,小布赖恩开始烦躁起来。凯瑟琳喊道:"嘿!嘿,布赖恩,看这边!"她拿出两根雷的万宝路插进鼻子里,换来五分钟的平静。

"今天她打电话来了。"丹尼斯说,她给自己倒了第三杯红酒。

"谁打电话来了?"不明就里的比利问,两个姐姐立即大叫。"那个荡妇!"凯瑟琳像个初入社交界的小姐一样愤怒地尖声说道。她把香烟从鼻子里抽出来,放回雷的烟盒里。"妈妈知道她不可以跟对方说话。一切都必须通过律师。"

丹尼斯说："啊，可是她打电话来了。她要是一直往家里打电话，我能怎么办？"

"那你也不一定非得跟她讲话。"帕蒂指出。

"啊，我不能就这么挂了电话。那不礼貌。"

姑娘们齐声叫了起来。"那个女人。"凯瑟琳刚想说，忍不住干呕着大笑了起来。她等自己笑完了才接着说："那个女人跟你的丈夫搞婚外情，但你不能对她粗鲁？天啊，妈妈，她跟你的丈夫搞了十八年，还生了一个孩子。请你对她粗鲁一点。你最起码能做到这一点吧。"

比利想提醒她们雷就坐在旁边——说话是不是该委婉一点？不过他看出这个家现在就是这样，女人们公然当着雷的面讨论他的事，就好像在讨论漂白剂的价格。而雷假装什么也没听见。他目不转睛地看着比尔·奥莱利，捏紧拳头握着叉子，跟小布赖恩一样。

"妈妈，"帕蒂说，"下次她打电话来，你得告诉她，律师说了你不能跟她说话。"

"我说了，我每次都这么跟她说。可她还是一直打来。"

"那就挂了那婊子的电话！"凯瑟琳吼道，然后咯咯笑起来，睁大眼睛看着比利。看到了？看到我们是一群什么样的神经病了？

"有什么关系呢，"丹尼斯回答，"我们说说话也无妨，我的意思是，又不会造成什么伤害，反正我们彼此都没有什么钱可以给对方。她说：'我有一堆账单要付，还怎么养孩子？我拿什么供她上大学？'我说：'我也是，大家处境都一样。你要是能弄到钱那再好不过了，可以捎带着把他的医疗账单也付了。'"

凯瑟琳哈哈大笑。"哦，妈妈，说出来，说出来！说她可以把他也带走！"

比利未曾料到在自己以前的房间里自慰竟能带来如此强烈的快感和宽慰。走进卧室，一切都还是原来的模样，两张单人床上铺着蓝床单，衣橱上摆着一排塑料运动奖杯，空气中弥漫着一股淡淡的青春期的气息，宛如去年的腐叶散发的泥土味。比利把帆布袋扔到床上，关门换衣服。砰，巴甫洛夫条件反射自然而然就出现了。他只花了九十秒，没浪费什么时间。他欣喜地发现旧衬衫因为锻炼出来的肌肉变得有些紧绷，三十码的牛仔裤裤腰却变得松松垮垮。晚上睡觉前他又自慰了一次，第二天早上醒来又先做了一回，每次都有久别重逢的轻松快意，好像深情的前女友张开双臂欢迎他回来。多么奢侈的享受，不用在臭气熏天的流动厕所里，或者，更糟糕，在野外硬邦邦的散兵坑里干这件事，周围全是虎视眈眈的敌人。不用去想永远，永远，永远都要留心这样或那样的来自大自然的折磨，臭虫、雨水、风沙、极端气温，这些对于渺小的人类一点也不渺小的痛苦。所以为了祖国，放弃自慰吧！上帝赐恩典于汝等，让男孩子可以生长在一个有自己的房间、门可以锁上、有数不尽的网络黄色视频的国度。

"回家真好。"早餐时比利说道。早餐有脆谷乐、培根煎蛋、葡萄干肉桂吐司、橙汁、咖啡和甜甜圈。午餐有自家做的豌豆汤、沃尔多夫沙拉、油炸香肠三明治和热乎乎的布朗尼。晚餐则是一锅和胡萝卜、土豆、大葱一起慢火炖的肉，球芽甘蓝炖菜、柑橘冻沙拉，以及配上蓝铃冰激凌的双层奶油巧克力蛋糕。丹尼斯请了一天假，早餐时她一直说今天是一个"特殊的日子"，凯瑟琳用贺曼贺卡上那种甜美的腔调重复了一遍。雷突然弄翻了咖啡壶，然后若无其事地推着轮椅去了客厅，留下一地烂摊子让别人收拾。大家手忙脚乱地拿着抹布和纸巾在厨房收拾的时候，客厅里传来震耳欲聋的福克斯新闻主题曲。

"他一天到晚都看那玩意儿吗？"比利问。妈妈和姐姐们朝他投来

"已经忍了很久"的眼神。欢迎来到我们的世界。

早餐过后,比利带小外甥去外面玩。这是一个暖和的秋日早晨,秋高气爽,空气中散发着晚熟红苹果的香甜——略带感伤的水果发酵的甜味和非法燃烧树叶的烟味。比利以为他们俩玩个十分钟,最多十五分钟,小家伙就会厌烦。可半个小时过去了,他们还在玩。比利根据极其有限的与小孩子玩耍的经验,总是把学龄前儿童等同于不好玩的宠物。他完全没想到自己的小外甥有这么多花样。小家伙不管看到什么,都能变出各种玩法。看到花儿就摸一摸闻一闻,看到土就挖一挖,看到铁栅栏就晃一晃、爬一爬,看到松鼠就朝它扔树枝,当然他扔东西还没什么力气。小家伙还不停地用银铃般的声音问"为什么",清脆得犹如弹珠在水晶桶里打转。它为什么爬树?它为什么在上面做窝?它为什么藏坚果?为什么?为什么?为什么?比利尽力回答每一个问题,好像不这么做就会亵渎那股驱使小外甥探索宇宙奥秘的深奥甚至是神圣的力量。

应该怎么叫它呢——上帝的火花?生存的本能?经过大自然千百年优胜劣汰,由最强的大脑进化成升级版电脑?你简直都能看到小家伙脑袋里的神经元激烈地碰撞出火花。小家伙身上满是弹力和扭力,快速收缩的肌肉,散发出淡淡的成熟梨子的芳香。这么小的人,却如此完美——比利常常得来个擒抱或者把他按倒在地,才能抓住这个乱跑的小淘气,这个蓝色的大眼睛如消过毒的水池般清澈、牛仔裤腰下露出好奇纸尿裤的两岁半大的可爱小不点。这就是人们所说的生命的神圣?想到这一点,比利不禁轻轻呻吟了一声。战争向他展现了一个全新的可怕角度。哦。哎。神圣的火花,上帝的肖像,"让小孩子到我这里来"[①]等等。文字与实物联系起来,展现出它真正的力量。他想坐下

[①]出自《马太福音》19章第14节。

来大哭一场。比利懂了，真的懂了，等他退伍回家以后，他会好好思考这个问题，不过现在最好还是像他们说的那样，心理分区，或者干脆别放在心上。

帕蒂从屋里走出来，用手挡住阳光，在露台边的草坪躺椅上坐下。

"你们俩玩得开心吗？"

"还用说。"比利像给鱼片裹上面包屑一样把布赖恩翻来滚去，只不过小家伙的羊毛衫上裹的不是面包屑，而是枯黄的树叶。"这小家伙令人难以置信。"

帕蒂点上烟扑哧一声笑了。这个曾经的不良少女、高中辍学生、未成年新娘，在二十五六岁的时候似乎放慢了脚步，开始思考人生。

"他真是活力满满。"比利大声说道。

"布赖恩只有两挡，快速和停止。"帕蒂的双唇间吐出一串漏斗形的烟圈。

"彼得怎么样？"

"挺好。"帕蒂懒懒地回答。她丈夫彼得在阿马里洛附近的油井工作。"还是疯疯癫癫的。"

"这样算好吗？"

帕蒂微微一笑，目光移向别处。在比利的记忆里，帕蒂向来是一个身体柔韧、大大咧咧的人；而现在她的臀部和大腿像挂着挂包，上臂裹着备用内胎，胖得叫人替她惋惜。

"你什么时候回去？"

"星期六。"

"准备好了？"

"这个嘛。"比利最后滚了布赖恩一圈，然后站起来，"我想我宁可留在这里。"

帕蒂笑了。"听上去像是真心话。"比利走过来,坐在帕蒂旁边的露台的矮墙上。布赖恩躺在原地,仰望天空。帕蒂不好意思地看了弟弟一眼,问:"出名的感觉怎么样?"

比利耸耸肩。"我不知道。"

"好吧,是有点出名。比我们这种人都要出名得多。"帕蒂抽了一口烟,弹掉烟蒂,"知道吗,你让这里的很多人都大吃一惊。我想他们当初把你送到那个法官面前的时候可没料到会这样。"

"我知道我在这里名声不是很好。可我也不是年级里最糟糕的。"

帕蒂笑了。

"或者可能只是……"

"只是什么。"

"只是我太讨厌学校,讨厌学校的一切。我渐渐认为学校才是混蛋,比我更混蛋。整天把我们锁起来,当小孩儿对待,让我们学些没用的狗屁东西。我想我有点被逼疯了。"

帕蒂从鼻窦里发出一声低沉的窃笑。"啊,我想你向他们证明了。你在伊拉克的表现——"

比利把两个大拇指钩在皮带扣上,眼睛看向别处。

"——太了不起了。我们大家,你的家人,全都真心为你自豪。但我想这个你已经知道了。"

比利朝屋子的方向点点头。在这里,屋里电视机的巨大音量听上去像水底传来的吼声。"他可不那么想。"

"不,他也很自豪,只是不知道怎么表达。"

"他是个混蛋。"比利压低声音说,不想让布赖恩听见。

"确实也是。"帕蒂愉快地承认,"你注意到了吗?我不喜欢在屋里待着。我对他还是很同情的。不过话说回来,我不必跟他住在一起,不是吗?"帕蒂耸耸肩,看了看手里的烟。"你听说最近的事了吗?关于房子?"

"没有。"

"这事真糟透了。"帕蒂又发出那种低沉的窃笑,这是她紧张时的习惯。比利希望她停下。院子里,布赖恩前后挥动手脚,在落叶堆里用身体画出一个小天使。

"妈妈想把房子拿去抵押贷款。她说这幢房子可以贷到十万到十一万,用来付医药费。凯瑟琳研究以后说不行,说妈妈应该申请破产。这样不仅可以免掉大部分医药费,还可以留住房子。相反,如果她申请了房产净值贷款又还不上的话,她和爸爸就会失去房子。而且就算有了房产净值贷款,他们还是会欠一屁股医药费。"

一屁股。一屁股是多少?比利不敢问。邻居家不时传来声响:狗叫,关车门的声音,一堆 2×4 英寸的木材倒地的声音。

"你觉得她该怎么做?"

"还用说嘛,老弟。申请破产,留住房子。"

"那她为什么不这么做?"

"因为她担心别人的看法。而凯特和我一样,谁他妈的在乎别人怎么想,你不能拿房子赌。"帕蒂把香烟往露台墙上一按,灭掉了,"你知道有一天做完礼拜之后,伊迪斯·麦克阿瑟跟她说什么了吗?"

"不知道。"

"她说咱们家之所以遇到这么多麻烦,是因为我们没有好好祷告。"

"啊,真是可笑。"

"讨厌的小镇。"帕蒂附和道。

"嘿,"凯瑟琳从门后探出头来,"有人想喝啤酒吗?"

当然想,虽然直到此刻他们才意识到这一点。一早上妈妈和姐姐们一直在问他今天想干什么。看电影？兜风？出去吃饭？不。在暖和的小阳春天里吹吹凉风，沐浴着金色的阳光，什么也不做，只是坐在躺椅上或是躺在毯子上，慵懒地过一个早晨，就足够了。两年前，比利是不会这么做的。那时，他情愿跑到大街上去怒撕衣服，也不想与家人共度时光。我已经改变了，比利严肃地对自己说。眼前的人已经不是从前那个人了。或许是因为年龄，他想着，躺到毯子上，仰望着太阳庄严地缓缓穿过树林。又或许在伊拉克的那些猪狗不如的日子让人摆脱了日历的束缚，迅速成熟起来。而唯有经历了那些时光，你才能安安静静地——也许还说不上是平静地——享受妈妈、姐姐和有点好动的小外甥的陪伴。慢慢来，顺其自然。也许这就是到伊拉克当兵的结果，是战争让他更有远见。

比利偶尔喝一小口酒。雷一直待在屋里看电视，大家对此都没什么意见，只不过当他想要什么的时候——他常常要这要那——就会推着轮椅到防风门前，狠狠地敲玻璃，直到丹尼斯、帕蒂或凯瑟琳起身给他拿。比婴儿还糟糕，凯瑟琳说。帕蒂指出他不用穿纸尿裤。凯瑟琳说别给他灌输这种想法。有些邻居听说比利今天回来，顺路送了蛋糕和炖菜，好像他家死了人似的。威金斯夫妇从教堂过来。奥帕尔·乔治就住在街对面。克鲁格夫妇。我们太自豪了。我们一直觉得你很勇敢，太了不起，太光荣了。我喊，埃德温，快来！比利·林恩上电视了，他干掉了好多基地组织的人！他们都是好人，但不停地说啊说，说到战争时还那么激动！整个人都变了，眼凸脖子粗，声音低沉沙哑而嗜血。比利纳闷这些善良的基督徒的侵略欲究竟从何而来？也许这只是他们表示礼貌和友好、表达他们对他的感激之情的方式。比利礼貌谦卑地保持着英雄的微笑，等着他们赶紧离开，好继续跟两个姐姐喝酒。凯瑟琳第三瓶啤酒下肚——她跟比利并驾齐驱——突然跑进屋，然后神气地走出来，左胸上别着比利的紫心勋章，右胸上别着银星勋章，勋章像脱衣舞娘的流苏似的在胸前晃动。比利和帕蒂哈哈大笑，但他们的妈妈可不怎么高兴。"什么？哦，这些啊？"丹尼斯问凯瑟琳以为她自己在干什么，凯瑟琳用古怪的腔调回答："怎么了，妈妈，我只是在展示传家宝。"丹尼斯认为这太不得体，让她赶紧把勋章放回比利的房间去。但直到惠利先生来的时候，她还在玩弄勋章。这位大人物看见勋章高高地挂在凯瑟琳挺拔的双峰上，还有她那两条古铜色的紧致修长的美腿，眼珠子都快掉出来了。那副表情花多少钱都值得一瞧。

嗯哼。啊哈。哈哈。惠利先生是丹尼斯的老板，所以让他看到他们大上午在喝酒有点尴尬，还好他是个开朗大度的人，假装没看见。惠利先生光头，有黄褐斑，超重约四十磅，有一衣橱的格子上衣和平整的裤子。他在斯托瓦尔算是有钱人，开了一家中等规模的石油服务公司。丹尼斯在这家公司里做了十五年的办公室主管。"林恩太太才是这里真正的老板。"惠利先生常常对来访的客人这样说，说话时朝她亲切地笑笑，"我尽量不插手，把这里交给她。"他们请他喝健怡可乐，把躺椅挪到露台边的阴影里。丹尼斯和帕蒂分别坐在客人两侧。比利坐在露台的矮墙上，凯瑟琳懒洋洋地躺在一旁的沙滩毛巾上，活像一头母狮。布赖恩在屋里，假装看着烟不离手的外公。

"你妈妈告诉我，你就待今天一天。"惠利先生说。

"没错，先生。"既要保持目光接触，又不能对着客人喷酒气，难度可不小。

"没有停下来休息，嗯。"惠利先生呵呵笑道，"到目前为止，你们都去了哪些地方？"

比利飞快地背出他们去过的城市。华盛顿、里士满、费城、克利夫兰、明尼阿波利斯和圣保罗、哥伦布、丹佛、堪萨斯城、罗利－达拉姆、菲尼克斯、匹兹堡、坦帕湾、迈阿密。正如戴姆中士指出的,这几个城市正好都位于选举摇摆州。不过比利没有把这句话说出来。

惠利先生优雅地抿了一口可乐。"大家的反应如何?"

"每个地方的人都很好。"

"这我倒不惊讶。听着,绝大多数美国人都坚决支持这场战争。"每次惠利先生的目光碰巧落在凯瑟琳身上,总要费很大劲才能移开。"没有人喜欢打仗,看在老天的分上,可是大家都明白有时候必须如此。我想对付恐怖主义唯一的办法就是直捣他们的老窝,斩草除根,因为那群人不会自己消失,对吗?"

"他们中的绝大多数非常顽固。"比利回答,"不肯认输。"

"就是这样。我们如果不在那边跟他们打,就要在这边跟他们打,大部分美国人都是这么想的。"

丹尼斯和帕蒂迟钝而一致地点点头。而凯瑟琳听到这里坐直了身子,蜷起膝盖,认真听他们说话,一会儿看看比利,一会儿看看惠利先生,好像他们在用需要她破译的密码说话。英雄,惠利先生说。伊拉克。自由。赢得自由,让我们的自由更有保障。接着他问起电影的事,比利把到目前为止的进展一五一十地告诉他,惠利先生一边认真听一边点头。

"签任何东西之前都要请律师看一眼。"

"是,先生。"

"如果需要,我可以把我在沃思堡的事务所介绍给你。"

"那太好了,太感谢你了,先生。"

"孩子,我不过略尽微薄之力。你是我们所有人的骄傲,不光是你的家人和朋友,我们大家,街坊邻居们都为你骄傲。你给这座小镇带来了巨大的鼓舞。"

比利露出最谦卑的笑容。"这我倒不知道,先生。"

"真的,大家都他妈的为你骄傲,原谅我的粗鲁,要是大家都知道你今天回家,车会从你家门口一直排到机场。真的!"惠利先生激动而夸张地说,"这次我们知道得太晚,来不及安排。下次你回家的时候,我们会为你搞一个庆祝游行。我已经跟邦德市长说了,他同意了。他又去跟市议会说,市议会也同意了。我们希望斯托瓦尔给予你应得的表彰。"

"谢谢你,先生。我感激不尽。"

"不,孩子,谢谢你。你的所作所为正好说明了我们是如何——"

"他还要回去。"凯瑟琳突然插话。

大家都转头看她。

"回伊拉克去。"她怕不够清楚,又补充道。

"对,"惠利先生伤心地说,"你妈妈跟我说了。"

"他又要回去挨枪子儿了。"

"凯瑟琳!"丹尼斯吼道。

"本来就是!如果这是一次伟大的'凯旋之旅',那他为什么不能留在家里?"

惠利先生温柔地说:"有你弟弟这样优秀的年轻人带领我们走向胜利,这很好。"

"他们死了可就不好了。"

"凯瑟琳!"丹尼斯气急败坏。比利感觉自己像个无辜的旁观者,没什么立场插话。

"我们会每天祈祷他平安归来。"惠利先生说,好像医生在病榻旁努力安抚病人,"我们也会为所有的军人祈祷,我们都希望他们全部平安回家。"

"哦,天啊,他会祈祷。"凯瑟琳自言自语地吼了一声,接着尖叫起来,从喉咙中发出啊——啊——啊——的声音,好像被堵住的水池垃圾碾碎器。"我要发疯了。"她喊道,如长剑出鞘般猛地起身,大步走进屋里。其他人静静坐着,等待这场小范围的暴乱平息。

"那位年轻女士吃了不少苦头。"惠利先生小心翼翼地说。丹尼斯开始道歉,不过惠利先生摆摆手,说:"没关系,没关系,她年纪轻轻就要面对这么多事情。下一次手术是什么时候?"

"二月份。"丹尼斯说,"之后还有一次。医生说那应该是最后一次手术了。"

"她恢复得特别好。过去一年对林恩家来说太不容易了。凯瑟琳遭遇车祸,比利又出国打仗,这让他的付出有特别的意义。比利,我希望你知道,退伍之后你随时可以到我的公司来工作,只要说句话就行。希望这样能让你放下心。"

让人沮丧的想法又冒出来了,不过比利明白这想法是怎么来的:假设,假设最好的情况,他安然无恙地回家,他的四肢,他身体的每一部分都在。他去了惠勒斯公司工作,在风沙漫天、荒无人烟的得克萨斯中部拖油管和防喷器,拼了命才得到略高于最低工资的收入外加微不足道的福利。

"谢谢你,先生。我会考虑。"

"啊,我只是要告诉你,你有这么一个选择。你如果能来我们公司,我备感荣幸。"

比利拼命想把脑子里冒出的想法压下去。最近频繁出入豪华轿车、高级酒店和被奉为贵宾让他意识到这一点;直觉告诉他这个想法会叫他失落,而且也的确令他失落,可脑子还是不听话。惠利先生不过是个小角色。他不富有,也不特别成功或聪明,甚至有点可怜的穷酸相。感恩节那天,比利在牛仔队的赛场与几位得克萨斯最富有的市民举杯共饮的时候,他想起了惠利先生。在他们的世界里,惠利先生们是苦力,而在惠利先生的世界里,自己是苦力。换句话说,以此类推,倘若有一条流进深不可测的大海的河,他,比利,不过是这条大河里的一个单细胞原生动物。比利最近常常冒出这种存在主义的念头,总是突然感到人生徒劳,没有意义,怀疑他过什么样的人生究竟有什么关系。干吗不疯狂一把?干吗不去放纵地狂欢,而要循规蹈矩?到目前为止,他一直是很守规矩的,不过他怀疑自己这么做只是因为这样比较容易,不需要很多的力气和勇气。似乎他做过的最勇敢的事——最勇敢也是最忠于自己的事——就是痛快地砸烂了那个娘娘腔的萨博?在运河战役中的所作所为似乎偏离了他人生的主线。

惠利先生走了。凯瑟琳没出来吃午饭。午饭过后,雷和布赖恩去午睡,丹尼斯和帕蒂去了商店,比利在自己温馨的房间里舒服地自慰,然后回到后院,在地上铺了条毯子,躺在阳光下打盹。他开始断断续续地做梦,梦境像在一艘旧沉船里的鱼儿一样游来游去。他翻了个身,脱掉衬衣,让太阳烘烤他胸前的粉刺,接着又睡着了。这回梦境是旋涡状的,一个原子弹爆炸似的带着仿生色彩的旋涡,下一刻旋涡分解成了一场游行。他的游行。他在游行队伍里,同时又居高临下。他很开心,很安全,他平安回家了。不用担心了!这是一个阳光明媚的冬日,人人都裹得严严实实,除了跟在花车旁的脱衣舞娘。舞娘身上除了丁字裤和晚礼服长手套之外,一丝不挂,煞是醒目。一支高中乐队在一旁卖力地踏步,长号和小号在阳光下闪闪发光。突然,比利在人群后方看到了施鲁姆,像洋葱般苍白的头从人群中脱颖而出。他的目光与比利的相遇,大笑起来,举着一杯巨大的百威淡啤酒朝比利敬了个礼。嘿,施鲁姆!施鲁姆!上这儿来!比利不停招呼施鲁姆上他的花车,可是施鲁姆似乎更愿意留在原地,乐于成为人群的一部分。施鲁姆。

妈的。上这儿来，伙计。虽然是在梦里，但比利很清楚施鲁姆已经死了，所以对失去这次机会万分焦虑。游行队伍在前进，比利的花车也跟着向前，这只可笑的纸船沿着生命之河顺流而下，两岸挤满了成千上万欢呼雀跃的人，这些人——我的天啊！多么可怕的想法！——会不会跟施鲁姆一样都是死人？

一阵惊慌中断了睡梦，比利猛然惊醒。他感觉有人正朝他脸上呼气。他微微睁开一只眼睛，看见凯瑟琳正戴着一副安吉丽娜·朱莉式的墨镜盯着他看。

"你在那边最好小心一点。"凯瑟琳阴郁地低声说道，"你要是有个三长两短，我会杀了我自己的。"

嗯？比利睁开两只眼睛，抬起头。二姐正躺在他旁边的沙滩毛巾上，撑着胳膊面对着他。比利忍不住注意到，凯瑟琳也穿着比基尼，就算是自己的姐姐，他仍然心潮澎湃。尽管脸上坑坑洼洼，但她依旧很性感：修长的古铜色双腿，丰满玲珑的身材，棕褐色的肚子平得好似完美无瑕的煎饼。

"为什么？"

"因为你是因为我才去那儿的。"

"哦，没错。"比利闭上眼睛，重新躺下，"你的错，被梅赛德斯撞上，被小白脸甩了。没错，谢谢。谢谢你让我身陷泥潭，凯特。"

凯瑟琳窃笑一声，像风吹过麦克风的气音。"没错。不管怎么说，对不起，老弟。"

"没关系。"比利咕哝道，听上去很疲倦。他其实并不困，不过闭上眼睛还是能睡着。凯瑟琳在一旁窸窸窣窣地打理着自己。

"妈妈把我骂得半死。"她说。

"可以想象。"

"惠利，饶了我吧，什么该死的游行。那些人要搞游行，你却很有可能送死。"

比利只能笑笑。有人帮你把话说出来真痛快。凯瑟琳住在家里的这十六个月，饱受伤痛和家中烦心事的折磨，又被娘娘腔甩了，整个人发生了巨大而有趣的变化。首先，一系列打击让她的婴儿肥都不见了，她本来丰腴圆润，身材优雅健康，如今变得瘦巴巴的，像是在破烂低级的酒吧里工作的女酒保，如果现在还有这种地方的话。她的肩膀上有一圈光滑的瘢痕，瘢痕延伸到背部，像一圈绳索垂下的尾巴。她告诉比利她的脸恢复了"百分之八十七"。她面无表情地强调"百分八十七"，好像某个愚蠢的体育解说员在播报数据。她特别喜欢自己的整形医生史蒂芬巴赫，喜欢给他配上生硬的德国腔。"我是史蒂芬巴赫医生，对！为了你的健康，你应该做这些运动，对！"她管比利的司令官叫"榆木脑袋"，比如"跟那个榆木脑袋见面感觉如何"。凯瑟琳的话激起了母亲的斥责和嘘声。"本来就是！"凯瑟琳抗议，"他的脑子跟只知了似的！"比利那温柔甜蜜、勤奋好学、循规蹈矩的姐姐，永远尊敬权威、脑子里只有美好纯洁的典型美国理想、从不骂脏话不诽谤别人的姐姐，如今变成了一个彪悍的毒舌妇。

凯瑟琳伸手从身旁的冰桶里拿出两瓶特卡特啤酒："在那里的时候怀念喝酒吗？"她说着递给比利一瓶。

"刚开始会。但是后来就不怎么想了。"比利打开瓶盖，品味着嘶嘶声带来的快感，"也有些时候，你恨不得倾尽所有换一瓶酒。"

"没错。要我说，这个社会低估了喝酒的作用，比如治疗作用。酒让你时不时可以逃离一下，离开自己放个假。每天二十四小时都活在自己的脑子里太辛苦了。"

"你有点疯狂。"

"这解释了很多问题。嗯,那些因为嫖娼被抓的牧师。我只希望我永远没有酗酒的问题,这样就不用戒酒了。"

两人喝着酒。一种健康而幸福的感觉包围着他们。

"跟我说说'凯旋之旅'。"

"这次旅行?嗯,这个嘛,记不清了。"

"那就说说想和你上床的粉丝吧。"

比利笑了,不过能感觉到自己肩膀以上都红了,好像突然变成了清教徒。"没有什么想和我上床的粉丝。"他嘀咕道。

"骗人。"

"没骗人。"

"满口胡言。听着,小子,你最好去勾搭一个。嗯,去给我勾搭一个。"

"凯瑟琳,别说了。"

"真的,老弟。我在这个镇上快要疯了。"

"你很快就会离开的。"

"很快,也许吧,是啊,可我已经快待不下去了。这个破地方没有一个好男人,相信我,我观察过。有时候我晚上会想,管他呢,我要开车去索尼克快餐店,钓几个男高中生。像这样,嘿宝贝,跟我一起去兜风!一旦和脸上有疤痕的小妞儿好过,你就不会再去想别人。"

"凯瑟琳。"比利央求道。

"我本来早已经毕业了,在什么地方赚着六万美元的年薪。"

"你会的。"

"是啊,我会的。"凯瑟琳坚定地说。

"很快就会的。"比利修正道。

"如果我还没有疯。"

凯瑟琳的最后两次手术安排在明年春天。一月,她要开始去社区大学上几门课，不然大学基金会里那些富有同情心的银行家就要对她的助学贷款征收罚金。"知道吗，可笑的是，"凯瑟琳说，"这儿的人都是坚定的保守派，直到有一天他们生病了，被保险公司勒索了，工作被外国人给抢走了，他们就开始说：'哦，怎么回事？我以为美国是有史以来最好的国家，我又是这么好的人，为什么会碰上这种倒霉事？'我就是其中之一，兄弟。跟其他人一样傻。从没想过自己会碰上坏事，就算碰上了，也会有一套制度把事情摆平。"

"也许是因为你祷告得不够。"

凯瑟琳扑哧一声笑了。"对，一定是这样。祷告的力量，老弟。"

两人继续喝酒。凯瑟琳把冰啤酒贴在脸上、脖子上、肚脐上，每一下都让比利的脑子里火光四射。他问妈妈想拿房产净值贷款干什么。

凯瑟琳皱了皱眉头。"谁知道那个女人想干什么。她做事不理智，比利。完全不顾事实。听着，别为了该死的贷款操心。跟你没关系，不是你的问题，说实话，也不是我的问题。她和爸爸想干什么就干什么，咱们阻止不了。"

"咱们欠了多少医药费？"

"咱们？你指他们吧。哦，还有我的，如果你要精确些。"凯瑟琳喝了一口酒。"四十万，差不多，去年他们做了什么，现在账单全来了。"

四。十。万。这个数字仿佛无处不闪耀着上帝的圣光，全能全知，神秘莫测。

"不是吧。"

凯瑟琳耸耸肩。她对数字毫无兴趣。

"不是你的责任，别管了。还有，要是拍电影分了钱，自己留着。别为了帮那两个人把钱全浪费了。"

比利没有说话，凯瑟琳笑了，翻了个身，屁股销魂地翘起来，像从热带海洋中升起的海岛。

"你知道那姑娘满十六岁的时候,爸爸给她买了什么吗?"

"哪个姑娘?"

"得了吧,比利,咱们的妹妹。同父异母的妹妹。"

"不,我不知道她满十六岁时爸爸给她买了什么。"

"一辆该死的车。"

比利咽了咽口水,把脸转开,装作不在乎。

"福特野马GTO,老弟,最新款。在他被开除之前,不过,还是……"

比利感觉空气在胸膛里凝固。"新的?"他恨自己的声音有些破碎。

"全新的。"凯瑟琳笑了,"所以别犯傻。不论你为他或妈妈做了什么,都只会被他们糟蹋。照顾好你自己,他们想干什么就干什么吧。"

比利忍着没有问车的颜色。"啊,"他把手伸到毯子外面,拔了一把干草,"我也没有什么可给他们。"

凯瑟琳又拿出两瓶啤酒。比利的人生哲学是,你在白天抓住的快活都是一种额外奖励,这段时间不计入你在地球上的总时长,因此白天喝酒总是更惬意。而今天,还有什么比躺在阳光下,和一个穿着比基尼、身材超级火辣的美女一起喝啤酒更美好?当然,唯一的问题是这个姑娘是他的姐姐,不过假装几个小时能有什么害处?这个下午闪烁着啤酒的光芒。比利不介意凯瑟琳向他打探她称之为"前线"的生活。食物怎么样?军营怎么样?伊拉克人是什么样的,他们全都恨我们吗?凯瑟琳不停地碰他,拍拍他的肩膀,捏捏他的胳膊,用自己的光脚蹭比利的牛仔裤。这些碰触既让比利的感官变得敏锐,又让他顺从和放松,好像上好的毒品开始显现效力。

"你回去以后会怎么样?"

比利耸耸肩。"和以前一样，我猜。巡逻，吃饭，睡觉。然后起床，再重复一遍。"

"你害怕吗？"

比利假装想了想。"我的感觉又无关紧要。我必须回去，我就回去了。"

凯瑟琳一手撑着头侧躺着。小小的金色十字架垂在一个乳房上，好像正在攀登顶峰的微型登山者。

"其他人怎么想？"

"一样。我是说，瞧，没人想回去。可既然你当了兵，就只能回去。"

"我这样问你吧，你们相信这场战争吗？比方说，它是正义的，是合法的吗？我们做的是对的吗？还是说真的全都是为了石油？"

"凯瑟琳，天啊。你知道我什么都不知道。"

"我只是问你相信什么，你自己是怎么想的。不是测验，老弟，我不想要什么了不得的客观回答。我只想知道你脑子里在想什么。"

这个嘛。好吧。既然她问了。比利发现自己十分感激，终于有人问了这个问题。

"我想没有人知道我们去那儿干什么。我是说，怪得很。伊拉克人好像真心恨我们，你明白吗？在我们自己的作战区域里，我们盖了几所学校，帮他们修建下水道系统，每天运来好几车饮用水，为儿童制订了饮食计划，可他们只想杀了我们。我们的任务是去帮助他们，改善他们的生活，对吧？那些人过得猪狗不如，毫不夸张，这些年他们的政府什么都没为他们做过，可我们是敌人，对吧？所以我想，最后只是为了生存。只是得过且过，不再去想做出什么成绩，只希望一天下来，大家都好好地活着。然后你就开始怀疑我们究竟为什么要去那里了。"

凯瑟琳听他说完才开口。

"好吧,这样如何。要是你不回去呢。"

比利畏缩了一下,然后笑了。不,不可能。

"我是认真的,比利。要是你说不,不,谢谢,我去过了,该干的都干了,你觉得他们有种来找你的麻烦?你这个大英雄?想想新闻标题会怎么写,'英雄留在家里,说战争烂透了'。你立过大功,没有人会说你是因为害怕。"

"可是我的确害怕。每个人都害怕。"

"你明白我的意思,我说的是胆小怕事,贪生怕死,是你一开始就逃避。但凭你做过的一切,没有人会怀疑你害怕。"接着凯瑟琳开始激动地讲她发现的网站,上面列举了某些人是怎么逃避越战的。切尼,四次延期服役,后来是艰难的延期征集。林博,不合格,谢天谢地他屁股上长了个囊肿。帕特·布坎南,不合格。纽特·金里奇,在研究生院读书,延期服役。卡尔·罗夫,没有服役。比尔·奥莱利,没有服役。约翰·阿什克罗夫特,没有服役。布什,在空军国民警卫队时擅离职守,海外兵役一栏勾选的是"不愿意"。

"你明白我的意思了吗?"

"嗯,明白。"

"我是说,那些人那么想打仗,那就自己去打好了。比利·林恩已经做了他该做的事。"

"凯特,这已经不重要了。他们干他们的,我做我的。这种尝试没有意义……"

两颗硕大的眼泪从凯瑟琳的墨镜下滚下来,比利不得不转开脸。

"那我们呢,比利,想想看。家里出了那么多事,万一你出了什么事,你想过我们该怎么办吗?"

"我不会出事的。"

凯瑟琳沉默许久,久到比利后悔说了刚才那句话。

"比利,有个办法。奥斯汀有一伙人,专门帮助士兵。他们有律师,有资源,知道怎么处理这种事。我调查了一下,他们看上去是很好的人。所以如果你决定……听着,我是说,他们可以帮你。"

"凯瑟琳。"

"什么事?"

"我要去。"

"见鬼!"

"我会没事的。"

"你怎么知道!"

凯瑟琳的语气很凶,比利先是感动,接着便感到害怕。

"我想我并不知道。不过我们消灭他们的人数比他们消灭我们的多。他们不可能把我们全杀了。"

凯瑟琳哭了起来。比利伸出一只手搂住她的肩膀,以兄弟般的、绝对没有性意味的方式把她抱在怀里。凯瑟琳把头枕在比利的肩上,越哭越厉害。她的头发散发着木头的清香,带着一丝茴香之类的香料或是淋过雨的蕨类植物的气息。哭声听上去反而令人平静,像是音乐或心灵鸡汤。她的眼泪好像刚孵出来的小乌龟,顺着他的胸膛慢慢往下流。睡着之前,比利只记得凯瑟琳说要去屋里拿些纸巾,很快就回来。他甚至没意识到自己睡着了,直到被最讨厌的方式吵醒:后门砰的一声打开,仿佛用爆破引线炸开了一团火球,接着是最新辅助移动系统发出的轰—隆—隆—的声音。狗娘养的!比利的心脏像梨球[1]一样狂

---

[1]用于拳击训练的梨形吊袋。

跳，眼冒金星。他猛地翻过身，活动了一下背上每一小块肌肉，看见雷嗡嗡嗡地穿过露台。去你妈的！！！难道没有别的方法叫醒一个战士吗？惊吓反射会触发比利体内一套高度完整的快速反应机能，换句话说，要是比利手上刚好有一把M4步枪，那雷可能早就变成一块冒着热气的肉饼了。

混蛋，他说不定是故意的。雷没有跟儿子打招呼，甚至没有朝比利看一眼，不过比利发现他嘴角有一丝得意的笑，唇角的肌肉微微上扬。雷操控轮椅走下坡道，来到院子里。短时间涌出的大量肾上腺素让比利一阵难受，但他还是撑起一只胳膊，看了看四周。凯瑟琳不见了。午睡前喝的酒让他嘴里满是臭味。下午，天转阴了，太阳躲进云里，好像一块肥皂漂浮在一缸脏洗澡水上。雷到了院子里，停下来点烟。他真是不简单，这个人，比利心想。聪明绝顶、巧舌如簧，谁都别想辩赢他。他没上过大学却能赚大钱。雷啪的一声合上打火机，又朝院子里慢慢挪了几步，轮椅在有些颠簸的地面上摇摇晃晃地前进。那机器从背后看真叫人心酸，走路的样子难看得像河马屁股，正中央的美国国旗贴纸像个刻薄的低级笑话，似乎有人想讽刺一把，却弄巧成拙。

比利重新躺下，脑袋枕着双手，看着自己的父亲。你以为亲情是人生中确凿无疑的事，是天赐之物？是你生下来的意义？你和他们血浓于水密不可分，历史、基因、共同目标紧密交织在一起，家人应该是你一切动力的最基本的来源，你应该奋力保护他们，爱他们。然而这本该最无须思考的纽带，事实上却最难处理。想要证据？只要对B班做一次调查就可以了。出征前，霍利迪最后一次回家时，他的兄弟说，我希望你他妈的死在伊拉克。曼戈十五岁那年，他爸爸用活动扳手狠狠砸他的脑袋，他妈妈对此的评论是，这下你总该不惹你爸生气了吧。戴姆的祖父和一个叔叔自杀了。莱克的妈妈奥施康定成瘾，被关进了监狱，他爸是个毒贩子，也进去了。克拉克十一岁的时候，他妈妈跟他们一个教会的助理牧师跑了。施鲁姆，没有家人。阿伯特的爸爸是路易斯安那州的通缉犯，丢下儿子不管。塞克斯的爸爸和他的几个兄弟做冰毒时把房子给炸了。

没错，家人是一切的关键，比利得出结论。找到了与家人的相处之道，你也就朝着平静迈进了一大步，不过要想找到，要想发现，你需要策略。那么要去哪里找呢？仅靠年龄的增长显然不够。书？但书读起来太慢了，而且在这段时间里问题总会找上门。当人们被野蛮的天性主宰，哪儿他妈的有时间读书？九一一发生后的第二天早上，雷在广播里呼吁对几个中东国家的首都进行"核清洗"，播放了文斯·万斯与勇者乐队的《轰炸伊朗》和《绿贝雷帽之歌》。比利记得当时他想，这样真的能解决问题吗？悲惨的事情发生了，就意味着之后还有更多更可怕的悲剧，似乎这个过程不仅顺理成章，更是必然的。那些日子似乎已经预示了比利的人生。比利认为当时他就感觉到了自己的宿命——战争要来了，他注定要奔赴战场，某种神秘的、不可抗拒的父子关系确保了这一点。既然父亲热爱战争，儿子怎么能置身事外？当然，对战争的爱未必会转化为对儿子的爱。

轰—隆—隆—，停。轰—隆—隆—，停。他在干什么？雷在篱笆旁的花丛边停了下来。那儿有一丛淡蓝色的花球，长在又高又细的茎上，叫什么蓝雾——比利早上问过母亲，就在他跟布赖恩数了十七只前来采蜜的王蝶以后。院子里整天都有王蝶飞过，吸食一点儿蓝雾的花蜜，再继续向南往墨西哥飞去。雷又点了一根烟，抽了起来，看着王蝶飞舞。比利从未见过父亲花时间欣赏大自然。这个人与自然的关系主要是肉食动物与牛排的关系，可现在看到他坐在那里静静地看着蝴蝶，比利感到此刻就算不是个开始，也是个潜在的可能性。他有些沮丧。假如真有机会，他知道该怎么说吗？假如父子之间本来有缓和的机会，但他们却不知该怎么做，那就太遗憾了，甚至是悲剧，因为这可能是他们在一起的最后一天。这时门又砰的一声打开了，不过没有刚才那么响，布赖恩小跑着穿过露台。

"嘿，比利。"小家伙开心地叫道，一本正经的样子可爱极了，比利忍不住笑了。他慢跑着穿过院子，跑向外公，爬到老人的轮椅背上。雷笑了，转动轮椅，两人在院子里哐当哐当地横冲直撞。"让它跳起来！"布赖恩尖叫。雷将操纵杆向后拉，再猛地往前推，轮椅跳了起来，前端离地一英寸。轮椅的最高时速大概是每小时三英里，雷不知怎么想出了让轮椅前端腾空的方法。布赖恩开心得尖叫起来，高呼再来一次。于是他们转了一大圈，又蹦又跳，雷努力操控着轮椅，布赖恩趴在椅背上，傻乎乎地哈哈大笑。渐渐地，轮椅开始围绕着比利转圈，事后回想起来，比利觉得自己不仅仅是因为开心而笑，而是某种针对父亲的情绪令他笑了。后来，比利意识到当时以为自己终于和父亲有了温馨的一刻，可得到的却是父亲一贯无情的无声的"滚开"。比利不知道雷是如何做到的。但似乎主要是通过眼神，冷酷而轻蔑的眼神，轮椅经过时短短的斜眼一瞥。那一瞬间，雷完全拒绝与比利交流，比利无法用语言描述父亲表达拒绝的方式。这不是为了你。跟你没关系，没你什么事。雷独自享受着这一刻，他什么时候想让布赖恩喜欢他就可以让布赖恩喜欢他，其他人根本不值得他费这个功夫。

所有这一切都说明一个问题，没有点手段，你不过是家庭关系中的鱼饵，在鲨鱼池上面摇晃的一块肥肉。晚餐的时候，比尔·奥莱利在电视里发怒；丹尼斯和姑娘们争论房产净值贷款的事，布赖恩累了，开始捣乱；烤肉烤过了头；雷不停地抽烟；最后丹尼斯崩溃了，哭了起来，她希望一切尽善尽美，而显然事与愿违。妈妈，比利笑着伸手搂住她，心平气和地说。连他都没想到自己还能这么平静。妈妈,别担心。我很开心。我回家了。一切都会好的。更令人惊讶的是他的努力似乎奏效了。妈妈平静了下来。布赖恩在高脚椅上睡着了。帕蒂和凯瑟琳咯咯笑了起来,又开了一瓶红酒。比利觉得自己不止十九岁,似乎拥有了超越实际年龄的智慧。是因为战争吗?人们总是谈论战争如何毁掉一个人,此话不假,但未必是全部的实情。当晚,比利带着一肚子巧克力蛋糕和红酒,跌跌撞撞倒在床上睡觉,想到自己避免了一场灾难,挽救了十分重要的东西,心满意足地合上了眼睛。世上没有完美的事物,唯有这样一些透明得让你忘记自己的时刻,能拥有这样的一瞬,便是天赐的幸福。

早上七点会有一辆豪华轿车来接比利,承蒙某个有钱的爱国人士的好意,要么是此人不愿留名,要么是比利忘了他叫什么。一辆豪华轿车。来接他。管他呢。比利没睡好,宿醉未醒,嘴里满是昨晚喝完酒留下的臭烘烘的浮沫的味道。他知道这种味道,知道这意味着什么——害怕,厌恶,安全线外的恶报,不过他还是在床上最后自慰了一次。这种滑稽的郑重堪比特洛伊·艾克曼在得克萨斯体育场的告别赛上的最后冲刺,成了历史性的一刻。各位,他还差四十码!三十码!他没准能一冲到底!二十码!十码!五码!……触地得分!比利清醒了,冲澡,刮脸,穿戴整齐,铺好床,把帆布袋放到大门口。最后只剩下面对家人了。

"你们会想我吗?"比利兴高采烈地走进厨房,但女人们只是瞪着他,不知所措。她们很难过。他也是,可如果他表现出来,她们会更难过。厨房的窗户仿佛在一夜之间被覆上了一层薄膜,窗外灰蒙蒙的。阵阵大风使劲敲打着房屋,好像在往风箱里送风,弹丸似的雨点噼里啪啦地落在屋顶上。入冬的第一场暴风雪正跨过平原地区,前锋将在感恩节那天带来降雪和冻雨。

"你们下一站去哪里?"帕蒂问。比利的姐姐们边喝咖啡边看他吃早餐。丹尼斯忙前忙后,以单人突击部队的架势对付着厨房里的琐碎任务。

"先去莱利堡,他们在那里安排了一场集会,然后是阿德莫尔。因为,你懂的。"比利扫了一眼母亲,"然后去达拉斯,我猜。"

"啊,那场大比赛!"凯瑟琳拉长声音说,"你会见到碧昂斯吗?"

"我也不知道。"

"一定会的,老弟。可千万别搞砸了。这很可能是你唯一一次把她迷得神魂颠倒的机会。"

"当然。"

"听着,刚见面要夸她很漂亮。"

"凯瑟琳,她是碧昂斯。不用我来夸她她有多性感。"

"老弟,这种话女人是听不腻的!你应该这样对她说:'碧,嘿,你迷死人了,小妞儿,你看上去真是时髦,你的头发真有弹性,等等,比赛结束以后咱们去喝一杯,怎么样?'帕蒂,有碧昂斯做弟媳是不是很酷?"

"太酷了。"

"够了,你们两个。我只不过是个步兵。她才不会跟我打招呼。"

"胡说八道!像你这么英俊的年轻人,又是个英雄!她会对你的那玩意儿爱不释手的!"

"她是不是在跟那个叫 Jay-Z 的家伙约会?"帕蒂问。

这时丹尼斯哭了起来。她在擦灶台,擦着擦着眼泪就突然掉了下来,就像平时她会擦着擦着哼起突然想到的老歌。凯瑟琳生气地咂了咂舌头。帕蒂的眼眶红了,不过她强忍着。挺过去,比利对自己说,上车后就好了。可他喉咙里像卡着一块煤砖那么大的东西。这一回比第一次离开的时候还糟,出乎他的意料。第二次不是应该更容易吗?似乎这次他害怕失去的东西更多了,虽然说不出是什么。不管是什么,反正就是这些东西,加上这次他知道回去要做的是什么破事。

"对了,雷呢?"丹尼斯含糊地问,似乎自言自语能让她好受些,"是不是该有人……"

凯瑟琳和帕蒂对视了一下,然后看看比利。比利耸耸肩。雷在不在似乎不影响这个早晨的幸福时光。不过,布赖恩像是在回应丹尼斯的要求,穿着连脚睡衣轻轻走进厨房,睡饱了的胖脸蛋红扑扑的。他爬到妈妈的膝盖上,紧紧依偎着,像只树丛里的小考拉。

你要喝果汁吗?

不要。

麦片?

不要。

你只是想跟妈妈一起坐一会儿。

嗯。

布赖恩的出现让大家平静下来。小家伙盯着比利看啊看,并非全是出于好奇,更像是在见证,在向比利传递某种古老的智慧。他好像对比利的贝雷帽特别感兴趣。比利想,只要他不要开始问"为什么"就没事。丹尼斯又给比利倒了些咖啡。凯瑟琳收走了他的早餐盘子。微波炉上的时钟比炉灶上的快了两分钟,而炉灶上的时钟又比墙上的快一分钟,所以每次你看其中一个时得再看另外两个,才能确定现在是几点,没完没了。看着这些钟的感觉很糟糕,一个个到了七点,过了七点。突然凯瑟琳低声咒骂了一句"妈的"。透过餐厅,他们在厨房里就可以看到前面的窗户外一辆黑色加长林肯缓缓驶进车道。

一时间一阵混乱。凯瑟琳快步走向门厅去开门。丹尼斯转向洗碗池,放声大哭。不知怎的，布赖恩最后由比利抱着，所以比利拥抱哭泣的母亲时，小家伙正好夹在两人中间。探过身去的时候，比利故意模糊了自己的感官，母亲的哭声、阴冷的天气、离别的哀伤都叫他难以承受，还好小布赖恩夹在中间，帮他减弱了部分冲击。"再见，妈妈。"比利轻声说，然后抱着小布赖恩朝门厅走去，帕蒂紧跟在他身后，一直踩他的脚后跟。屋外，凯瑟琳在车道上帮司机把比利的行李放进后备厢。

"自己保重。"帕蒂站在门廊里说。她满脸是泪，嘴里像是含了海绵球，打着嗝啜泣道："千万别干什么傻事。一定给我滚回家来。"

比利最后闻了闻外甥的头——满是春天的青草和热烘烘的自制面包的味道，然后把他交给帕蒂。三个人又抱在一起。

"你告诉他，"抱着姐姐时，比利低声说，"要是我不在了，你告诉他，我叫他千万不要参军。"

凯瑟琳在轿车旁等着。她哭了，然后笑话自己竟然哭了，为了这么点儿破事。后来比利回忆起凯瑟琳的拥抱，想起她的手在他身上摸索了一会儿，好像她正滑下一面崖壁，在奋力寻找搭脚的地方。凯瑟琳在比利身后关上车门，后退一步，像动画片里那样大手一挥，敬礼。比利感觉自己比刚跑完马拉松还要疲惫，好像他的器官衰竭了，好像他的脸在融化。不过轿车已经在车道上倒车，最艰难的时刻过去了。林肯加长汽车缓缓驶离车道，凯瑟琳在院子里朝他挥手，帕蒂在门廊里朝他挥手，小布赖恩跟在她屁股后面。在他们身后，透过反光的防风门，比利依稀看到雷正坐在轮椅上看着他。比利低声咒骂了一句，倒在车座上。林肯轿车加速前进。父亲到底还是出现了，他该怎么办？

"来点音乐？"司机问。他是一个大块头的黑人，年近六十，一圈厚厚的肥肉从制服领口露出来。

比利说，不用了，谢谢。开了几个街区，司机又开口道："家里的人很难过吧。"他像个努力活跃气氛的牧师。"但我想不难过才不正常。"他从后视镜里看了比利一眼,"你真的不要来点音乐?"

比利说,真的不要。

这儿都是美国人

比利想，即使把这辈子认识的每一个人的财富全部加在一起，这看似庞大的数字仍比不上诺曼·奥格尔斯比惊人的净资产。不过媒体、朋友、同事、牛仔队粉丝军团以及更强大的牛仔队仇恨团都管他叫"诺姆"。这些仇恨者出于某种原因——比如他自鸣得意不可一世的傲慢，他喜欢夸耀牛仔队"美国之队"的名号，或者把所有东西（从烤面包机到郁金香球茎）都印上牛仔队商标的想法——恨透了此人。但就算是这些人，也不得不承认此君真的颇有点能耐，赚了大钱。诺姆。诺妖怪。纳姆。他活在各地粉丝的幻想中，是他们争论不休的对象，也是一切梦想的代表。塞克斯数天前就开始为与诺姆见面的人生重大时刻排练，成天诺姆长诺姆短的，一定要为了特列斯博诺斯基的转会臭骂诺姆一顿。嘿，搞什么鬼，诺姆！你怎么用世界级中后卫换一个插在棍子上的类固醇？可真轮到他与这位牛仔队老板见面时，他的态度来了个一百八十度大转变，厚颜无耻地拍起马屁来。

"很荣幸见到您，先生。"塞克斯压低声音毕恭毕敬地说，"我想告诉您，我一直都是牛仔队的超级粉丝。"

"啊,应该是我的荣幸,塞克斯技术军士,"诺姆立刻回答,"我一直都是美国军队的超级粉丝!"

人们热烈鼓掌。嘿,诺姆!此刻他们身处体育场一间没有装饰的大房间中。房间里头有点冷,水泥墙壁,四季通用的廉价地毯,脚底冷风阵阵,凉意透过地板直往上冒。B班被带到这里与牛仔队的高层和贵宾进行亲切友好的会面,屋里的人携家带口,大约有两百来位,很符合感恩节的气氛。一群上流人士,男的穿着西装系着领带,女的穿着量身订制的时髦礼服,搭配着相应的鞋子和手包,也有一些特别前卫的人穿着紧身皮衣和长裘皮大衣等最时尚的冬季时装。这群人多半是全城最有钱的教会"白鬼土豪厌食圣母大教堂"的会众。这里唯一的有色人种只有侍应生和几个爱社交的退役球员。他们当年颇受粉丝追捧,退役后精于投资,并保持着良好的形象。比利和曼戈明白,在这种高级场合,他们必须拿出最好的表现,然而托赫克托的好烟的福,他们已经快控制不住自己了。两人憋不住笑了出来,而且笑起来就没法停下。先是一个年迈的牧师说话带咬舌音,差点儿让他们把饭喷出来,接着是一位女士,头发活像一条发怒的贵妇犬。两人陷入药劲上头、神志不清的危险状态之中,大家肯定都看出他们俩抽了大麻,这是他们俩这辈子经历过的最可怕也是最好玩的事。

"冷静。"两人低声对对方说,像精神错乱的哮喘病人似的咯咯笑个不停,想些可怕的事情——直肠出血,胸口上的伤化脓,鼻子里有绦虫。

"好了,我现在看上去怎么样?"

"不正常。"

两人尽量低调地互相耳语。

"现在呢?"

"还是不正常。"

比利用靴子从背后给曼戈来了个回旋踢，曼戈立即给了比利的肋骨一拳。两人就这样偷偷摸摸地互相较劲，直到戴姆瞪了他们一眼。这种感觉就好像一辆高速飞驰的汽车忽然打滑失控，既觉得哇——哈，重力加速度十分过瘾，同时也知道最后多半会出事。不过当诺姆公司的人员过来准备做正式介绍时，他们也站了起来，认真应对。

诺姆。是真的、活生生的诺姆。人生大部分时间是慵懒而得过且过的，也许某天出现了些许酸甜苦辣，但往往第二天就淡了，最终变成索然无味的一团。人的一生只有几个时刻让你能肯定地说：没错，那是历史性的一刻，那天发生了一件重要的事，而此刻无疑就是这样的时刻，因为一群摄影师和摄像师紧跟着诺姆的每一个动作。诺姆光芒四射，不是说他长得帅，而是他带着强烈的名人光环。于是问题来了，大脑努力将眼前看上去更高，或者更胖、更老、更粉嫩、更年轻的真人与媒体上的形象匹配起来。两个版本有鲜明的差别，让人感觉有些不真实，总而言之，比利很忐忑。他已经见过总统了，可是如果紧张程度可以衡量，他今天无疑更紧张，对他脆弱的自信心有更大的挑战。跟名人见面是件很敏感的事。即将到来的见面会令他更强大？得到肯定？还是被贬低？昨天他问戴姆见到诺姆应该说些什么，戴姆嗤之以鼻。比利，你什么都不用说，让诺姆说就行了。你只要说"是，先生""不，先生"，他开玩笑的时候你就笑，就可以了。

诺姆沿着迎宾队列慢慢走过来，走到比利身边的时候，这名年轻的士兵感觉要晕倒了。"林恩技术军士。"诺姆停下来上上下下仔细打量比利，"我一直很期待见到你。"比利感觉飘了起来，被炽热的镁光灯和刺眼的闪光灯营造出的泡沫托起，像一个发得太厉害的蛋白酥。加上抽大麻后的亢奋，他感觉头重脚轻、什么都变成了慢动作。诺姆握住他的手，哎哟，简直像只领头犬——老兄，拎起你的腿，直接尿在屋子里吧！骄傲，诺姆说道，但他的声音好像卡住的磁带，在比利的耳朵里变形、拉长，骄—傲—，勇气，勇—气—，贡献，贡—献—，牺—牲—，荣—誉—，毅—力—。

"你是得克萨斯人？"诺姆问。他有点大舌头，口齿不太清楚，好像嘴里戴了个牙套。"你住在斯托瓦尔，对不对？油田区附近？"他注意到比利胸前的奖章，高声宣布他和比利"同为得州人"让他感到特别骄傲。但他并不意外，一点也不意外，土生土长的得州人当然会在部队里建功立业。

"人人都知道得克萨斯人最会打仗了。"诺姆接着说，他面带微笑。这并不完全是开玩笑，更像是用一种揶揄的方式夸奖得州。"奥迪·墨菲啦，阿拉莫战役的英雄啦，你继承了他们的光荣传统，知道吗？"

"我从没这样想过，先生。"比利这么回答想必是说对了，因为人群中发出一阵赞许的笑声，没错，大家在看你，他们的脸就在闪光灯的周围，像凸出来的鱼眼。比利脑子里的肾上腺素像电锯一样嗡嗡作响。诺姆正在说话。诺姆在发表简短的讲话。他比比利高一英寸左右，今年六十五岁，身体健康，脖子粗壮，头发略带桃红色，梯形的脑袋上窄下宽，从太阳穴开始慢慢变窄，直到像烫平的平原一样的头顶。幽灵般阴冷的蓝眼睛却是诺姆脸上最让人敬畏和着迷的地方。常年的微整形、修饰、拉皮、紧致、去角质，早已成为全国和地方新闻的素材，一部诺姆的整容公开史。迄今为止，效果确实令人惊艳，有点像修葺一新后拿去拍卖的老旧游乐设施。嘴边像有两颗拧得太紧的螺丝。眼角隐约可见的蒙古褶有些勾人甚至阴柔，像是仿照波卡·洪塔斯传说里某张性感插图弄的。肤色发红，像是用力擦过的陈年番茄酱污渍遗留的粉色。整体效果不好也不坏，就是贵。后来比利想，直接在脸上贴几千美金也能达到差不多的效果。

诺姆说:"你们让美国重拾骄傲。"他的话化作一个个小气泡在比利的脑子里升起。美国?真的?整个他妈的美国?可是大家都在鼓掌,比利不敢争辩,接着轮到诺姆夫人,一位有一定年纪但是保养得很好的女士,乌黑的头发盘成发髻。她很漂亮。眼睛是深紫色的,眼神有些涣散。她面带微笑,不过纯属应酬,没有半点真情实感。比利心想她要么吃了药要么连一点力气都不想出。若是瞧不起他们,比利倒不介意,还有哪个女的比她,达拉斯牛仔队的第一夫人,更有资格和权力摆脸色?事实上,她这股劲儿让比利有些硬——伙计,他心想,下去,她老得可以当你妈了。不容他多想,家族中的其他人已经朝他走过来了,诺姆的孩子们,孩子们的丈夫和妻子,然后是一大群叽叽喳喳的孙辈,每个人都继承了奥格尔斯比家族的方脑袋。全部会见完毕,迎宾列队就变成了上流社会的狂欢派对。人人兴高采烈,与B班的亲密接触叫他们兴奋不已,就连这些有钱有名的人见到B班也都变得有些疯狂,是因为他们闻到了血的味道?陌生人随心所欲地对待比利年轻的身体,有的捏捏他的胳膊和肩膀,有的紧紧抓住他的手腕,有的用力拍他的背,同时嘴里滔滔不绝地表达对国家的高度忠诚和对他们的不尽感激。一位女王般的老妇人问比利多大年纪。"你看上去真年轻!"她大呼。得到他的回答之后,老妇人难以置信地摇摇头,走开了。一群穿西装打领带的小伙子管他要签名。不知谁递给了他一个装着可乐的塑料杯。比利以前很讨厌大型派对,叫人紧张的寒暄,充满压力地四处走动,可"凯旋之旅"之后,他发现如果人们真心想跟你交谈,这种派对也没有那么糟糕。

"你们去了白宫?"一个男的问。

"是的。"

"你们见到乔治和劳拉了吗?"那人的妻子满怀期待地问。

"哦,我们见到了总统和切尼。"

"一定很令人激动吧!"

"是的。"比利附和道。

"你们聊了些什么?"

比利笑了。"我不记得了。"这是实话,他真的不记得。他记得大家开了些玩笑,善意的玩笑。大家一直在微笑,摆各种好看的姿势拍照。其间,比利突然意识到自己心里其实等着总统表现出,呃,尴尬?惭愧?为了眼前这个显而易见的烂摊子。然而这位美军最高统帅似乎对事态颇为满意。

"知道吗?"那女的凑近比利,好像要透露什么机密似的,"我们多少认为乔治和劳拉是自己人。在华盛顿的任期结束以后,他们要搬回达拉斯。"

"啊。"

"几个星期之前我们刚去过白宫。"男人说,"他们为查尔斯王子和卡米拉设了国宴。啊,那些皇室成员真是非常友善,一点架子也没有。你可以跟查尔斯王子聊任何事情。"

比利点点头,没有接话。一阵沉默。幸好他及时问道:"你们聊了些什么?"

"打猎,"对方回答,"他和我一样喜欢打鸟,尤其喜欢松鸡和野鸡。"

几对晒得黝黑、衣着华丽的夫妇正跟麦克少校热烈地交谈。少校时而点头,时而皱眉,时而嘬嘴,全神贯注地表演着专业哑剧。戴姆和艾伯特被诺姆的小圈子吸纳,比利觉得很安心,这说明戴姆确实很有一套,在上层人士中也吃得开。美国人,比利环顾房间,自言自语道。这儿全是美国人——就好像突然意识到舌头长在嘴巴里似的,他以前从未意识到这一点。可这些美国人不一样。这些人是有钱人，穿着光鲜亮丽，极其讲究卫生，熟悉复杂的投资世界，忙着享受各种人生乐趣——品尝美食美酒，熟悉比赛和体育运动，对欧洲各国的首都了如指掌。这些人就算不像模特或者电影明星那般完美无瑕，也有伟哥广告演员的活力和风度。与B班见面的这段特殊时光不过是他们无数乐子中的一个，想到这里，比利心里不禁有些苦涩，但更多的是极度的恐惧而非嫉妒。回到伊拉克的恐惧就像讨厌自己穷得叮当响一样。这就是他现在的感受，穷，好像一个无家可归的穷孩子突然被扔进一群百万富翁之中。怕死是人类灵魂里的贫民窟，要想摆脱这种感觉，就需要继承相当于上亿遗产的精神力量。真正让比利嫉妒的是，这些人竟然可以若无其事地把恐惧当作谈资，此刻，他为自己感到难过，随时会崩溃地大哭。

我是个好士兵，比利对自己说，难道我不是个好士兵吗？那么一个好士兵为什么会感觉如此糟糕？

别害怕，施鲁姆说。因为你一定会害怕。所以当你开始害怕的时候，别害怕。比利常想起这番话，不仅因为它跟禅宗一样玄妙，而且他想知道极度害怕究竟是什么样的。施鲁姆还说,恐惧是所有情感之母。先有恐惧，才有爱、恨、鄙视、伤心、愤怒等情感。恐惧生出了所有情感，而每个上过战场的士兵都知道，恐惧的化身和种类跟爱斯基摩语里对雪的称呼一样多。在死神的魔爪之下生活一段时间，你便能目睹恐惧的一些可怕骇人的表现形式。比利见过有人不堪重负高声尖叫，有人不停地骂脏话，还有人干脆丧失了说话能力。大小便失禁很常见。傻笑、抽泣、发抖、麻木不仁也很常见。有一次他们遭到火箭榴弹袭击，他看见一个军官滚进悍马底下，袭击过后竟不肯出来了。又比如特里普上尉，关键时刻相当可靠，可是当他们遭遇重击时，他的眉毛像狂风里被松开的帆布一样上下扑腾。他手下士兵可能觉得丢脸，但没有人会因为这件事贬低上尉，因为这是条件反射，身体无法控制。有些战斗应激反应是写在基因里的，就像发旋或平足一样无法改变，但也有少数幸运儿不知道害怕为何物。比如戴姆中士就是这样一个了不起的战士，有一次比利看见他一边走一边若无其事地吃着彩虹糖，而就在几米开外，迫击炮正弹如雨下。也有人今天还无所畏惧，第二天便胆小如鼠，反复无常，诡异，无用，愚蠢。这些都在折磨你的意志。随机模式。比利厌倦了每天生活在这样的压力下，不只是面对痛苦和死亡时动物共有的本能的恐惧，还有人类独有的对恐惧本身的恐惧，就像陷入循环的唱片。自我干涉的循环越来越频繁，很可能是一种发疯的表现，所以才有了所有的其他情感，作为因应机制让人保持理智？于是即便是憎恨，你也开始从中感到同情。有时恐惧搞得你的身体筋疲力尽，有时它就像偏头痛，你以为可以用理性克服，将全部注意力集中在疼痛上面，分析它，把它分解成分子和原子，逐步深入理论，直到疼痛融入放屁的逻辑中，然而一切努力之后，你的头还是疼。

比利一面想着这些东西，一面闲聊着战争。他努力保持低调，可惜别人总是把谈话向夸张和激动的方向引。他们想当然地认为身为B班队员，你当然该谈论战争，因为，哈，假如巴里·邦兹在这里，那么他们就该谈论棒球。你不认为……难道你不觉得……你得承认……在这里，战争不过是通过正确的思考和合理的资源配置就可以解决的问题，人们的夸张和激动情绪源于恐怖分子企图占领世界。我们的生活方式。我们的价值观。我们的基督教价值观。比利感觉自己的脑子正逐渐放空。

"打扰了，"一名牛仔队经理打断大家的交谈，"我们的士兵看上去有点口渴。要续杯吗？"

比利摇了摇杯子里的冰块。"谢谢,先生。再来一杯可乐好了。"

"来吧。借过,各位。"经理拉着比利的胳膊往吧台走去,他是管事的。显然牛仔队的企业文化是每一个经理都要像福特经销商的销售员那样,而此人——他自我介绍说叫比尔·琼斯——就属于这个类型。相貌平平,开始谢顶,面部丰腴,肚子像怀了四五个月的身孕。不过比利一下子就觉察到,他是个侵略性有限、心地不错的员工,一举一动似乎都透着些不耐烦。

"玩得开心吗?"

"是,先生。"

琼斯先生笑了。"你刚刚看起来想换个环境。"

比利微微一笑,耸耸肩。"他们都是好人。"

琼斯先生又笑了,不过这次有些刺耳。"的确,他们的确是好人。见到你们大家都很激动。你们令人钦佩。"

"谢谢您。"比利注意到琼斯先生的腋下附近是鼓起来的。他带着枪。一个冲动的念头在比利脑子里一闪而过,他想一拳把琼斯先生的食管打到脖子后面去,缴了他的枪,只是为了安全见见。不过他忍住了。

"这群人里没有几个反对者。他们都支持战争,支持美国,而且一点也不羞于表达自己的想法。"

"是,先生。"

"听着,我跟大家一样是政治动物,可我更喜欢谈论橄榄球,而非政治。你呢?"

"先生,除了政治,我谈什么都可以。"

琼斯先生一阵大笑。到目前为止,比利似乎都应答得当,但他并不会就此放松。

"你就是那个得克萨斯小伙子?"

"是的，先生。"

"你是牛仔队的球迷吗？"

"一直都是。"比利装出很激动的样子，奉承对方。

"这话我爱听。今天我们会努力赢球的。哈罗德。"他对黑人酒保说，"给咱们年轻的朋友来一杯冰可乐。要加东西吗？"他朝比利使了个眼色。

"要是能加一点点威士忌就好了。虽然严格说来，我不能喝酒。"

"别担心，我们会替你保密的。还有什么我可以效劳的？"

比利想不通他为何要自寻烦恼。"嗯，说实话，先生，我有点头疼。要是有布洛芬什么的就好了。"

"稍等。"琼斯先生说着掏出手机，打起字来。尽管手指那么粗，还戴着不是一枚而是两枚超级碗的冠军戒指，琼斯先生的打字速度却快得难以置信。比利努力不傻盯着那两只镶满珠宝的丑陋甲壳虫看。他接过饮料，转身面向房间。曼戈在人群深处惊喜交加地看了他一眼，就把视线移开了，像是在恶作剧。围在诺姆身旁的人最多，像一群盘旋的蜜蜂，比利认为这是个好机会，可以近距离地观察这位社交大师。诺姆在这种社交场合运筹帷幄的技巧实在高超。他的每一个微笑、为每一位来宾量身定制的谈话，处处都彰显他的个人魅力、领袖气质和掌控能力，他无疑是全场的灵魂人物和中心，比利能看出他运用的技巧，可是，可是……他，诺姆，太卖力了。他倾尽十二分的力气，言谈举止皆极为得体，却像一个紧张的推销员，或者说一个二流演员，表演无甚纰漏，却因为领子太紧、内衣歪了而束手束脚。诺姆无疑十分自信，唯我独尊，然而这种自信是励志录音带和励志箴言式的自信，就像外语一样，是后天习得的，肢体语言中隐藏着改不掉的口音，从他的每个笑容和动作中都能隐约听到像患了关节炎般的嘎吱作响。

比利看不下去了，简直连基本的尊严都没有，这就是诺姆一直被人羞辱的原因吗？关于他有各种稀奇古怪的故事，据说在迈阿密南海滩一大群人冲他亮屁股，在丘吉尔园马场的内场又遇到一次，在纽约"二十一俱乐部"餐厅的男厕所里，他被一群年轻气盛的对冲基金经理痛揍。可是不管怎么说，他是老板，肯定有什么过人之处。比利扫了一眼奥格尔斯比家族的其他人，他们个个都跟诺姆一样卖力。他们像是串在一条电线上的钥匙，丁零当啷、火花四溅地极力推销自己，比利试着想象这样的生活，一直这么卖力，一直在别人面前演戏，把自己最好的精力全都奉献给了公众。

老天，想想都觉得太累。比利对他们的同情不禁变为肃然起敬，敬佩他们为了每天一起床就肩负起整个偌大的牛仔队王国而付出的毅力。

琼斯先生啪地合上手机，转向比利说："已经去帮你拿萘普生了。"

"谢谢您，先生。"比利尽量不去看枪套鼓起来的地方，"也谢谢你们的款待。"他手举杯子冲房间比画了一下，"真的是太棒了。"

"哪里，很高兴你们这些优秀的年轻人今天来做客。能够招待你们是我们的荣幸。"

"你知道我想了解什么吗？"比利脱口而出。他刚喝了一口波旁酒，突然大胆或者说鲁莽起来，"你们是怎么做的？我指球队。所有这一切。你们是怎么做到的？"他结巴了，搜肠刮肚寻找听上去很高端的商业词汇。"我是说，比如，你们是怎么起家的，再比如，呃，体育场的钱从哪儿来？土地、建筑、所有的东西，还要给球员和教练发工资，我是说这些都需要一大笔经费，对不对？"

琼斯先生笑了，是善意的笑。"职业橄榄球确实是一项烧钱的运动。"他用教导笨蛋的耐心语气说道，"关键在于现金流的融资，在于你能不能创造足够的收益流，既能偿还借款，又能支付眼前的必要开支。这是一个好问题。某种程度上,这是唯一的问题。你确实问到了重点。"

比利点点头,一副懂行的样子。"嗯哼,不过从战略战术的角度来说。"哇,说得好。"比方说,奥格尔斯比先生决定买下牛仔队的时候,他要怎么做?我是说,我知道他不可能直接掏出信用卡说,嗯,今天我想买下牛仔队。"

"不不。"琼斯先生面带微笑,"不尽如此。不过,我跟你说,资金杠杆是个好东西。如果能正确利用,连山都可以移动,毫不夸张。而诺曼·奥格尔斯比,啊,这么说吧,我的老板是操纵交易的天才。我认识的人里没有人比他对数字更敏感,他是我见过的最厉害的谈判高手。我亲眼看到他面对一屋子的纽约投行要员,达成了自己想要的交易。我跟你说,那些人可都是厉害的角色。通常都是他们如愿以偿,可那天他们碰了钉子。"

我的天,比利心想,我们居然在谈论生意。自己居然跟一个牛仔队的高级球队经理正儿八经地谈论成人世界的生意。这是他人生的光辉时刻,尽管他知道自己听不太懂或者说根本就没有听懂,而琼斯先生也只是在迎合他。但不管怎么说,在这儿,他在跟琼斯先生交谈。这会儿琼斯先生正在说"负债比率"——

  股票/股本回报

    收益流//循环贷款

   固定资产>借贷抵押

市场营销

  品牌化

   商誉

    资产负债表

　　　　　贬值
　　　　　　　　　一段时间的百分比
　　　放款团体
　　　　　　　或
　　　　　股本代替
　其中
　　　　　　　球员工会！！！！！
　工资上限
　　　　　下跌
　　　　　　　基金
　　　　　债券

琼斯先生的手机响了，他看了眼屏幕，朝比利笑了笑，走开了。比利叫酒保给可乐添点酒提神，然后站在吧台边沉思。参军是认识世界的速成班，然而太速成了，甚至让比利总处于困惑中，不明白很多事情的来龙去脉。比方说体育场。机场。州际公路系统。战争。他想知道谁为这一切付账，数以亿计的钱从哪儿来？他想象有一个神秘的基于数学的平行宇宙。这个宇宙并非与物质世界并行，而是叠加在物质世界中。它是一个由矩阵型的数字组成的透明夹层，血肉之躯的人类穿梭其间，犹如鱼在海藻中穿梭。钱就在那里，基于整数的代码和逻辑构筑的王国，因果关系的几何模块。市场、合同、交易的世界，以光纤作为优雅的媒介，超乎想象的大量神秘财富乘着光束满世界飞奔。这个世界听上去很不真实，然而又是实实在在的。想要进入这个世界，比利所知的唯一途径就是通过名为大学的异域城邦。但是这条路行不通，他不会再回到教室里去了，永远不会。光是想想他就满腔怒火，这份怨恨可以一直追溯到幼儿园，更不用说这些年他经历的无聊透顶的学校生活。比利从来没有从得州的公立学校里学到什么真才实学,但直到最近,他才察觉自己这方面的损失。当他想了解更加广阔的世界的时候,才意识到国家剥夺了他求知的权利,简直是严重的犯罪。想了解这个世界是如何运作的,谁得到了,谁失去了,谁做的决定。这些可不是无关紧要的学问。某种程度上,这也许就是一切。年轻人应该知道自己在这个世界上的位置,这不仅关乎基本的做人尊严,还决定了一个人的生存方式和手段,你希望通过勤恳的努力得到——

哎哟!!!

"被我抓到了,伙计。你在发呆。"

"见鬼,中士!"

"要是在伊拉克,你早就没命了。"

"要是在伊拉克,就不会有穿皮裤的小妞儿了。天啊,中士。"比利理了理衣服,小心地摸了摸胸口。就在他沉思的时候,戴姆中士悄悄从背后走过来,勒住他的喉咙,狠狠地拧了一下他的左乳头。

"你把我的乳头扯掉了,中士。"

戴姆笑了,向吧台要了一杯雪碧。他喜欢雪碧,总是喝雪碧,最好是无糖的。

"戴姆中士,什么是资金杠杆?"

戴姆喷了一口雪碧。"怎么,林恩,你背着我偷看《福布斯》?你从哪儿听说资金杠杆的?"

"那边那个家伙。"比利用下巴指了指琼斯先生,"他说这是诺姆成功的关键。"

"他说的,嗯?"戴姆打量了琼斯先生一眼,"比利,资金杠杆就是别人的钱,说得好听些罢了。比方说,借钱。欠钱。贷款。负债。用别人的钱给自己赚钱。"

"我不喜欢欠钱,"比利说,"欠别人钱我会不安。"

"以前,你这种想法才是理智的。"戴姆咬碎冰块,咔嚓,"可是这年头还有谁在乎理智。"

"那诺姆呢?"

"诺姆怎么了?"

"你是说他不理智?"

"我都不确定他是不是真的存在。"

比利笑了,戴姆却没有一丝笑容。

"不过我倒是知道一件事。"

"什么事,中士?"

"他对艾伯特充满兴趣。"

比利选择沉默。

"我猜征服了全国橄榄球联盟之后,除了进军好莱坞,他也没什么可做的了。他在跟艾伯特大聊特聊电影的事。"

"艾伯特在干什么?"

"他很好,伙计。他在卖力工作。"

"为我们的电影?"

"最好是。因为我们他才能来这里。"

两人都不说话了。琼斯先生加入一群衣冠楚楚的客人当中。即便在大笑的时候,他的眼神依旧敏锐,身体时刻保持警觉。比利觉得虽然自己年轻力壮,还受过军事训练,可要是跟琼斯先生打起来,自己未必有优势。

"你看那边那个家伙,就是我刚刚说的那个?他身上带着枪。"

戴姆不以为然。"我以为在得克萨斯人人都带着枪。"

"是的，可是在这里？多此一举。"比利被自己的愤怒吓了一跳，"傻瓜才会在比赛的时候带枪，难道他嫌这里上百万名警察还不够？还是说他想自己干掉所有的恐怖分子。"

戴姆转向比利，笑了起来。接着他僵住了，转到比利正面，近得两人的鼻子都快碰到一起了。比利赶紧屏住呼吸，可惜为时已晚。

"混账东西，你还在喝酒？"

"就喝一点儿，中士。"

"我允许你们继续喝酒了吗？"

"没有，中士。"

戴姆看了一眼比利手里的杯子。"你有心事吗？"

"没有，中士。"

"再过两天我们就要回那个破地方去了，你忘了吗？"

"没有，班长。"

"你最好振作起来，立刻，马上。"

"是，戴姆中士。遵命。"

"你以为我们在这里是名人，那些混蛋就会放过我们吗？"

"不会，戴姆中士。"

"当然不会，他们会冲着我们开枪。如果我不能指望你……"戴姆后退一步，突然悲痛起来，"比利，我需要你。你得帮我，好让其他那些蠢货活着回来。所以别给我发呆。"

戴姆就这样一下子让他心碎了。他是那种你宁死也不愿辜负的人。

"我很好，中士。我没事。真的。"

"真的？"

"真的，中士。别为我担心。"

"那好。喝点水。别让我失望。"

所以当阿伯特和克拉克走过来的时候，比利正在喝水。两人像猎豹似的咧嘴而笑，露出牙缝里的食物残渣。

"怎么了？"

"诺姆的老婆。"

"嗯？"

"我们打算上她。两个人一起。"

"得了吧。老兄，她有……五十五了吧。"

"我才不在乎她有多老。"阿伯特说，"你看看她。那婊子太火辣了。"

"我一直想痛痛快快地操一个有钱的婊子。"克拉克说道。

"这太粗鲁。"比利生气地说，这种清教徒般的畏缩让他自己也满是困惑，"你们两个真恶心。我们是她的客人，放尊重点。"

曼戈走过来。"不可能发生的事情就谈不上不尊重。不过说说罢了。他们才不可能操那位女士。"

"走着瞧，"克拉克信誓旦旦地说，"一赔五赌我会操她，一百块钱。"

"瞎说。"比利说，依旧是一副唱诗班男孩的模样。

"好啊。"曼戈说。

"我也一样。"阿伯特说。

"什么？"克拉克说，"你是要赌我会把她弄到手，还是你也想上她？"

还没等他们把话说清楚，一名牛仔队的经理走了过来，就像视频剪辑似的，一秒钟之前B班的队员们还是恶心的街角变态狂，下一秒钟就变成了国家的栋梁之材，没错，实现美国十字军之梦的神圣战士。经理把一沓《时代》杂志放在吧台上，要他们签名，签在封面上，然后在第三十页上再签一次。这页是关于他们的报道《阿尔-安萨卡运河大决战》的第一页："即便从伊拉克人的标准来评价，阿尔-安萨卡运河边上的阿德-沃里兹村也是一个闭塞之地，只有几间泥巴盖的茅屋和仅够糊口的农田。然而经过十月二十三日早晨两个小时的激烈战斗，这个偏僻的小村子成了美国反恐战争的震中。"

报道和照片总共六页，再加上一张立体示意图，图中的箭头和标签里提到的战斗，比利一场也想不起来。封面人物甚至不是B班队员，而是第三排的戴克中士，是对那张咬牙切齿的可怕面目的模糊的特写。"这群暴乱分子大概是不要命了。"特拉弗斯上校对《时代》杂志说，"我们的小伙子们很乐意成全他们。"这话倒是没错，不过到了最后，那些人才是不要命的，一支八到十人的敢死队从芦苇丛中以迅雷不及掩耳之势高喊着冲了出来，火力全开。你的士兵生涯等待的就是这一刻，每一个手拿武器的大兵都分享了这一刻。这一刻，炮火猛烈地射击，敌人瞬间被打得粉身碎骨，头发、牙齿、眼睛、双手、软绵绵的脑袋、像炖菜一样被炸得稀巴烂的胸膛。这番景象叫人难以置信，也难以忘怀，在脑海里挥之不去。哦，我的同胞。没有怜悯这个选项，句号。过后，比利才想起怜悯来，在那种情况下是没有怜悯的，很久以前就没有选择的余地了，很可能早在参加战斗的人出生之前就已经没有怜悯这个选项了。

B班队员签了名。这两个星期他们签了一堆《时代》杂志，有些已经出现在易趣上了，不过管他呢。经理小心翼翼收起杂志，像个刚刚编了个谎话的律师。

"天命真女来了吗？"克拉克问他。

"抱歉，伙计，这事不归我管。"

"我们希望能跟她们待一会儿。"

经理笑了。"你们是她们的朋友？"

真是有些无礼。他是在笑话他们吗？

"我们是她们的粉丝。"曼戈平静地说。

"孩子,如果你们不是她们的粉丝,我才觉得奇怪呢。这样吧,我去帮你们问问。"

好的。B班队员叫吧台赶紧给他们来一巡威士忌可乐。哈罗德真是个好人,倒酒的时候,把酒瓶藏在吧台下。他们刚一口气喝干酒,就被集合起来带到冷飕飕的大厅。乔希向他们交代了之后记者招待会的事情。他拿着一块写字板,头发梳成整整齐齐的倒三角形,整个人看上去干净利落。

啦啦队会来吗?

"会,啦啦队会来。"

耶——好哇!她们会跳膝上舞吗?

"在媒体面前不会,伙计们。"

中场秀要我们做什么?

"具体的我还不知道。不过我知道特丽莎给你们安排了任务。"

谁是他妈的特丽莎?

"拜托,伙计们,奥格尔斯比先生的女儿啊。你们刚刚见过。她花了大半年的时间策划这次的中场秀。"

跟她说我们会唱歌!

"我相信你们唱得很棒,不过已经有天命真女了。"

是,我们想见——

"我知道我知道我知道,不过伙计们,那可是天命真女。你们的要求有点超出了我的能力范围。"

你行的,乔希。

"我问问吧。但我可不能保证什么。"

大伙儿都笑了,有几个人像狼一样欢呼号叫。B班士气大振。他们在那里站了好一会儿,才意识到他们是在等什么人。是在等诺姆,后来他们发现。末了，他终于来了，带着一大堆跟班，有摄影师、摄像师、几个家人和一大帮牛仔队的高层。

"准备好了吗？"诺姆笑容满面地看着 B 班，问。"我想你们现在已经经验丰富了吧。"诺姆抱起孙子，一行人朝着迷宫似的体育场迈开步子。体育场的结构之复杂不亚于一艘战舰的内部。比利的头疼得要命，可是乔希尽管在其他事情上相当尽职尽责，偏又把比利的布洛芬给忘了。疼痛像是光晕，又像是信封一样包裹住比利的脑袋，有几个地方疼得特别厉害，好像有人正用钉枪往他的脑袋里钉钉子。

媒体室外，诺姆把孙子交给其他人，然后站在门口等 B 班排好队形。诺姆嘴里一直念叨着"很好""好极了""太棒了""非常好"，一连串没有具体指向和内容的空洞的赞美之词。他这个样子叫人有些尴尬，就好像看着生日派对上最胖的孩子围着蛋糕转，明显希望把整个蛋糕据为己有。言归正传，诺姆首先走了进去，里面立刻传来一阵排山倒海的尖叫。等比利跨过门槛，才发现这是啦啦队的欢呼声。她们挥舞着花球，跺着脚，发出震天动地的欢呼声。接着欢呼突然转为四四拍的口号，有何不妥呢，这本来就是她们的工作：

美国大兵强壮忠诚，
美国大兵世界最强，
感谢你们保护我们，
不让敌人伤害我们！

比利在台上就座，感觉战争的疯狂达到了新高度。诺姆催促记者们站起来！站起来！下面坐着四五十号记者，大部分是男的，虽然不怎么愿意任人摆布，还是站起来鼓掌，挤出不情愿的笑容，不由自主地被此刻的气氛带动。诺姆举起手指向B班,好像在说:瞧瞧我给你们带什么来了!

据说诺姆是市场营销方面的天才。比利坐在闪光灯的光团中,脑子里突然冒出一个古怪的念头:他们都只存在于诺曼·奥格尔斯比的脑子里。诺姆朝着B班微笑,鼓掌,做手势。他的蓝眼睛闪烁着一种特别的,不,是神圣的光芒。他对牛仔队这块招牌充满自信,相信连上帝都站在他这边。还有什么比这更神圣的使命?人生中还有什么更美好的事情?球队的一切收益都是上帝的恩典,天地万物都必须屈服于神的意志。

这间屋子活像一间温室,弥漫着塑料和人造树脂的味道,一大堆电子设备散发的热气把空气搞得相当污浊。一个队员高喊:"美——利——坚——"其他队员跟着喊起来:"美——利——坚——,美——利——坚——,美——利——坚——!"诺姆也跟着高喊,鼓掌,跟着节拍摇摆。这么多的啦啦队队员,足够站满房间的三面墙。看见这么多暴露在外的女性肉体,B班队员有些震惊。摄影师横着从B班面前走过,对着他们的脸猛拍不停,燎痛了他们的眼睛,说不定还烧到了大脑。摄像师们则围在主席台两侧。这是一个两英尺高的用胶合板随便粘了粘的活动平台,用一块向内弯曲的隔板之类的东西做成背景板,上面印着牛仔队的星星和耐克的标志。屋子本身有点寒酸,更像是一个会议室或者资金不足的娱乐中心:头顶是白炽灯,脚下是可怕的四季通用地毯,身边是塑料外壳的钢管椅。诺姆最后一个在台上就座,俯身凑近话筒。

"我——"诺姆开口说道,可是啦啦队根本停不下来,诺姆只好停下。他低头看看自己的手,为啦啦队的热情咯咯发笑,记者们也跟着笑了起来。

"我,"等到最后一声尖叫过后,啦啦队终于控制住自己,诺姆重新开始,"我,"又停顿了一下,不过这一次是为了效果,"和牛仔队上上下下。"牛仔,比利无声地对自己说,一边模仿诺姆的口型,一边挠了挠耳朵里发痒的地方。"今天很高兴,很荣幸,非常光荣地邀请到B小队的杰出青年,坐在我左手边的这群如假包换的美国英雄。假如你问现在哪些人最清楚怎样整装待发,那肯定非他们莫属。他们是美国最优秀的青年,而美国最优秀的无疑就是全世界最优秀的,他们在伊拉克战场上的表现就是证明。"

啦啦队发出一阵欢呼,先是兴奋的尖叫,随即变成整齐划一的"美利坚!"口号。比利好奇是有人指示她们该在这个时候打断发言,还是她们自己知道应该什么时候打断。啦啦队本就是陪衬,但又是一群天生好表现的人。比利察觉到,这些不断鼓舞团队精神的男孩儿女孩儿的内心深处都有这样的矛盾:他们总是尽心尽力为别人加油,但自己才是真正竭尽全力的人。没有人为啦啦队加油!这多叫人伤心啊,别人听来用热情喊出的震耳欲聋的尖叫却刺痛着他们的心。诺姆笑笑,摇摇头,好像在说:这些姑娘们。牛仔队的高层们也在一旁暗自发笑。

"我相信,"诺姆接着说,"大家现在肯定已经非常熟悉B班的事迹了,当补给车队遭到埋伏时,他们第一个赶去救援,在没有后备增援和空中支援的情况下,直接投入战斗。敌人不仅在人数上占优势,而且为了这次伏击做了数天的准备。他们没去想种种不利条件,甚至没有怀疑这是个陷阱,他们毫不犹豫地去了——"

几个啦啦队队员发出欢呼,可是诺姆举起了手。这会儿他不想被打断。

"多亏了福克斯新闻的随军报道组随后赶到,让我们能亲眼见证这群优秀青年当天的英勇事迹。我得说,我从来,"诺姆的声音沙哑了,又向话筒凑近了一些,"在我看到,那个,影片之前,从没觉得自己,为身为美国人,而如此自豪。如果你还没看过,我劝你抓紧时间……"

比利一直在走神,现在多少平静下来了,第一次定睛打量啦啦队。他没想到啦啦队人数如此众多,简直就是活生生的美丽女性胴体展示,各种肤色,各种雕塑般的小腹、柔软的大腿、曼妙的腰肢、凹凸有致的屁股和胸部。哦,天啊,一对对巨大的双峰在牛仔队著名的打结短上衣里波涛汹涌,没错,随时会像雪崩爆发一样,将B班淹没,幸亏还有一点儿布包着,让他们没有彻底沦陷。

"我个人认为,"诺姆说,"反恐战争其实就是我们在有生之年能够见到的正邪之争。甚至有人说这是上帝对美国意志的考验。我们配不配拥有现在的自由?我们有没有决心捍卫我们的价值观和生活方式?"

比利觉得有些啦啦队队员像脱衣舞娘,她们有夜店舞娘那种老道迷离的神色,不过大多数啦啦队队员应该都是大学生,青春的脸庞,玲珑的鼻子,平滑的脖颈,浑身洋溢着一股健康、清纯、洁净的性感。比利对自己说:别盯着她们看,别像个变态。艾伯特和麦克少校一起坐在后排,比利想象着他们两人现在在聊些什么。这挺有趣的。艾伯特不时从手机上抬起头来看看B班,眼神尖锐但又透着关切,很像有钱人看着自己获奖的纯种马绕着跑道小跑。

"有人说这场战争是一个错误,我想提醒这些人,我们推翻了一个历史上最残忍最好战的暴君的统治。此人无情地杀害了成千上万的同胞。为自己建造宫殿纵情享乐,却放任学校倒塌和国家的医保制度崩溃。他养着全世界最昂贵的军队,却任凭国家基础设施坍塌。把国家资源送给自己的朋党和政治盟友,拿国家的财富中饱私囊。试问那些反对这场战争的人,要是萨达姆·侯赛因依旧当权,今天这个世界会更美好吗?推翻暴政,推动自由和民主,让全世界人民都能决定自己的命运,不是美国一直以来的追求吗？这一直是美国的任务，也是美国成为地球上最强大的国家的原因。"

比利心想不知道诺姆会不会去竞选公职。他跟 B 班这两个星期遇到的政客一样，都是出色的演说家。他风度翩翩，口若悬河，还掌握了时下政治演说的流行语气，像是受了伤又带着点暴躁。就算这只是作秀——诺姆知道自己是个演员，不时偷瞄一下心里那面镜子——也不比其他公众人物差。比利注意到听众似乎也不介意。大家对这种作秀无动于衷，想必是因为美国人终日生活在一刻不停的推销轰炸里，对于坑蒙拐骗和睁眼说瞎话，也就是各种各样的广告的容忍度变得非常高。在去作战区之前，比利从未发现原来这一切都如此虚伪。

"近日，我有幸见到总统，他向我保证我们会赢得这场战争。胜利就在眼前，毫无疑问。我们拥有全世界最强大的军队，最先进的装备，最尖端的技术，最有力的后方支持。只要我们继续坚持，获胜只是时间问题。"

底下的媒体看上去就算没有彻底发火，也无疑是烦躁无聊的。诺姆的讲话比大家预计的要久，就连不想回答媒体问题的 B 班也不耐烦了。比利的注意力又回到啦啦队上，他做了个实验，从右手边的第一位啦啦队队员开始一个个看过去，当他的目光和某个啦啦队队员对上的时候，对方就报以灿烂的微笑，就好像依次打开一排弧光灯，砰砰砰砰。可是看过去的时候，他突然停了下来，目光不由自主地又回到一个身材娇小、皮肤白皙的姑娘身上。她高高蓬起的金发中略带些红色，柔顺的发卷垂在起伏的胸脯上。她又给了比利一个微笑，然后无声地大笑，眨眨眼睛。比利知道这是她的工作，不过还是觉得胃像抛踢球似的弹了一下。这不过是一个好姑娘在尽职地支持祖国的军队。

底下的媒体显然很不高兴，刚才还举着迷你录音装置，这会儿全都不见了。比利强迫自己在接下来的三十秒不去看啦啦队，但他也小心地避开摄影机镜头。没有什么比看到电视上的自己正盯着自己看更奇怪了，直视摄影机时，镜头总会让你看上去好像做错了什么或傻乎乎的。

"女生们先生们，九一一为美国敲响觉醒的警钟。如此惨痛的代价才让我们明白，我们要为人类的灵魂而战。面对这样的敌人，让步或者晓之以理都是没用的。他们不会跟你谈判，恐怖分子不会单方面放下武器。在这种战争中，模棱两可的信号只会助长敌人的气焰……"

当比利的目光又回到啦啦队队员身上时，她在等他！先给了他一个大大的微笑，然后眯起一只眼睛，眨了一下。这只是职业礼貌，可比利还是任凭自己浮想联翩：没错，她真的喜欢我。他们会相遇，交换电话号码，约会，更多的约会，上床或坠入爱河，结婚，生儿育女，培养出优秀的孩子，余生的性生活都十分美满。见鬼，这不是自人类诞生以来一直在做的事情吗，为什么这次不能轮到他比利呢？比利把视线移开，当他再次看向她的时候，两人都笑了，为两人的这一瞬间无声微笑，不管这一瞬间究竟代表什么。

"……这群优秀的年轻人，货真价实的美国英雄。"诺姆说。他终于把 B 班端了上来，大家可以尽情享用了。欢迎来到达拉斯，第一个记者说，啦啦队立刻又是欢呼又是摇花球。

你们到这儿以后都做了些什么？

B 班队员面面相觑。没有人说话。过了一会儿，大伙儿都笑了。

"你是指达拉斯还是体育场？"戴姆问。

两者都有。

"啊，达拉斯的话，我们是昨天傍晚到的，先去了酒店，然后去吃了点东西。之后游览了一下城市。"

晚上呢?

"晚上看到了很多有趣的东西。"戴姆一本正经地说。大家都笑了。

你们住在哪里?

"市中心的 W 酒店,可以说是我们这次回国住过的最好的酒店。住在那里感觉跟摇滚明星似的。"

"W 酒店,"洛迪斯突然说道,"是不是,跟——"

不——半个屋子的人朝他吼道。

"嗯。因为我刚想到,说不定总统——"

不不不不不。

到目前为止你们最喜欢哪个城市?

"你是说除了达拉斯之外吗?"塞克斯说。啦啦队又是一阵欢呼。

回来以后,你们会不会失眠或者不适应?

B 班的小伙子们互相对视了一下。没有。

你们最不同寻常的任务是哪一次?

突袭养鸡场那次。

最艰难的任务?

失去战友的那次。

最热的呢?

每次去上移动厕所的时候。

我们有没有改变伊拉克?

"我认为改变了,"戴姆谨慎地说,"我们让伊拉克变得不同。"

变得更好?

"一些地方,是的,确实变得更好了。"

那另一些地方呢?

"我们正在努力。我们努力让那里变得更好。"

最近有大量关于萨德尔暴动的报道。你们可以就此谈谈吗？

"萨德尔暴动。这个嘛。"戴姆思索片刻，"我不会把赌注押在一个领头的长得像《明星伙伴》里的特托的组织上。"

哄堂大笑。

你们在那里会组织体育活动吗？内部比赛之类的？

"那里太热了，不适合运动。"

你们自由活动时间都做什么来消遣？

自慰！！！他们齐声高喊，或者说本想齐声高喊，要是不怕戴姆把他们一个个慢慢弄死的话。"军队很会塞任务，"他说，"我们没多少自由活动时间。通常我们每天要执勤十二到十四个小时，很多时候还不止。不过，真有休息的时候，我不知道。伙计们，我们都做什么消遣？"

玩电子游戏。

举重。

到福利商店买东西。

"我想杀死我的敌人，听他们的女人哀号。"克拉克用蹩脚的德国腔说道。整间屋子瞬间安静了，克拉克急忙接着说："《野蛮人柯南》里的台词。我一直想找个机会说出来。"大家这才爆发出一阵热烈的笑声。

比利和他的啦啦队队员继续着面部交流——对视、微笑，挤眉弄眼，接着是深情地对视数秒钟。比利感觉浑身通透，五脏六腑仿佛都变成了碰碰球。

见到总统的感觉如何？

"哦，总统啊，"戴姆兴致勃勃地说道，"真是一个十分迷人的人！"其余的 B 班队员强忍着不露出任何表情。戴姆讨厌——用他的话说——耶鲁的熊孩子，在排里是出了名的。刚被派到伊拉克的时候，戴姆用肥皂在悍马的副驾车门上写了"布什的婊子"几个字，还画了一个箭头指向上面的车窗,而那儿正是他平常坐的位置。不过这事后来还是让中尉发现了,命令他洗掉。"他让我们感觉宾至如归,十分放松。就好像,好像你去当地的大通银行分行办理汽车贷款,他是你能遇到的最友好的银行员工。友善,好说话,你可以坐下来跟这家伙喝上一杯。只不过,嗯,我猜他已经不喝酒了。"

媒体记者有的偷偷笑了笑,有的不满地瞪了一眼,不过大多是一副公事公办的样子。

那里的食物怎么样?可以上网吗?手机信号如何?能收到体育频道吗?

B班总是被问到同样的问题,跟战俘似的。有人问他们生活在伊拉克会遇到哪些日常挑战。克拉克说是骆驼蜘蛛,阿伯特说是可怕的咬人的跳蚤,接着洛迪斯开始了关于皮肤问题的东拉西扯的老生常谈:"我的皮肤很干,干裂,灰不拉几的,我的好兄弟阿迪成天跟我说用润肤霜,我就回敬他说:闭嘴,笨蛋,那就给我弄瓶采婷润肤乳来啊!"说了好一会儿。

你们中有人信教吗?

"每个人有每个人信教的方式。"戴姆说。

在伊拉克服役让你们更加虔诚吗?

"这个,你们要是看见了我们看见的那些东西,就没法不去思考那些哲学问题。生与死的意义之类的。"

我们一直听说要拍一部关于你们的电影。这事怎么样了?

"啊,是,没错,电影。这么说吧,我们管伊拉克叫反常的正常,因为在那里,最奇怪的事情反而是家常便饭。但以我们目前对好莱坞的了解来看,那地方可能比伊拉克更反常。"

大笑。哄堂大笑。艾伯特头也没抬地给他们打了个暗号。比利默默祈祷，拜托了，上帝，千万别是斯万克。接下来，一个记者问那天在阿尔－安萨卡运河旁，是什么"激发"B班采取那样的行动？大家看向戴姆，戴姆看向比利，于是所有的视线都跟着戴姆一齐看过来。

"林恩技术军士第一个发现出事了，也是他第一个做出反应的。所以我想应该由他回答这个问题。"

哦，真他妈该死。比利毫无准备，而且他一向对"激发"不怎么拿手。激发？真是文绉绉的说法，不过比利还是尽力回答，他迫切地想好好回答，如实或者至少是大致描述那场战斗的经过，也就是说，发生的每件事。那一天颠覆了比利的世界，他逐渐意识到自己将花费余生的时间搞清楚那天的事情。

大家都在看着他，等待着。在沉默变得尴尬之前，他开口说话了。"这个，呃，"他清了清嗓子，"老实说，我记不太清楚了。应该是我看见施鲁——布里姆中士，呃，啊，看见他在那里，被暴乱分子抓住了，大概。很显然，我们不能坐视不管，大家都知道那些人是怎么对待战俘的，只要去当地的集市就能买到这类录像。所以当时我一定是想到了这一点，潜意识，并非清楚地意识到。何况当时根本没有时间让你多想，真的。我想是平时的训练起了作用。"

比利觉得自己说得太久，不过总算结束了。大家点着头，露出感同身受的表情，所以他刚刚的回答还不至于太蠢。可是这些人不肯放过他。

你是第一个赶到布里姆中士身边的人？

"对，是，先生。"比利感到脉搏开始加速。

你到他身边以后做了什么？

"回击敌人，抢救伤员。"

你到他身边时，他还活着？

"他还活着。"

那些企图把他拖走的暴乱分子在哪里?

"这个嘛。"比利向旁边瞥了一眼,咳嗽了一声,"倒在地上。"

死了?

"我想是吧。"

记者笑了。比利并非故意要让大家发笑,不过他也明白其中的幽默。

你朝他们开了枪?

"嗯,我边开枪边赶过去。交了几次火。对方不得不放下布里姆中士还击,我们交了火。"

就是说你朝他们开了枪。

比利感觉腋下正散发出一股臭味。"我不能肯定。当时四面八方都有炮火。场面相当混乱。"比利停了停,振作起来,说这些话太耗心神。"我是说,你瞧,对我来说,就算真的朝他们开枪也不要紧——"

比利还没说完,屋子里就响起了雷鸣般的掌声。比利吓了一跳,接着便担心大家是不是会错意了,然后他肯定大家的确会错意了,但他对自己的口才没有信心,觉得自己肯定没法儿解释清楚。大家看上去很高兴,算了,就这样吧。闪光灯此起彼伏,就像他人生的前十九年,只要撑过来就好了。掌声逐渐平息,有人问比利今天奏国歌的时候会不会想起战友布里姆中士?比利顺着现场的气氛和记者的意思回答,会,当然会。他自己听着都觉得可憎。比利纳闷为什么几乎每次讲到战争,都会一定亵渎关于生死的终极问题。要认真地讨论这类问题,需要用近乎祷告的方式讲话,不然就闭嘴,闭上你的臭嘴,什么都不要说。和对着国歌抽搐、悲喜交加的哭泣、救赎的拥抱或人们成天挂在嘴边的狗屁解脱相比,沉默才更接近真实的体会。大家希望更轻松愉快,但是对不起,就是不可能。

"我想我们都会想到他。"比利补充道,为这团冒着热气的巨大的感伤粪球添上最后一勺。妈的,他当然会想到施鲁姆。而且他跟大家一样热爱国歌。

今天谁会赢?

"牛仔队!"塞克斯高喊,啦啦队一阵欢呼,诺姆大师觉得差不多了,站起来,宣布记者见面会到此结束。

为了上帝隔着衣服操

明天,《达拉斯晨报》头版会是这样一张巨大的特写:记者会后,阿伯特被媒体包围,对着一堆话筒说话,三名啦啦队队员簇拥着他。图片说明写的是"美国英雄做客牛仔队",然后是:"昨日B班的布兰登·赫伯特技术军士在得克萨斯体育场接受了采访。达拉斯是赫伯特专业军士和B班凯旋之旅全国巡回的最后一站。牛仔队输了,比分为三十一比十七。"

比利会注意到这则新闻中的几件事情。首先,他们把阿伯特的名字搞错了,从今往后,B班的兄弟都会管他叫"布兰登",甚至是"布兰-当",像假正经的助教那样故意拖腔拉调。比方说,这次出任务由布兰-当带点五〇口径的步枪。克拉克破门之后,布兰-当第一个进去。布兰-当在新淋浴间里碰到电线,被电得屁滚尿流。其次,比利会注意到阿伯特只有四分之一的脸对着镜头,面朝着看不见的拿话筒的人,而那三个啦啦队队员正冲着镜头微笑,结果阿伯特似乎反而成了陪衬。第三,阿伯特看上去那么开心。他今年二十二岁,在比利眼里已经是老古董了;可当他看到照片里阿伯特灿烂的笑容、孩子般的快乐时,才意识到自己的战友不过还是个孩子,把《哈利·波特》读了一遍又一遍,有一次把一块在胳膊下塞了好几天的破布当作"信"寄给家里的狗。

这照片会让比利不安。他看到阿伯特的脸上写满了信任,理所当然地相信能在某时某刻生于美国是幸运的,然而拍摄这张照片的时候,比利也正忙着。啦啦队一定事先分配好了,B班一从台上下来,每个人就被三个姑娘围住。这一刻蕴含着祈祷的力量,且不管祈祷的内容是什么。比利不好意思碰她们,姑娘们却像姐妹似的大方地拉住他。她们的浓妆叫比利有点失望,但决定不去介意,因为她们那么漂亮、友好,身材健美。天啊,她们的身体跟带钢圈的子午线轮胎一样结实。很荣幸见到你!欢迎来到得克萨斯体育场!今天你们能来,我们倍感骄傲和激动!哦,操,就算偏头痛再严重,被这样一群姑娘,不,是女人、尤物包围,也立刻好了。香喷喷的浓密的秀发、小巧玲珑的屁股、阿尔卑斯山冰川裂缝般的动人乳沟,足以让男人深陷其中。

那就陷进去吧,义无反顾地纵身一跃,消失在女性肉体的深渊里。她们的身体激起比利心中的无限柔情。他心里升起一股难以抗拒的冲动,想要把头埋进去,说我爱你,我需要你,嫁给我。哦,对了,坎迪斯的胸是假的,当然完全没关系,她的胸部像是鼓出来两个常规弹头,艾丽西亚和莱克西斯的就是比较柔软的真实线条了。不管怎么说,三人都是大美女,尖尖的小鼻子,白皙的牙齿,纤细得不得了的淡褐色小蛮腰,比利都不敢用力,只是用手轻轻感受那纤细的腰身。

"刚才玩得开心吗?"坎迪斯问。

"棒极了,"比利说,"但愿我刚刚在台上没有啰唆。"

"什么?"

"你开玩笑吧?"

"怎么可能!"

"你说得太棒了,"莱克西斯向他保证,"大家都被你的话深深感动了。"

"啊,感觉很奇怪。我很少讲那么多话。"

"你说得太好了,"她很肯定地说,"相信我。你说得言简意赅,切中要点。"

"而且又不是你自己站出来的。"艾丽西亚说,"他们一直问你,你能怎么办?"

"其实我觉得他们问的某些问题有点不礼貌。"莱克西斯说。

"在媒体面前要非常小心才行。"坎迪斯说。

摄影师和摄像师在人群中穿梭,还有记者、球队管理层和一些不知道是干什么的人。比利发现琼斯先生在人群边缘游弋,身上带着枪,看上去很危险,或至少看着叫人头疼。啦啦队有自己的专属摄影师,一个面容粗犷、开始谢顶的矮个男人,他满场飞奔,每次拍照之前都会喊"不要动"!他对拍摄对象的美已经无动于衷,就像拍摄肉类加工厂的一块肉。不要动!——咔嚓。不要动!——咔嚓。快门像老男人松弛的括约肌一样抽搐着。拍照的间歇,姑娘们告诉比利,她们在春天参加了劳军联合组织,去了巴格达、摩苏尔、基尔库克和几个更远的地方,还有仅限志愿者才能去的拉马迪,坐着可能遭到攻击的黑鹰直升机。

"真不知道你们是怎么做到的。"艾丽西亚说,"那里的条件太艰苦了,老弟,那么干燥,净是风沙。还有那些人,伊拉克人,他们的房子?那些小土坯,简直像耶稣当年住过的房子。"

"你们所做的一切对我们来说意义更重大了,"莱克西斯说,"我们更加感激你们做的一切。"

"那儿吃得还不错,"坎迪斯说,"应该说伙食不错。我们只吃了几次军用口粮。"

"很多碳水化合物。"莱克西斯补充道。

"我发誓,回来以后,每次听到国歌我都会哭。"艾丽西亚坦言。

比利很想见他金发中略带红色的啦啦队队员,但知道有身边这三个漂亮性感的达拉斯牛仔队啦啦队员就应该满足了。姑娘们对他这么好,长得这么漂亮,而且闻起来很香。当她们得知他也是得州人的时候,激动得叫起来,跟他击掌。她们的巨乳不时蹭到他的胳膊上,让比利心花怒放,好像玩电子游戏时获得的连续奖励。每当有记者过来,她们三人就把拇指插进热裤里,像雄鸡一样警觉地面露不悦,好像在说看你们敢不敢为难他。而记者们也不直截了当地说,只是假笑着,斜眼瞧着他,语带讽刺。是,是,我们懂你的意思,小子。他们的表情像在对比利说,你是摇滚明星什么的吗,你算什么。站在记者的角度看自己,比利明白啦啦队让他看上去很可笑,像个皮条客一样,拉着不止一两个而是三个漂亮姑娘。比利清楚这一切都是假的,记者也明白他知道,所以他们装出鄙视他的样子,希望看上去比他更有男子汉气概吗?

比利开始厌恶现状。记者丢了几个走形式的问题过来。你高中的时候玩过什么运动吗?你是牛仔队的粉丝吗?今年回家过感恩节对你来说意味着什么?

"这个,严格说来,"比利指出,"我没有在家里。我在这里。"

记者也不记笔记,只是拿像能量棒一样的细长的录音装置把他的话录下来。这些人光是站在这里就很叫人讨厌,他们大部分是中年白人男子,大屁股,穿着一本正经的商务休闲装,真是平民生物样本中最烂的。有那么一刹那,比利觉得还是打仗好,妈的没错,在战场上开枪、炸东西也比被人当作什么烂情景喜剧的布景挪来挪去好得多。老天作证,打仗确实是烂透了,可是他也看不出这种无聊的和平生活有什么好的。

比利在人群之中找到了他的啦啦队队员,她分配给了——哦!——塞克斯。整件事情令他越来越气愤。对方捕捉到他的目光,回了一个看上去真诚而温暖的微笑,然后关心或纳闷地歪了歪头。比利的肚子像被打了一拳似的一阵痉挛。

等记者们终于离开以后,比利转向莱克西斯,问:"啦啦队队员必须是单身吗?"

莱克西斯扑哧笑了,三个人交换了一个眼色。哦,老天,她们以为他在挑逗她们。

"这个嘛,不用。"莱克西斯干脆利落、公事公办地说,"不用单身,而且队里总有几个已婚的姑娘。我、坎迪斯和阿尔,我们还没有结婚,不过都有稳定的男朋友。"

比利拼命点头表示赞同,啊哈,啊哈,当然了!"我只是,你知道,嗯,好奇。"

三个人又交换了个眼色。你当然好奇了。比利正在想怎样礼貌地告诉她们自己感兴趣的不是她们仨,还没等他想出来,就被乔希叫了去。作秀时间到。媒体想要拍照,拍一张诺姆和B班的合影。主席台前的椅子已经挪开,腾出了一块地方,大家集中过来。诺姆的一个小孙子跑过去跟啦啦队队员们玩捉迷藏,结实的小鸡鸡顶着裤子。大家各就各位时,一个记者问诺姆是否打算建一个新体育场。其他记者发出一阵哦吼的嘘声。

"这个嘛,现在这个场馆确实有些年头了,"诺姆回答,"不过得克萨斯体育场一直以来都是牛仔队温馨的家。我想这一点近期内不会改变。"

"不过……"那名记者提示道,这又引起一阵笑声。诺姆笑了笑。他很乐于在这样的例行公事里扮演一次配角。

"不过为了球队的长远利益,我认为的确应该考虑。"

"欧文市议会的一些人认为你已经开始考虑了。他们认为这就是你把体育场的维护预算砍掉百分之十七的原因。"

"不,当然不是。我们只是进行了例行审查,发现有些地方可以减少开支。我们一直把得克萨斯体育场当作一流场地来维护。"

"你会把球队搬回达拉斯吗?"

诺姆只是对着镜头微笑,顿时响起一阵咔嚓声,像一群鹦鹉啄开种子。一些记者对体育场的事穷追不舍,但诺姆没有理睬。比利开始明白这其中的角力,就像一个巨头企业的 CEO 站在小便池前,正一边思考一边盛气凌人地撒尿。诺姆的职责是把牛仔队的品牌价值最大化,媒体的职责是吸干公关活动的每一滴口水。可是作为有感情的人类,天生就被赋予理性和自由意志,自然会对这样的对待感到愤恨;也许这就解释了他们令人讨厌的态度,全身散发的阴冷气息像健身房里湿漉漉的脏毛巾筐一样。第二天,比利看报纸的时候会想,这些不应该也写进报道里吗:尽管不情愿,媒体还是按照指示参加记者会,速记诺姆对 B 班的介绍,一次赤裸俗套的营销行为,没有任何意义和启发,没有明确的目的,纯粹为了提升牛仔队的品牌知名度。

这个狗屁的部分不也应该写进报道里吗?可是报道只字未提,完全没有提到他们是怎么被利用,也没有暗示他们对诺姆的个人感受。从记者们的肢体动作中,比利可以看出他们对诺姆又恨又怕。大概只要诺姆愿意,就可以让任何一个记者丢了饭碗,说不定都可以叫他们没命。倒不是说他真会这么干。大概。比利发现琼斯先生就在不远处,正跟几个西装革履的家伙讨论比赛赔率。牛仔队一赔四,一赔三?他们咯咯笑的样子好像正在比较睡过的同一个女人的床上功夫。比利很想走过去，一拳揍在他们脸上。比利也不知道自己为什么这么生气，可他就是生气，也许是琼斯先生的枪叫他愤怒，那么放肆，那么无知，带着一件杀人武器晃来晃去未免太过自负。比利想说你懂个屁？你想知道杀人武器的威力？那就让B班叫你见识见识，B班大开杀戒的样子你无法想象，绝对让你大开眼界，后悔从娘胎里出来。

拍完照，比利决定一个人静一静。他背靠着墙站在主席台左侧，背景板向内弯曲的部分刚好将他遮住，将房间的大部分视野挡在了外边。他放松地站着，调整了一下呼吸。几个记者看到他，走了过来。妈的。要干什么。比利振作起来。

"嗯。"

"你好。"

"什么事？"

他们做了自我介绍。比利很早就放弃记住人名了。他们对着录音设备讲了一会儿，接着其中一个人问比利是否考虑把他在伊拉克的经历写成书。比利笑了，给了他一个"拜托，老兄！"的眼色。

"很多士兵都出书。"那人说，"现在这种书很有市场。既可以让别人知道你的故事，又可以赚钱。我和保罗可以帮你，我们已经代笔了好几本书。我们有兴趣与你合作。"

比利挪了挪脚。"我从没想过写书。我几乎不怎么看书，直到入伍以后一个兄弟借给我才开始看。"

两个记者好奇地问是什么书。

"啊，好吧。你们真的想知道？《霍比特人》，凯鲁亚克的《在路上》《弗莱施曼冲锋记》，太有趣了。为什么学校老师不告诉学生这些书？这样说不定会吸引人们去阅读。还有亨特·斯托克顿·汤普森的《地狱天使》。《赌城风情画》《五号屠场》《猫的摇篮》《高尔基公园》和另外一本也是写那个俄国佬的书。"这些书都是施鲁姆借他的。

"你对汤普森的书有何感想？"

"看完汤普森的书，我想嗑药。"说完比利哈哈大笑，表明他是在开玩笑，"不，说真的，我想你们会说他是个彻头彻尾的疯子，可他的书有一定道理，他身处环境的正常反应。不过为什么会有人做他做的那些屎——事呢……我打赌要是他去过伊拉克，站在士兵的角度看伊拉克，准能写出很有意思的东西。我不是说赞同他的生活方式什么的，只是喜欢他的文风。"

"在伊拉克有很多士兵嗑药吗？"

"这个我不清楚。我才十九岁，连啤酒都不能喝！"

"你可以投票，可以为国捐躯，却不能去酒吧买啤酒。"

"我想可以这么说。"

"你对此作何感想？"

比利思索片刻。"这样也许更好。"

接着他们又把话题扯回写书上。比利突然觉察到右手边有一股热气。他扫了一眼，发现她正耐心地站在旁边。比利的脉搏开始像羚羊般狂跳，哦天啊哦天啊哦天啊见鬼见鬼见鬼见鬼。那两个记者还在滔滔不绝地讲市场、合同、代理、出版社和别的天晓得什么东西。比利给了他们自己的电子邮箱，好打发他们。等到他们终于走了，比利转向那个啦啦队队员。对方平静地向他问好，表情颇为坦诚。不知怎的，比利也泰然自若地上下打量她，不是色眯眯的变态的目光，更像是偶遇孩提时代的朋友。一年级你在操场上追逐的那个膝盖外翻、胳膊细长、满身沾着草的小女孩如今出落成了一个大美女。

"怎么，你准备写本书？"

"没有。"他粗声粗气地回答,接着两人都笑了。比利突然一下子就不紧张了。"你们不冷吗,穿得那么少?"

"我们的运动量很大,所以几乎不成问题。不过我跟你说,上星期在绿湾,我以为要把我的那东西给冻掉了。我们也有天气冷时穿的大衣,但几乎没在球场上穿过。我叫——"听着像费森特①。她一边说一边换了只手拿花球,伸出手来。

"再说一遍?"

她笑了。"费森。F-a-i-s-o-n。我知道你是谁,斯托瓦尔的比利·林恩。我奶奶是一九三九年的斯托瓦尔小姐,没想到吧?"她轻松地笑了笑,从胸口发出低沉悦耳的笑声。"大家都说她有机会成为那年的得克萨斯小姐。一群当地的商人凑在一起,资助她服装、声乐课和所有旅费,大家一心想为家乡争光。那时候因为地底下挖出来的石油,斯托瓦尔挺有钱的。"

"那她成绩怎么样?"

费森摇摇头。"季军。大家都说赢的应该是她,可是有人暗箱操作。你也知道选美比赛是怎么回事。"

凭借丰富的选美比赛观看经验,比利拼命点头。这会儿没有人来打扰他们。

"现在的斯托瓦尔可算不上有钱了。"

"这我也听说了。我长大后就再也没去过,不过看见 B 班里有一个人是斯托瓦尔来的,我心想,嘿,斯托瓦尔!感觉我们很早就认识了,我的意思是,斯托瓦尔,得了,全国有那么多地方。太有意思了。"

费森说她住在弗劳尔芒德,在一家律师事务所兼职当前台,以支

---

① Pheasant,意为野鸡。

付在北得克萨斯大学念书的费用。她还差六个学分就可以拿到新闻广播学位。比利推测她二十二三岁,身材娇小,曲线优美,喜欢四处打探的鼻子非常小巧,碧绿的眼睛带了点琥珀色和金黄色,还有叫男人流口水的乳沟。费森正在说刚才他在记者见面会上那番话对自己多么重要,但比利几乎没听进去。她说话时的漂亮嘴型深深吸引了他,那嘴型在说——

　　见证
　　　　承受
　　见证
　　　　你的话
事迹
　　行为
　　　　牺牲的行为
　　自由
　　　　世界上最自由的
　　　　　　我们的价值观
和
　　我们的生活方式
　　　　我们的
　　生活
　　　　的……
　　　　　　方式

"你刚刚讲得太好了。"
"这我可不知道。"

"真的！你讲出来了，太勇敢了，很多人无法谈论那些东西。我是指，比如说，死亡，你朋友的死？而你当时就在他身边？当着一屋子陌生人的面讲这些肯定很不容易。"

比利低下头。"挺奇怪的。因为这辈子最糟糕的一天而得到表彰。"

"难以想象！很多人会闭口不谈。"

"当啦啦队队员好玩吗？"

"哦，棒极了！事情很多，不过我喜欢。我们的事情比人们想象得要多得多。人们只在电视上看到我们，以为我们的全部工作就是比赛时穿得漂漂亮亮的，开开心心地跳舞，可那不过是我们工作中很小的一部分。"

"是吗。"比利鼓励地说。他心里感觉特别愉快，精神振奋。跟这么漂亮的姑娘说话，让他意识到自己平凡的生命是多么宝贵。

"是的，社区服务才是我们的主要工作。我们经常去医院，经常看望贫困儿童，还参加募捐活动什么的。现在不是节日期间吗？我们每个星期都有四五场社区服务活动，当然，还有重中之重的训练和比赛。但我不是在抱怨。每分钟我都心怀感激。"

"你参加春天的劳军了吗？"

"哦，我的天啊，没有，我绝对会去，可惜我夏天才加入啦啦队。我太想参加这样的活动了，下一次他们别想阻止我登上飞机。去过的姑娘们？回来以后都收获很大，这才是服务社会。人们常说：'哦，你们真优秀，奉献了这么多。'可事实正好相反，我们获得了很多。对我来说，这才是当啦啦队队员最有成就感的地方。服务他人。精神层面的收获。人生历程中的一个新台阶，一种追求。"费森停住了，眼睛久久地看着比利，不等她开口，比利就猜到她要说什么了。

"比利，你是基督徒吗？"

比利冲着举起的拳头咳嗽了两声，移开了目光。这个问题他真的很困惑，但他极少遇到如此难以解释的困惑。

"我还在探寻。"比利在自己的基督教流行词库里搜索了半天，终于找到了这么一句。幸亏他生长在一个得州小镇，基督教词库很大。

"你祷告吗？"费森的态度更加温柔、更加热切。

"有时候。不过还不够多，我想。但自从我们在伊拉克目睹了一些事情，特别是小孩子……祷告就没有那么容易了。"

就算他有些夸大其词又怎样。他的传感器还没有捕捉到一句假话。

"我知道你经受了很多考验。可事情往往就是这样，生命变得越来越灰暗，直到我们以为所有的光都离我们而去。然而光还在，一直都在。只要我们把门打开一条缝，光就会涌进来。"费森微笑着低下头，害羞地笑了一声，"你记得刚刚在记者会上我们一直在对视？当时我心想，嗯，为什么在这么多人之中，他偏偏一直看着我，而我一直看着他？你的确很可爱，眼睛很迷人……"她咯咯地笑，然后又重新严肃起来，"不过我想现在知道这是为什么了，真的。我想是上帝让我们在今天相遇。"

比利叹了口气，眨了眨眼，头往后一仰，靠在墙上，发出扑通一声微弱的闷响。他相信她说的每一个词——

上帝

    敬畏

        神

      和

         内心的光

犹太人，   犹太民族

      耶路撒冷

从约旦河来

　　　　　　　去向大海

　　　　　　　　　　　治愈和磨炼

　　善和光

　　　　　　为我们而死

　　　　　　　　　　不顺从不认同他的

　　子民

　　　　　　死

　　　　　　为我们而死

　　　　　　　　　　　死

　　哦

　　　　　我的　　　　　　上帝

"我们都是受神召唤，来做他在世上的光的。"费森继续说着，一个花球蹭在比利的胳膊上，她开始讲自己的见证故事，讲了差不多三十秒钟以后，比利悄悄地、慢慢地、牢牢地从花球下抓住了她的手。因为，为什么不呢。因为他被感动了。因为再过两天他就要回那个破地方去了，和这事相比，不会有什么更糟了。费森没有停下，反而加快了语速。胸骨升起、膨胀，脸和脖子上绽放出姹紫嫣红的花。瞳孔变成平常的两倍，吐出的字句里带着微弱的喘息和颤抖，好像刚刚一口气跑上五层楼。

比利拉着费森一起后退。一步，两步，三步，两人藏到了背景板后面的阴暗角落里，除非有人站在墙壁边，否则没人能发现他们。比利转过身，费森的背紧贴着墙壁，不再说话。她的脸颊鼓起，松松软软的，双颊和嘴唇好像重新打了气，愈加饱满。刚刚还灵活无比的下巴垂了下来，整个人像睡着了似的，十分顺从。比利俯向她，心里知道六个星期前他根本无法想象自己会做出这样的举动，更别说后面的事情。三个星期前也是，三天前一样，所以一定是发生了什么。比利一直睁着眼，而费森的眼睛逐渐凝聚成一颗明亮的球体，好像从外太空拍摄的地球。第一个吻像是释放压力，像用嘴唇戳破了一个气泡。比利缩了回来，享受着克制的喜悦。两人隔着几英寸对视着。费森似乎很沉醉，情不自禁抬头又是一吻。比利想告诉费森她的双唇多么诱人，是他碰过的最柔软的东西。你知道吗，他想说，可是说话的工具正忙着干别的，两张嘴沉醉于探索对方的软组织，接着犹如发令枪响，两人激吻起来，像一对躲在露天看台底下的大学二年级学生。一阵热烈而高难度的接吻，他们好像恨不得把整个身体塞进对方的喉咙里去。

"太疯狂了，"两人抬起头来喘气时，费森小声说，"我会被开除的。"说完，两人又拥吻在一起，只要能继续下去，别的比利什么都不想要。

"你有什么不同吗？"两人再次抬起头来，费森嘟囔着，"我这是怎么了？"当两人再次热吻在一起的时候，比利的骨盆下沉，像汤匙陷进软绵绵的冰激凌里一样陷进费森的身体。完全是脑干较低部位产生的条件反射。他马上缩了回来。

"抱歉。"

"没关系。"费森凝视了比利一会儿，然后眼睛失去了焦点。她调整了一下腰部的姿势，暗示比利可以再试一次。比利心想，本垒，然后将胯部贴了上去。费森的核心先是分开之后又将他围绕。两人都在颤抖。很难不发出声音。背景板的另一侧，人们在交谈，继续着他们的白痴生活。费森拽住比利的翻领，用穿着女牛仔靴的双脚夹住他的腰，一副快要哭出来的样子。比利从下方托住她，稳稳地用手抓住她小巧玲珑的屁股。比利想象着这幅画面,他的手中托着传说中的穿着热裤的屁股,顿觉一阵荷尔蒙爆棚。天啊,我正在和达拉斯牛仔队的啦啦队队员亲热!与此同时,费森欲罢不能,摇晃着屁股,兴奋的呼吸不断喷到比利脸上。比利愿意相信自己今天很特别,因为他们才做了不到十下,费森就高潮了,用力抓住他,身子向上拱起,胸腔里发出海豚般的尖叫声。屁股的最后一下差点儿让比利的背折掉,至少当他奋力从体内挤出每一口气来时是这种感觉,椎骨像气泡垫似的噼啪作响。完了,不过还残留着些余震。费森像一个奋力爬上海滩的幸存者,先放下一只脚,再放下另一只脚,待两只靴子都着地后,整个人瘫在比利身上。

"你没事吧?"

费森嘴里咕哝着什么,往旁边瞥了一眼,确保没有人看到他们。"我的天。"她低语着,像个注意力突然被转移的孩子,又伸手轻轻扯了一下他的银星勋章。等她把手缩回去、抬头看着比利时,眼眶湿了。

"我从没跟谁发展得这么快,"费森小声说,"可是这没错。我知道没错。"

比利摇摇头,脑袋不自觉地偏向费森。"没错。"比利对着费森的头发轻声说。

"因为你,因为你身上的某种东西。也许是因为战争。"费森抓住比利的脖子,好看着他的眼睛。"你多大?"

"二十一。"

比利强迫自己迎着费森的目光。刹那间他的视网膜隐隐作痛。

"你真是少年老成。"

比利想这可能是哪部电影里的话,可是管他呢。这话也许有几分是真的,伊拉克的确会一下子让人老好几岁。比利一把将费森搂在怀里。

"咱们最好出去。"费森小声说。

"你太迷人了。"

费森叹了口气。两人都没有动。人们的说话声渐远,朝屋子后面去了。比利又勃起了,下身隐隐作痛,可他对此无能为力。

"实话告诉你。"费森低声说,"我不是处女。我交过三个男朋友,但关系都很稳定。我希望你知道,我不是随便的人。"

比利点点头,低头闻了闻费森的脖子。从香水和香皂的花香味中,他闻到一股浓烈的根茎植物的味道,好像甜土豆泥。费森的味道。比利觉得自己从未这么开心过。

"对我来说,跟一个人亲昵是件很严肃的事情。"费森小声说。

"我也是。"处男比利吻了吻费森的脖子。

"但如果你真的在乎一个人,信任他,知道他对你也有同样的感觉,那么我觉得身体上的亲昵是可以接受的。可这需要时间,你懂吗?需要时间来建立这种信任。不是一两次或者一两个星期的约会就可以的,需要时间。彼此发自内心地互相尊重。对我来说,对现在的我来说,我要跟一个人至少约会三个月才能如此信任对方。"

这段话信息量太大了,可是比利不在乎。他知道 B 班的兄弟们会怎么说:咱们先干,那三个月先欠着。

"好的,"比利低声说,"我回来以后一定来找你。"

费森抬起头:"回来?从哪里?"

"啊,伊拉克。我们的派驻期还没结束。"

"你们——什么?"费森几乎无法压低声音,"你们要回去?可是没人说过,等等,大家都以为,哦,天啊,以为你们的任务已经结束了。哦,天啊。你们什么时候走?"

"星期六。"

"星期六?"费森叫道,声音都哽咽了。她伸手拨开头发,好像要把头发扯掉似的,这个老掉牙的动作却叫比利腿软。他心想,只有女人——他的妈妈、两个姐姐和如今的费森真心为他难过。比利为这些女性感激得湿了眼眶。费森踮起脚尖用力亲吻比利,比利的阴茎刚刚还半软着,一下子就硬了。

"哦,天啊,"费森小声说,"要是我们可以——"

"啦啦队!"一个女人用教官一样的声音大吼道,"到大厅集合!"

"哦,糟糕,我得走了。"费森给了比利最后一吻,双手捧着他的脸颊说,"听着……"

"把你的号码给我。"

"我刚换了新手机!"也就是说——"来找我,我在二十码线的地方。"

费森从背景板边上探出头,然后又转回来。"比利。"她轻声说,她想微笑,可是在看到比利的眼睛时放弃了。接着她便离开了。

杰米·李·柯蒂斯拍了一部烂电影

比利不记得他们是怎么到达那里的。那段时间完全空白,好像脑震荡让接下来半个小时的记忆彻底消失,忽然他就发现自己在球场上了。B班还有诺姆和他的跟班来到球门区附近的空地上,置身于体育场马蹄铁弧形的深处。刺骨的狂风呼啸而过,简直就像马桶里的旋涡。从敞开的拱顶看到的天空,颜色和质地像一团翻滚的白蜡,带着瘀青般的深褐色和臭水沟般的灰黑色,看来要变天了。"要下雪了,"B班的气象专家曼戈说道,"我闻到了雪的味道。"可是没有人理他,一群人都在讨论电影的事。比利推测在他忙着干别的时发生了什么,电影有了新进展。霍华德和格雷泽好像不干了。汉克斯肯定不干了,斯通从来就没考虑过,克鲁尼的人始终不回艾伯特的电话,而另一方面,诺曼·奥格尔斯比突然很有希望,或者说有可能,又或者至少是比较靠谱的有大笔钱可以资助的候选人——

"他很有兴趣,"艾伯特说,"有兴趣"表示他愿意听你讲讲,但还不到把真金白银摆上桌的程度,"他喜欢这个构想,也喜欢你们。不过现在还言之过早。"

言之过早，但 B 班只剩下两天了，在错综复杂的电影世界里，两天实在少得可怜。要先这样，然后那样，然后有差不多三十件事同时进行，或者一件紧跟着另一件。在比利看来，整个过程充斥着用以威逼利诱的粗鲁言辞。要想办成事，就得说服大家事已经办成了，让人相信的第一步就是要懂得如何胡说八道、信口开河、花言巧语、油嘴滑舌、推诿搪塞。换句话说就是欺诈。比利并不会因此看轻艾伯特。整个过程似乎一直充满尔虞我诈，没有人相信对方的话，都认为其他人在撒谎，谎话累积到一个巨大的数量值，终于由量变产生质变，变成事实。至于好莱坞的这一商业模式是否会影响其产品的质量，比利还没时间思考。

有个人，有个什么人的员工——是汉克斯、格雷泽还是斯万克的人？——说 B 班的故事无关紧要，或者按照那人的原话说是关我屁事，故事的真实性跟电影的价钱一点关系都没有。这话冒犯了 B 班，可艾伯特劝大家别在意。"那些人都是笨蛋。"他说，"别担心。"

但有钱的似乎也正是这些笨蛋。这会儿艾伯特走到一旁打电话，头发在狂风中乱舞。在 B 班的另一侧，同样的距离之外，诺姆也在打电话。

"他们俩会不会在通话。"阿伯特说。

戴姆摇摇头，什么都没说，只是在地上避风。他垂着头。他很无聊。他情绪低落。麦克少校在边线附近溜达，盯着门柱发呆，好像门柱上有什么预兆或启示似的。

"我跟我妈说要给她买一辆车，"洛迪斯说，"多少钱都行，妈，去店里挑一辆！她挑好了，现在坐在家里想，钱在哪儿呢？"

"听着，"克拉克对队友说，"诺姆很有钱，不是吗？几乎是亿万富翁了，对吗？他只需要开张支票就可以让电影开拍了。"

"给我们开张支票,"阿迪说,"给我们的故事,哟。"

"没错。他妈的越快越好。"

"别忘了让韦斯利·斯奈普斯演我!"

"你妈演你。"

"去你的,她不够丑。乌尔克尔演他。"

"找理查德·西蒙斯。把他的脸涂黑。"

"不,我要那个矮个子黑人老兄,那个摔角的'破坏大师'。"

"那他为什么不开支票呢?"克拉克冲着戴姆嘀咕道,"就说,快写,混蛋,你不是想支持军队吗?怎样让那种人乖乖就范呢?"

啊,比利想了想但没说出来。咱们可以走过去把他拎起来,倒过来摇一摇,把他身上的钱全都摇下来。戴姆一直毫无反应。这是他无聊或者低血糖时的典型反应,放空,什么都听不见,可偏偏比利现在极其需要他的建议,需要他就刚刚发生的、改变人生的奇迹给自己一些意见。想到费森,比利的脑袋亢奋起来,他听说注射强效可卡因也会有同样的效果,一剂可卡因直通神经兴奋区。虽然他还没到瘾君子那样整个神经系统都被麻痹的地步,但也确实感觉到一股无法控制的情绪。兄弟,她喜欢你。妈的,你让她兴奋。比利偶尔会怀疑这事的真实性。这事好得离谱,正是一个绝望的士兵会有的妄想,正是一个患有注意力缺乏症的绝望的普通步兵,内心深处翻来覆去妄想过无数次的性幻想。但是比利一直都在自我怀疑。自我怀疑和严厉斥责,这对好兄弟总是随时待命,帮助他渡过生命中的紧急关头,可是,可是……比利的后腰疼得厉害。费森的香气萦绕在他的手上和胸前,几缕金红色的头发在他的袖子上闪闪发光,像是从遥远的山上传来的信号。所以如果不是幻想,也不是可卡因,那他该怎么办?让事情成真,没错。让事情确定下来。他需要赶紧跟自己的班长谈一谈,因为时间宝贵。

"兄弟们,有好事来了。"塞克斯说。六个啦啦队队员,没有费森,朝这边走过来,还有乔希,肩上扛着一个帆布袋。他走到 B 班跟前,放下帆布袋,一堆橄榄球从袋子里掉出来,堆在他们脚边。

"这是什么?"

"你们的球。"乔希说。

我们的球。

"对,他们希望待会儿录影时你们能拿着球。"

几个 B 班队员嘟哝了几声,不过没人说什么。大家只是盯着橄榄球,用脚尖蹭了蹭,茫然地看着远处,仿佛这些球跟他们没关系。比利在等待跟戴姆单独交谈的机会。啦啦队的姑娘们聚拢在一旁,她们缩着肩膀,并拢双腿取暖,将花球紧紧抓在胸前,好像戴了个巨大的手笼。B 班朝她们投去渴望的眼神,不过没有一个人敢走过去。

"嘿,乔希,有中场秀的消息吗?"

"还没有。一有消息我会立刻告诉你们。"

"乔希,你会关照我们的,对不对?别叫我们做些很傻的事。"

"或者很难的事。"

"或者很难的事,没错。我们不想在电视上看上去像一群蠢货。"

"别担心,伙计们,"乔希安抚他们,"我想不会有事的。"

一阵突然刮起的狂风让大家冷得闭上了嘴。"为什么这么冷的天气我们要在外面等着?"洛迪斯哀号着。

"电视台的人说他们马上过来。"乔希说。

"但他们没来!"

"别急。我相信他们一会儿就到了。"

"叫诺姆去催他们。"

大家转过头去看诺姆。

"他在跟谁说话？"阿迪问。乔希皱了皱眉，好像只要集中注意力，或者假装集中注意力就会有答案。

"我不清楚。"

"你过去看看。"

乔希有点惊愕。"我不能那么做！"

阿迪看了他一眼，眼神既阴沉又带了点同情。"你是说，你不会走路？"

"我当然会走路。"

"那就走过去，我只是让你走过去而已。我们想知道他是不是在说我们的电影，还是在说别的。这点小事你总能办到吧？"

"我觉得这样不道德。"

阿迪扑哧笑了。看到这种矫情又畏首畏尾的白人小子，阿迪总忍不住要捉弄一下。

"听着，你看那个人站在那里。他是在公共场合，对不对？要是在谈什么保密的事情，他会去里面找个隐蔽的地方。"

"呃，也许吧。但我不知道这样做有什么意义。"

"拜托，伙计，情报！知识就是力量，每个王八蛋都懂！走过去，假装你有事，没什么大不了的。你的工作是照顾我们，对不对？很好，只管走过去。他不会注意到你的。"

B班的其他队员闲着无聊，也凑了过来，他们软硬兼施，最后乔希只好投降。他假装若无其事地从诺姆身旁溜达过去，绕着他的手下转了一圈，跟啦啦队打招呼，然后折回来，经过诺姆身边时假装蹲下系鞋带。B班盯着乔希的每一个动作。十万美金啊。乔希回来时，大家的心都跳到了嗓子眼。

"他在听伤情汇报。"

啊——操。大家只好作罢。比利弯腰捡起一个球，丢给戴姆。"传给我！"他大喊，也不看戴姆接没接到球，痛苦地大吼着"啊——"冲了出去。动脉里塞满了今天吃的乱七八糟的食物和喝的酒，阻碍了双脚的启动。三步、四步，比利的腿跑起来了，胳膊也跟上节奏开始摆动。他假装闪过站在边线旁的路人，从左侧突破进入球门区，转身。橄榄球——该死的——正冲他飞来，像电钻的钻头一样高速旋转。比利瞬间反应过来，速度——高度——平飞，他立刻计算出到达的大概时间，同时顺着球飞来的轨迹用余光找到源头。戴姆的胳膊猛地一甩，原本表情纠结的脸上突然生气焕发，像一个维京人手持斧头跳上岸。

橄榄球像子弹一样朝比利飞来，发出布顺着裂缝撕开时的呼呼声，比利知道球的威力不容小觑，但他像职业球员那样目不转睛地盯着球，收紧腹部接住球，发出一阵窒息般的"哦——"。

触地得分。比利把球扔回给戴姆，然后斜冲向球门区更深处。他的脚步变得轻盈，肺里呼吸着冷冽的新鲜空气。奔跑的感觉真好，只需要奔跑的感觉真好。戴姆的第二个球扔得有点太远了，比利不得不跳起来，边跑边伸展开身体——得手！接住了！球门区附近看台上的观众发出一阵欢呼。比利跳起庆祝触地的舞来，啊哈，啊哈，精彩的触地得分。第三次投球，戴姆比画了好一会儿，才将炸弹扔出，球飞过比利头顶，比利伸手接住，球像个婴儿一样依偎在他怀里。观众又是一阵欢呼。

比利越来越兴奋，感觉好极了。身体每一寸都有刺痛感，感受器调到了接近高潮的程度，对运动神经的控制更加精确。职业运动员常有这样的感觉吗？身体每一刻的活动都会带来纯粹的快感，双脚从坚实的优质草皮上用力跳起，冷冽的空气像打磨剃刀的皮带般从肺部呼进呼出。就连食物也变得更加美味，更不用说性了，老兄。比利当然希望费森在看他,他隐约觉得自己变成这样是因为费森,两人的邂逅改变了他大脑中的化学成分,结果之一便是他的运动技能突然爆发。

比利转身,站稳脚,准备把球扔回给戴姆,不料一、二、三个橄榄球正同时朝他飞过来,在这些球的空中支援下,B班向球场发起全面进攻。曼戈一个大脚踢出一记平飞球,从比利头上呼啸而过。洛迪斯从背后撞向塞克斯,把他撞倒在地。克拉克和阿伯特争着去接阿迪的传球,两人互相推搡谩骂,纠缠得难解难分,跟跟跄跄,笑得差点儿摔倒。戴姆从比利身边小跑过去,喊了声"杰里·赖斯",然后突然加速奔跑起来,回头看着比利等他传球。球门区附近的观众发出阵阵欢呼,这也难怪,哪个球迷不曾梦想过在专业橄榄球场的圣殿上肆意狂奔?B班在球场上疯狂地胡乱玩了起来,谁拿着球就去擒抱谁,没有固定的分队,或者说根本没有分队,也没有明确的目标,就是一群人在球门区飞奔、撞来撞去、大笑不止。比利心想,如果这就是橄榄球,就是一项不用动脑追逐打闹的野蛮游戏,那它倒是项很不错的运动,而不是在被黏糊糊的文化之手染指后,变成一个被奉若神明妄自尊大的臃肿怪物。规则。橄榄球赛有上百条规则,而且每年还不断增添新规则,暗地里严重扭曲了"游戏"的本意。还有那些愚蠢的教练和他们施虐般的训练,赛前球队祈祷,难以解读充满误导的图解,控制欲极强的裁判像小希特勒似的在球场上跑来跑去,暂停,传球失败时暂停,庄严的实时回放查看仪式,再加上团抱、战术突击、护具、临场变换战术的暗号和其他五花八门的东西。然而事实却是,男孩子就是喜欢跑来跑去,喜欢互相用力撞而已。比利的母亲从未意识到这一点。她生了两个女儿,总是不明白为什么儿子从小就喜欢故意去撞墙、撞门、撞灌木丛,喜欢跟客厅的软垫椅摔跤,甚至毫无理由地摔倒在地。橄榄球似乎是发泄这种冲动的有效途径。比利在青少年时期打的都是有组织的球,"有组织的"指的是复杂的指挥与控制体系,所有权力都集中在教练手里。发明橄榄球本就是为了获益,有用,让全人类都享受到好处。没完没了地嚷嚷什么团队合作、牺牲、纪律和其他现代美德这些振奋人心的废话,归根结底就是为了让你闭嘴,照吩咐的去做。于是除了这项运动本身的暴力,一种奇怪的消极偷偷渗入了你的头脑。所有规则,所有格言,所有长达三个小时的训练,虽然大部分时间你只是呆站着,等着轮到自己被助理教练痛骂,这一切都让你变得麻木而快乐,你的感觉和反应彻底变得迟钝。刚开始还好,只要照教练说的做就可以了,可是渐渐地你开始感到无聊,再后来等你长大一些,会发现大多数教练其实都笨得跟猪一样。

所以,去你的吧,比利从高二以后就没再打过橄榄球了。入伍以后,当兵打仗跟打橄榄球差不多,只是激烈程度是后者的上千倍。不过此时此刻 B 班正享受着片刻的安宁,大家像乐透彩球一样互相碰撞,每次撞击都释放出巨大的压力,每个人都笑得跟疯子似的。球门区的观众——坐着廉价座位的乡巴佬、蓝领粗人——起身为 B 班喝彩。B 班在神圣的场地上疯跑,而且——奇怪!——都没有人阻止他们。突然,三个穿着牛仔队外套、头戴牛仔队球帽的胖子开着一辆加长高尔夫球车过来,三人中最胖的那个戴着钢架眼镜,下巴上的赘肉很厚,冲 B 班大吼:滚出我的球场,马上。

"滚出他的球场!"克拉克尖声喊道,曼戈立刻喊了回去,一时间 B 班一起互相嚷嚷:滚出他的球场!他的球场,兄弟,滚出他的球场!他要我们把球场还给他,马上!他妈的滚出去!大家慢吞吞、老态龙钟地捡起球,每走几步就停下来大叫一声滚出去!球场!那三个胖子一直坐在车上瞪着他们。两个警察走了过来,什么都没说。B 班还在不停地高声叫喊,因为这帮狗杂种就不能对这群勇敢的美国大兵,或者借用科林·鲍威尔（退役）上将的话说，这群年轻人，这群为了捍卫你们的自由不惜赤裸着胸膛面对敌人的、忠心的、可敬的年轻人客气一点，就不能说一句礼貌的请或者感激的谢谢？你们这几个死胖子，不过是上帝按照自己的模样创造人类时的次品，别人家草坪的看门狗。伙计，说不定他们并非痛恨我们的自由，而是痛恨我们的脂肪！

球门区附近的大老粗们见此情景发出一阵嘘声，脸红脖子粗地咆哮道，又完蛋了！B 班慢慢跑出球场，诺姆和他的跟班迎上前来。诺姆笑着说："抱歉，伙计们，"说话时好像嘴里满是沙拉，"我应该提醒你们的。布鲁斯对他的球场相当敏感。"

可球场老板不是诺姆吗？他不是可以……算了。

"真是个好球场。"阿伯特说。

"哥们儿，这是你见过的最好的球场。"克拉克说，"我打赌曼戈一定想在那草皮上跑一跑。开着约翰迪尔拖拉机上去，我是说，你不是墨西哥人嘛。"

"这是人造草皮，笨蛋。"曼戈指出。

"我是说——"

"陈旧的种族偏见是对我们所有人的贬低。"曼戈说。

"我是说每个墨西哥佬都喜欢——"

"——像我这样干你妈妈？"

诺姆笑了。B 班真是太有趣了，让人头痛的兄弟连。好吧，也许不管按照什么标准，他们都不是最好的一代，但在糊涂又不太可靠的这一代人中，他们毫无疑问是排在倒数百分之三的那些同代人中最棒的。空地上，某个电视台的摄制组正在架设机器，两个记者模样的女人在讨论一会儿怎么"拍摄"。六名啦啦队员在一旁待命。乔希在旁边无聊地走来走去，艾伯特在发短信。比利习惯性地感到疲倦。他发现麦克少校又不见了。

"大家过来。"两个女人中年轻的那个喊道,她是负责这次拍摄的电视台制作人。"在这里站成一排。"

"好,脸再朝这边一点。"另一个中年女人说,她是牛仔队的高级公关经理,能当着诺姆的面直呼"诺姆"。这两个女人严肃、好胜、固执,都穿着一身黑衣,面容憔悴,像两个闷闷不乐的素食主义者。比利侧过身,想跟戴姆谈谈费森的事,可惜诺姆被他们的班长深深吸引了,将他占为了己有。

"反正我对好莱坞很有意见。"大家站在自己的位置上无所事事时,牛仔队老板说,"我觉得他们跟这个国家,跟美国主流社会关心的问题、提倡的价值体系严重脱节。得有人站出来,拍些能反映真实美国的电影。"

"我想是该有人站出来,"戴姆回答,"是时候了。"

"瞧瞧他们敷衍你们的样子,简直让人怀疑这些人到底忠于谁。他们真的希望美国赢得这场战争吗?"

"让人觉得他们有点怯懦。"戴姆评价道。

"朗·霍华德拍了好些很棒的电影,《美人鱼》是我最喜欢的电影之一。至于他和格拉泽——"

"是格雷泽。"戴姆纠正道。

"——格雷泽说要把你们的故事放到二战的背景下,真叫人火大。"

"他们就是在刁难我们,先生。"

"二战拍得够多了,已经有很多关于二战的优秀电影了。《最长的一天》和《红一纵队》都是很棒的电影。然而B班的故事发生在当下、现在,我认为电影应该尊重这一点。"

"我想我们都同意您的观点,先生。"

"听着,我没看见任何迹象表明大家已经对伊拉克战争感到厌倦。大多数美国人都支持这场战争,百分之百地支持我们的部队。要是有人对此表示怀疑,应该让他们看看你们今天在这里有多受欢迎。"

那两个女人指挥 B 班的小伙子们站成扇形,啦啦队员像花环似的点缀在两侧。诺姆和戴姆站在前排正中间的主位。然后他们发给大家一篇稿子,让他们背下来。"把你们的球举起来,像这样。"公关女士一边说一边演示,假装把橄榄球举在胸前。虽然看上去很傻,B 班队员们还是照做了。

"不不,低一点。"制作人女士说。

"天哪,拜托你们。"公关女士翻了个白眼,呻吟道。

"举那么高看上去不自然。看上去不对。"

"拜托,我们在橄榄球比赛现场。应该看上去很自然。"

很快大家为第一条拍摄做好了准备。诺姆的私人摄像师也站在一旁,拍诺姆怎么被拍。"B 班祝您和您的家人感恩节快乐,"戴姆用洪亮而低沉的声音说道,可是接下来他就不按剧本走了,"对战场上的兄弟姐妹,我们想说,**用比对方更厉害的火力争取和平!**"大家都笑了。接着诺姆、啦啦队和 B 班全体高呼:"牛仔队加油!"电视台的人可不高兴。抱歉,稿子上这么写了吗?稿子上没写的就不要说,不能说,你不知道不能这么说吗?戴姆道歉,咕哝了一句情不自禁之类的话。大家已经准备好拍第二条了。

"B 班祝您和您的家人感恩节快乐!"戴姆从头开始。然后,哦,天啊,他又来了:"对战场上的兄弟姐妹,我们想说,先开枪!直接开枪!**教训那些罪有应得的人!**"

"耶——牛仔队加油!"

这回电视台的人真的火了。"各位,我们只有四分钟的时间,"制作人女士告诫他们,"我劝你们赶紧正经点儿,不然就别拍了。"诺姆和 B 班队员们一起哈哈大笑,不过他还是劝大家安静下来,好好拍。他保证:"很多人想听到你们的节日祝福。"第三条戴姆终于乖乖地按稿子说了。可是大家以为戴姆又会胡来,洛迪斯和塞克斯笑场了。第四条很顺利,只可惜最后一刻,一个球迷将身体探出前排栏杆,大喊:"芝加哥熊队舔鸡巴!"

大家只好停下来休息。诺姆叫来更多的警察维护拍摄现场的秩序。比利一直在寻找和戴姆说话的机会,可是诺姆和他又聊了起来。比利真想打断他们——他迫切地想跟戴姆谈谈。但他却强迫自己后退三步,以此来抑制自己的冲动,结果撞上了后面的啦啦队队员。

"哎呀。对不起!"

啦啦队的姑娘们笑了笑,冲他点点头。比利撞到了三个啦啦队队员,两个白人,一个黑人。

"你们是姐妹?"

姑娘们一阵哄笑。

"哦,你怎么知道?"

"我们以为这是我们的小秘密!"

"嘿,多明显。搞不好你们仨是三胞胎。"

又一阵哄笑。她们仨和其他啦啦队队员一样,都是女性身体的绝佳范本,该柔软的地方柔软,该结实的地方结实,跟时尚杂志里处理后的照片一样,只不过她们是实实在在的真人。天啊。比利胡说八道起来。他不知道自己在说些什么,不过姑娘们在笑,所以他估计自己干得还不错。她们仨又是跺脚又是牙齿打战,看上去冷得要命。当比利问为什么费森不参加感恩节短片的拍摄时,姑娘们回答他:"资历。"

"她是新人,这里一切都按资历来。我们根据入队时间长短决定谁先上电视。"

"这么说上电视是件大事?"

姑娘们耸耸肩,一副无所谓的样子。

"反正没坏处。"

"什么坏处?"

"啊,你懂的。对你的职业生涯。"

"哦。我不知道啦啦队队员也有职业生涯。"

"那是什么?"其中一个姑娘指着比利身上最闪亮的勋章,手几乎碰到了勋章。

"银星勋章。"

"是表彰什么的?"

比利愣住了,不知道该如何扯下去,也一时想不出应当怎样礼貌地回答。"我猜是表彰勇气的。"他说,然后想起了接受表彰时的准确致辞,"为了表彰面对美国的敌人时的英勇行为。"

那姑娘木然地看着他。"酷。"他说,三个人突然转过了身。比利不知道自己怎么会把谈话搞砸。她们觉得他在吹牛?电视台的人叫大家回到原位准备开拍。大家各就各位地等着。等了一会儿。又等了一会儿。然后得知出了技术故障,大家都抱怨起来。摄制组让他们待在原地,等机器修好再拍。

"你们的人在那儿。"诺姆嘟囔着,朝正在边线上走来走去打电话的艾伯特点点头,"他似乎很拼命啊。"

"他像台机器。"戴姆说。比利就站在他们俩后面不远处,不得不偷听他们说话。

"你们认识他多久了?"

"嗯,正式认识差不多有两个星期。两个星期前第一次见面。不过见面之前,我们还在伊拉克的时候,和他发过邮件也打过电话。"

"我猜你们签了合同。"

"我们签了一些文件,是的,先生。"

"到目前为止都还愉快吧?"

"是的,先生,我们很喜欢艾伯特。他对我们的故事充满信心,尽全力为我们争取最好的交易。"

诺姆清了清嗓子,沉默片刻。比利的身子前倾了几毫米,迫切希望有人开口说话。

过了一会儿,诺姆终于开口说道:"希拉里·斯万克。"

"什么?"戴姆问。

"希拉里·斯万克,"诺姆又说了一遍,"艾伯特说她是对你们的电影感兴趣的人之一。"

"是的,先生。"

"他说她想演你。"

"似乎是这样。"

"我觉得这有点疯狂。你觉得呢?"

"说实话,先生,我还不太能接受这一点。"

"他们应该尊重事实,而不是为了迎合某个明星一时兴起而歪曲事实。老实说,好莱坞人的自恋总是叫我大跌眼镜。"

"我只知道小报上写的事情。"

"我对她的演技不敢恭维。"

"啊。"

"我看过她跟施瓦辛格演的那部电影,她演施瓦辛格的妻子。施瓦辛格是中情局的特工,可是她对此一无所知?挺傻的电影。我对那部电影不敢恭维。"

"那个应该是杰米·李·柯蒂斯,先生。"戴姆说。

"什么?"

"我想演施瓦辛格妻子的应该是杰米·李·柯蒂斯,不是斯万克。"

"是吗?啊,但那还是一部烂电影。"

这时,比利正好看见艾伯特把手机放进口袋里,肩膀剧烈起伏。这种姿势通常意味着失败,然而比利觉得艾伯特看上去更像是在沉思,而非忧虑,像一个高明的老手在计划着下一步。那就做点什么,比利默默催促着,他发现自己希望他们的制作人能更卖力一些。这事要是泡汤了,艾伯特会回洛杉矶,回到他位于布伦特伍德的家,回到年轻性感的妻子身边,回到摆着三座奥斯卡小金人的办公室。而无论电影的事成还是不成,B班都要回到战场上去。伊拉克对他们来说一直是生与死的命题,只不过电影悬而未决让这个命题看起来更加残酷。

接下来这条总算大功告成,每个人都欢欣雀跃,连摄制组也发出了疲惫的欢呼。诺姆像年轻人一样跟大伙儿一一击掌。"拿着球。"他对B班说,"球是你们的了。不过球上要是写点字就更好了,不是吗?"他咧开嘴笑了,"跟我来,朋友们。"

特大号

他们人高马大。他们俨然是什么新物种，或是来自某个失落的史前时代，那时克莱兹代尔马大小的人类还在地球上漫步。电视里玩具兵般的比例无法正确展现他们。这些放大版的人类，脑袋有啤酒桶那么大，脖子像红杉木那么粗，胳膊上鼓起的肌肉像垒球一样。另外，他们的脸看上去也有些奇怪，两只眼睛之间的距离要么太窄要么太宽，颧骨和鼻子像是用油灰抹出来的。零件都有，可是组装得有些乱，头盖骨的大小与面部五官的组合比例失调，好像球员们拥有了超级英雄般的体格，脸部设计却没能跟上。

"是不是很庆幸自己不是那家伙的马桶圈？"阿伯特对比利耳语道，一面朝那坨人肉罐头——牛仔队的进攻后卫尼基·奥斯特拉纳点点头。只有在美国，橄榄球才会兴盛。美国有成千上万亩肥沃的玉米田、大豆田和麦田，有一池池的乳制品，有一年四季源源不断的水果和蔬菜，还有肉类，牛肉、禽肉、海鲜和猪肉，都有高效的生产流水线；饲养场的动物们被喂饱、补充维生素，还接受了皮下注射的免疫疫苗。嗡嗡作响的工厂高速地生产着蛋白质。几代人在摄入了如此巨量的营养后，终于造就了巨无霸人种。唯有美国才能生产出这样的巨人。比利看着近端锋托尼·布莱克利把一整盒麦片倒进碗里，接着倒入半加仑牛奶，然后抄起大饭勺若无其事地吃起来。一。整。盒。其他国家如果要养活这群猛犸象肯定会破产。此刻这群猛犸象正温顺地听着房间中央的诺姆发表讲话。真正的美国英雄……我们所享有的……自由……"让我们向英雄致以牛仔队最热烈的欢迎。"诺姆热情洋溢地说，球队报以掌声。球员们虽说是明星，但严格说来还是诺姆的雇员，所以比利想他们还是得照他说的做。

诺姆转向塔特尔教练。"乔治，趁你的球员在这里，给我们的客人签个名行吗？"

教练的回答显然缺乏热情："没问题。"弦外之音却是，签完就他妈的滚出我的更衣室。教练身材高大，表情严厉，溜肩，个头和形态都活像一头老年雄海象。皮肤和染过的头发都是浅棕色，浓密的头发直接梳到脑后，是南部监狱长的复古造型。走进更衣室前，乔希给B班的每个人发了一支记号笔——还是没有布洛芬，乔希大骂自己的破记性——士兵们散开来去索要签名了。

"不知道帕特·蒂尔曼有没有跟你们打过球？"戴姆沉思着大声说。几名球员看了他一眼，不过没有人回答。于是，戴姆沉浸在自己的精神世界里，塞克斯和洛迪斯跑来跑去尽可能多地收集签名，而比利只是站在原地。他一直不明白签名的意义何在，而且球员们的个头高大得让他不想直视他们，更不要说去恳求他们了。他在这里很不自在，感觉渺小而无助。令人痛苦的真相是，和五分钟前相比，他更不自信了。球员们各个看上去都比B班的兄弟们更适合打仗。他们更高大，更强壮，更结实，更凶狠，卡车般的下巴足以推倒小型建筑，鼓胀的大腿犹如承重梁。这些家伙已经注射了睾丸素，此刻正整装待发，战斗士气直线飙升。难道这些山一样的巨人还需要更强壮？这套精心构筑的极具震慑力的系统是依据他们的身体打造的：五花八门的护臀、护腿、护膝，套上足以改变外形的护肩——由海绵、纺织品、魔术贴、相互咬合的塑料壳以及延伸出来专门护住脆弱肋骨的下摆组成的高科技产品。手上的胶带，腕上的胶带。颈部护具。肘部护具。前臂护具。另外每个柜子的最上层都摆着不下四双崭新的球鞋。

这些装备，这些东西，让比利更加沮丧。这一切也太沉闷了，球员们穿衣服的时间大概比备受呵护的模特和女演员更久，他们也展示了这一点。球员面色阴沉，自我封闭，专心地完成穿戴仪式。比利知道他们不想被打扰。比利明白，他们是在给自己进行心理暗示，从心理上进入比赛状态，然后传递给身体，身心都准备好迎接接下来可能受到的严重伤害，因为跟对手在球场上冲接可不是闹着玩的。兄弟，我也经历过！完全能理解！比利认出了这套程序，就连现在更衣室里播放的音乐也是程序的一部分，但在这种状态下说这些就像是拍马屁。

比利拿到了凯万·麦克莱伦的签名，因为，嗯，他就站在旁边，不要签名不礼貌。比利知道他叫凯万·麦克莱伦，是因为他的名字和号码都用活泼的字体印在了柜子顶部。接着比利走向下一个球员，斯佩尔曼·泰勒，九十四号。塔克·鲁贝，五十五号。德马库斯·凯里，六十一号。球员们完全公事公办，接过记号笔潦草地签上自己的大名，很多人连眼皮都不抬一下。有几个人在比利说谢谢的时候点了点头。因杜里安·卡什卡里，八十一号。汤米·布兹尼克，七十八号。下一个是埃德·克里斯科，九十九号，一个大块头白人，一动不动地站在那里，让教练帮他绑紧护肩。他伸直胳膊，一言不发，眼睛也不眨一下，直视前方，犹如一头驮畜乖乖地让人套上挽具，准备开始一天的劳作。

比利决定不去打扰他。两个苍白消瘦、彻底没了头发的孩子也在更衣室里收集签名，由强装欢笑的父母和每个家庭的球队代表陪着他们。两个孩子的皮肤像漂白后的银子一样泛着光，犹如高空卷云的光芒。不论他们得了什么病，肯定很糟；比利连他们是男孩还是女孩都分不清，可见病情相当严重。

比利继续往前。达雷尔·西森，三十三号。丹托万·杰弗里斯，四十二号。奥克塔维安·斯珀吉翁，八号。奥克塔维安接过球，问道：

"感觉怎么样？"

"好极了。你呢？"

奥克塔维安点点头。除了头盔，其余的他都已经穿戴好了，这会儿正静静地坐在自己柜子前的椅子上，等待上场。他宽肩窄臀，鼻子细长，还长着高高的精致的颧骨。脖子和胳膊上满是文身，黑色头巾在后颈处打了一个结。他用笔在比利的球上画了两下，之后还给了比利。

"谢谢。"

"不客气。噢，稍等。"

比利转过身。牛仔队队员似乎一时语塞。

"那个，你们去了伊拉克？"

"嗯，是。"

他似乎又在搜肠刮肚地找词。比利忍不住去想这名队员的脑袋被撞击了这么多年，想必已经糊涂了，但他的眼神却敏锐而机警。

"那里是什么样的？"

"什么样？这个嘛，那里很热。很干。很脏。大部分时间无聊得要死。"

奥克塔维安用沙哑的声音说："不过你们，嗯，上过前线吗？你参加过战斗吗？"

"我参加过战斗，是的。"

丹托万和达雷尔凑过来。两人跟奥克塔维安差不多，肤色黝黑，身体柔韧、控制得很好。他们仨交换了一下眼神,不过比利猜不出是什么意思。

"哼,说真的,老兄。你真的杀过人吗?就是你开了一枪,他就倒下了,你这样干过吗?"

这个。比利没想过其实他根本不用回答。

干过,他说。球员们互相看了一眼。比利觉察到一瞬间他的话让他们都来了兴致。

"那是什么样的?你知道的,是什么感觉?"

比利咽了咽口水。这是个棘手的问题。这问题叫他内心滴血。要是能从战场上活着回来,他哪天一定要在那里建一座教堂。

"没什么感觉。至少当时没有感觉。"

"嗯,这样。"又有几名球员围了过来。比利发现牛仔队的先发第二线防守队员都围拢了过来。"那你都带什么武器?"

"我都带什么武器?看情况。取决于是什么任务以及我被分配去干什么。大多数时候我的武器是M4,标准半自动突击步枪。有时则会带M240,那是全自动重机枪,每分钟能打九百五十发。如果你坐在悍马车的车顶上,就得负责点五〇口径步枪。"

"M4用什么子弹?"

"五点五六毫米。"

"有备用手枪吗?"

"贝雷塔九毫米手枪。"

"你用过吗?"

"当然。"

"距离很近?"

比利点点头。

"他们给你们配刀吗?"巴里·乔·索尔斯问。这家伙是个年纪大得头发都快掉光了的白人。

"卡巴刀,"比利说,"不过基本上你想带什么刀都可以。很多人都自己在网上买刀。"

"那 AK 呢?"有人问,"你们带 AK 吗?"

"AK 是叛军的武器,我们不发那个。不过很多人会沿路去捡。"

"AK 厉害吗?"

"很厉害。AK 的子弹更大,杀伤力也就更强。你绝对不想吃上一颗 AK 子弹。"

"嗯,好吧。"奥克塔维安瞥了一眼队友,咂巴了一会儿嘴唇,"那是什么感觉?你懂的,用 M4,在你朝人开枪的时候。"

比利笑了,倒不是因为问题可笑。事实上,他什么感觉都没有。他不知道没有感觉算不算一种感觉,还是根本不算。

"这个嘛,就是干掉他们。"

"一枪毙命?我是说阻滞力如何。"

"击中身体不会。M4 发射出的子弹速度很快,通常会穿过身体。不过还是会倒下,是的。"

"但他们不会死?"

"身上中一枪大概死不了。所以我们都打脸。"

球员们倒吸了一口气。"嗯。"有人咕哝道,像在咬着什么甜蜜多汁的东西。

"那 240,"索尔斯开口,"你说是全自动的。那它怎么样?"

"它怎么样?妈的,怎么说呢。240 太厉害了。"

"哦?"

"你要是用 240 打中敌人,他会粉身碎骨。"

在他们问出别的问题之前，比利赶紧说谢谢祝你们好运很高兴跟你们聊天，然后走开了。他绝对不会再索要签名了，这事太傻太没有意义。比利偷偷张望了一会儿，终于发现戴姆站在房间的另一端，正在研究一块巨大白板上的球队阵容名单。"假如不是民主，"比利从背后靠近戴姆时，他嘴里正念念有词，"也不是共产党，那是什么呢？"

"什么是什么？"

"没什么。玩得开心吗，比利？"

"还好吧。"他凑近戴姆，低声说，"班长，这儿有些人疯了，脑袋不正常。"

戴姆笑了。"那我们呢？"

管他呢。比利注意到戴姆的橄榄球上一个签名也没有。

"班长，我们可以聊聊吗？"

"可以啊。"戴姆继续研究阵容名单。

"是私事。"

"我是你这辈子最好的朋友。"

"啊，是这样，那个，我见到了一个姑娘。就在，今天。刚才。啦啦队里的，其实。"

戴姆立刻虚情假意地嚷嚷道："恭喜。"

"是，我是说，不是，我的意思是我们都见到了啦啦队，我知道。不过那个姑娘跟我，班长，我们有点关系。"

"比利，别跟个白痴似的。"

"没有，班长，是真的。发生了一些事情。"

戴姆来了兴致。"她给你口交了？"

"啊，没有。不过我们亲热了一下。"

"胡扯。"

"我对天发誓。"

"胡扯！什么时候的事？"

比利简单描述了一下刚才的事情，出于尊重和道义，没有提到费森的高潮。

"你这个混蛋。"戴姆温柔地说，"你没有说谎吧？"

"没有，班长，我没有说谎。"

"我看也是。"戴姆哈哈大笑起来，"你这个混账东西，林恩。不过你他妈的是怎么说服她——"

"其实主要是她在说话。"

"厉害，聪明人。我觉得你这辈子肯定能睡不少女人，比利。"

"谢谢。不过我想问你的是……嗯，我想找你谈谈是因为……"

戴姆耐心地看着他。

"哎，我不想失去她，班长。我要怎么做才能不失去她？"

"什么？我的天啊，失去什么，比利，你跟她在一起才多久，十分钟？你们俩干了一次，很好，太棒了，我真心替你高兴，不过我想你没什么可失去的。她只是在表达善意，懂吗？你是个英雄，她只是在为军队做好事。再说今天晚上二十二点我们就要回去报到了，所以我不知道你以为什么时候能再见到她。这样吧，看看能不能弄到她的邮箱，也许回伊拉克以后你们还可以通过邮件搞一下。"

比利心里不是滋味。戴姆当然是对的，想要跟费森发展下去纯属异想天开，不过他想起费森如何温柔地捧住他的脸颊，她的屁股如何配合他的发力，她张大了嘴的吻，泪汪汪的眼睛，快把他的骨头压碎的高潮。他不是个玩完姑娘就丢的混蛋，可现实就是如此。

一个装备室管理员看见他俩站在那里，便问他们想不想参观装备室。好啊，戴姆说。恩尼斯，那人说着伸出手。管理员大约六十岁，身材结实,刚开始发福,说话带着得州人风滚草般的鼻音。"今天你们能来真的是我们的荣幸。"他领着戴姆和比利走向配药柜台旁的一扇边门,"大家对你们好吗?"

"大家都很好。"

"那就好。我们真的是在努力款待贵宾。"

走进门,一阵浓烈的塑料和皮革的味道扑面而来。

"哇。到了这里,谁能不兴奋呢?"

"没错,星期二的早上打开这间关了一天的屋子,哈,不兴奋才怪。"装备室有小型飞机库那么大,里面是一排接一排看不到头的柜子、架子、放箱子和板条箱的专用架、蒸汽桌、工作台、带轮子的活动梯子。从地毯到门把手,所有陈设一律配合球队的主色蓝色和银灰色,可选的范围很窄。"好了,没有世界一流的装备管理,就没有世界一流的橄榄球队。"恩尼斯开始慷慨陈词,一时间比利以为他们碰上了一个能说会道的导游。"橄榄球是一项装备众多的运动,我们要和四五吨装备打交道,少了库存清单和管理可不行。你要有清单才能找到东西,对吧?找到了东西才能用。就算有世界上最好的装备,如果只是让它躺在某个柜子里落灰,又有什么用呢?而我们这里的装备有六百多种。"

"哇,听上去很多。"比利说。

"没错,年轻人,你该看看我们的运输清单。管理这么多东西需要一群重视细节的人。对差错零容忍,这就是我们的标准。"他们三人在一排挂得整整齐齐的球衣前停下来,球衣按主客场不同的颜色分类。恩尼斯介绍说衣服的拼接处用的是氨纶,确保穿起来贴身,加长的下摆也是氨纶的,球衣面料采用的是最先进的吸湿技术。比利抽出一件七十八号球衣,抓住衣架,把衣服举起来,跟戴姆咯咯偷笑。这件衣服实在大得离谱,一件的布料就足够一个普通的四口之家穿的。接着是鞋子，一整墙的鞋子，从地板到天花板，一排排的鞋子、鞋子、鞋子、鞋子，没有别的，除了鞋子还是鞋子。

"哇，"戴姆说，"看这些鞋子。"

"很厉害吧，嗯？不过我们会用完的。每个赛季我们要消耗将近三千双鞋，而且这个数字每年都在增加。听着，在训练营，我亲眼见过鞋子由于太热而裂开。而且这些可是高档货，不是你们那些沃尔玛的低级仿品。"每个球员，恩尼斯接着说，都必须有适用于三种不同人造草皮的鞋，用于干燥草皮的、用于潮湿草皮的和用于湿滑草皮的，外加一种用于天然草皮的鞋，鞋底模压成型，鞋钉固定，以及另一种用于天然草皮可以拆换的鞋钉，四种鞋钉适用于各种不同的天气。接下来是护肩，叠放在蒸汽桌上，一层又一层，一排接一排，好像旧大陆地下墓穴里的骨骸。有十二种款式，也就是说每个位置一种，每种四个尺寸，以及带加强型防护衣的种类，另外还有不限数量的私人订制服装。接下来是头盔。头盔是最重要的装备，自成一个世界，是运用最尖端的矫形学和撞击学技术制造的高科技工程产品。头盔的外壳用的是最先进的聚合材料、松脂和环氧树脂，可以经得住这样的撞击。嘭，恩尼斯说着把头盔狠狠地砸到地板上，吓得两位士兵往后缩了一下。瞧，看这里。一点事没有。很厉害，嗯。没你们的凯夫拉防弹衣那么好，不过话说回来，我的球员不用防子弹。头盔内部也很重要，下巴护垫、填充泡沫和气囊都可以私人订制，确保完全贴合和最大程度的保护。这个是给气囊充气的气泵，充气孔在这里，外壳边上。即便如此队员还是会脑震荡，经常。这些家伙太能撞了。接下来是面罩，有十五种不同类型，加上六种不同结构的下巴固定带，以及各种款式和颜色的护齿。四分卫的头盔里可以安装无线电，以便与教练及时沟通。每星期我们都要把头盔上的贴纸撕下来，换上新的，用 SOS 牌钢丝棉清洁外壳,然后打上未来牌地板蜡。

工作量肯定不小。口香糖,我们给球员提供了五种口味,这里有两千到两千五百盒。这些是魔术贴和搭扣,让衣服紧紧地贴在身上,你可不希望给对手任何抓住你的机会。臀部、大腿和护膝,按照款式、尺寸和厚度分门别类。外接手的防滑手套,前锋的衬垫手套。各种尺寸的矫形足垫。棒球帽。针织帽。换鞋钉用的电钻。滑石粉。防晒霜。嗅盐。二十二种不同的医用胶带。凝胶,乳霜,软膏,抗生素和抗菌药。冰袋。好几纸箱佳得乐粉。哇哦,朋友们,还有呢。为了应对寒冷天气,就像今天,我们预备了无边便帽、保暖内衣、手套、手筒、暖手贴、暖手霜、保暖袜、板凳席用的供暖装置。专为贴合护肩设计的防水保暖大衣。雨披,采取了同样的设计。每场比赛我们都要消耗七百条毛巾,遇上雨雪天或者特别暖和的天气,数量会翻倍。

"类固醇放在哪里?"戴姆问。

"哎呀呀,在这儿可别提这个词。现在说说比赛用球。作为主队,我们需要提供三十六个全新的比赛用球,外加十二个从生产商直接到裁判员手里的球,上面写着'K',表示是踢球专用球。"再往后,是训练服和短裤,还有运动衫和长裤。他们看了一眼巨大的洗衣房,又接着参观教练员的装备。笔记本、剪贴板、大大小小的白板、记号笔、油性笔、耳机、喇叭。两个鞋盒大小的盒子,一盒装满了银光闪闪的口哨,一盒装满了卡西欧秒表。还有无线通信和录像装置,出于显而易见的原因,永远锁着。去客场比赛时,要用两辆重型卡车拖运所有物品,总共有九千到一万磅重。

最后连戴姆也有点晕了。实在是太多了,这些数量惊人的利基商品,每样都要贴上标签、归类、分大小、核对、收好、摆放整齐。这是对人类物流和库存管理能力的巨大考验。比利愈发头疼了。他猜是因为这里的气味,沿着长长的装备室原路返回时,比利感到胸闷,呼吸困难,肺里有点堵。过敏,有可能;心脏病?他在心里耸耸肩就把这个想法抛之脑后;他一心想着谜一样的装备室,没时间担心自己的健康。他想知道这一切都是怎么来的,又为什么需要这么多东西。显然只有在美国。只有美国才会玩这种需要众多配套产品的运动,并且发展成为如今的全民运动。

比利不确定他究竟在装备室里看到了什么,但看到的一切都让他觉得不舒服。

"知道吗,"恩尼斯羞怯地吐露,"我当过几年兵,年轻的时候。不过那时候大部分人都当过兵。我们是强制征兵,你知道。"

"越南?"戴姆问。

"刚好错过了。我一九六三年就退伍了,很幸运。我认识的一些人没能活着回来。"

"很多人没能回来。"戴姆说。

"你说的没错。我只是希望你们知道,我们多么感激你们在伊拉克所做的一切。要不是你们,天知道现在这里会变成什么样子。"

"你们这里有治头疼的药吗?"比利问,"布洛芬或者萘普生?"

"多的是,"恩尼斯回答,"你头疼?听着,孩子,我很想帮你,可是我不能,要负法律责任。那个窗口经手的每一样东西,"他指了指配药柜台,"都必须登记、核对。你也许想不到,但是几颗小药丸就能让我丢了工作。"

"没关系,"比利说,"我不希望你丢了工作。"

恩尼斯再次表示抱歉。回到更衣室的门口,戴姆突然请恩尼斯在他的球上签名。恩尼斯吓得后退了一步。他乐呵呵地笑了,不过眼神很警惕。

"你为什么想要我的签名？我不过是个管装备的老头儿，没人在乎我的签名。"

"在我看来你管理着球队。"戴姆回答。恩尼斯笑了，接过笔，在戴姆的球上签上自己的名字，这也是戴姆今天要的唯一一个签名。回到更衣室，队员们差不多都穿戴完毕。空气里弥漫着强烈的塑料、体味、屁味、甜瓜木本古龙水和臭得像变质甘草汁的凡士林等气味的混合体。诺姆站在更衣室中央的椅子上，让B班队员靠近他，然后命令球队围拢过来。B班今天已经听够了演讲，但现在又来了，你能怎么办？球员们乖乖靠过来，比利看着他们向房间中央聚拢，想象着支撑这帮运动员的庞大系统。围在B班四周的这群人是这个星球有史以来最受呵护的生物：他们享受最好的营养、最先进的科技、最优秀的医疗，生活在美国科技极其发达、物质极其丰富的鼎盛时期。比利突然产生了一个惊人的想法——派这些人去打仗！就他们现在的状态：精神饱满，整装待发，做好了迎接残酷战斗的准备，把整个国家橄榄球联盟都派去！熊队、突袭者队、凶猛的红皮队、喷气机、老鹰、猎鹰、酋长、爱国者、牛仔，叫他们统统上——一小撮皮包骨头的人怎能与全美最佳运动员抗衡？哦，抵抗是没有用的。现在就投降，免得挨打，因为我们强大的橄榄球运动员所向披靡。他们人高马大，孔武有力，令人畏惧，小小的炸弹和子弹都会被他们的钢铁之躯反弹回去。投降吧，否则我们的国家橄榄球联盟会直接把你们送到熊熊燃烧的地狱之门前！

"现在，我只想说。"诺姆开始讲话，但后面有人在聊天，还有人用手提音箱放着卢达·克里斯。"安静！！！！！"塔特尔教练吼道，一时间他们仿佛回到了八年级的体育馆。

"好了，"诺姆接着说，"我希望每个人都与今天的贵客——B班的战士们——好好交流了一番。他们的事迹我相信大家都已经非常熟悉了——被敌人攻击，遭到火力压制，多名战友阵亡或负伤，可是这些年轻人，这些年轻的B班战士，他们，没有，放弃。在阿尔－安萨卡运河战役中，他们遭遇了人生中最大的挑战，感谢上帝的帮助，他们战胜了挑战，成了整个国家的骄傲。不久前我有幸与布什总统交谈，他……"

球员们已经走神了。比利能从他们的眼睛里看出来，呆滞的眼神，进入睡眠模式后大脑自动断电。比利站过无数小时的队列，所以他一眼就认出了这种表情。

"……所以也许我们的挑战不同。也许我们面临的挑战没有他们的严峻，但这些挑战是上帝为了造就我们在道路上设置的考验。好了，我知道这个赛季我们遇上了难关，打得很艰难。事情没有完全按照计划进行，但正是在低谷时期，正是遭到打击之后的表现决定了我们是一支怎样的球队。所以让我们忘了这些事情吧，别再想……"

球员中似乎涌起一阵愤怒的情绪。听诺姆训话不过是讨厌的家常便饭，可被B班当面炫耀？对比？比较？手足相争的情绪油然而生。你们怎么就不能像他们一样？B班也不想卷入其中，但是现在要退出诺姆的主日学校显然为时已晚。

"……所以我要激励你们，所有人，球队的每一个人，从文尼到德鲁，一直到博比，"球员身后传来一声咯咯声，正是博比本人。刚才B班见过他，牛仔队出名的略有些迟钝的球童。"迎接挑战，战胜挑战。像这些年轻的士兵一样勇敢坚定地面对挑战。从今天开始，先生们。此时不搏，更待何时？今天让我们好好教训一下熊队吧！"

"好！"有人高喊，整个球队跟着爆发出一阵排山倒海的欢呼，这出乎比利的预料。不过话说回来，人家是职业球员。诺姆请出丹牧师来带领他们祈祷。丹牧师是一个神情和蔼、面容沧桑的老头儿，穿着跟教练一样的闪亮的运动服。亲爱的上帝,牧师用悦耳的南方口音开始祈祷,元音如压花丝绒般轻柔,辅音却很浓重,请帮助我们发挥出最好水平。在球场上引领我们,让我们的表现能实践您的话语、荣耀我们的信仰。指引我们,带领我们,保护我们……比利紧闭双眼,回想起施鲁姆说过基督教的《圣经》大部分是由苏美尔人的传说汇编而成的。当时比利并没放在心上,但过去这两个星期,施鲁姆的话在几乎没有间断的公共祈祷上给予了他些许安慰。美国人喜欢祷告,上帝为证。美国人祷告,祷告,不停地祷告,这是一片无尽祈祷之地,这些祷告仪式叫比利吃不消。他尝试过祈祷,但毫无结果。闭上眼,低下头,可一听到"汝""汝等",信号马上就中断了,像是被电流干扰了。比利想其他人可能也有同样的问题,可这样想并没有太多帮助,反而让他想到在基督教之前已经存在其他文明——苏美尔人、赫梯人、土库曼人,整个古文明世界——汝、汝等这一套也未必将是人类的遗产?——这一点多少让他得到些慰藉。

那苏美尔人是什么人?

"以后再告诉你,"施鲁姆一面系紧防弹衣,一面说,"不是现在。"

结果,不是现在,也没有以后。施鲁姆不玩电子游戏,也很少看电视。他看书。整天看书。"我是在构建我的人格。"问他为什么看书时,他这样说过。就连关于手淫,他也有权威说法,这回是古埃及,古埃及相信——没骗你!我发誓!——第一位,最初的,无名之神正是通过手淫创造了宇宙,确切说,是凭借射精的力量创造了宇宙。

阿门,丹牧师说。"还有两——分钟——"一位助理教练喊道,就在最后的准备时刻,比利看见奥克塔维安·斯珀吉翁朝他点点头,轻轻甩了甩手腕,请他,不,比利事后想想,是传唤他去柜子前面。奥克塔维安、巴里·乔和几名球员静静地站在那里,一看就知道有什么大事。

比利真希望此时自己的手里没有拿着这个傻乎乎的签名纪念球。

"是这样,我们想知道……"奥克塔维安压低了声音说,"我们,那个,我们也想像你一样干点大事。你懂的,干掉几个。你觉得他们会同意吗?比如我们跟你们一起待一两个星期,给你们帮忙,帮你们揍那些家伙。我们愿意这么做。"

比利看得出他们确实愿意。他们想去打仗。他试着揣摩这些人脑子里的想法,但实在想不出来。

"我觉得行不通。"

"什么?你什么意思,我们是要帮你们,免费帮忙。不用付钱,我们不要钱。"

比利知道不能笑出来。"我只是觉得部队对这个主意不会太感兴趣。"

"嗯。喊。或者不让别人知道。我们跟你们一起待几个星期,没人会知道我们在那里。我们给你们帮忙,还是说你们不需要帮忙?"

"比利!走了。"曼戈喊道。

比利点点头,转向奥克塔维安。"我们当然需要帮助。但是——听着,你们想干大事,参军吧。他们很愿意派你们去伊拉克。"

球员们哼哼鼻子,嘀咕了几句,同情地看了他一眼。去你的。喊。他妈的不可能……"我们要工作,"奥克塔维安特意强调了"工作"一词,"我们在这儿有工作,你以为我们会抛下工作去参什么军?去个,呃,三年?毁约什么的?"滑稽。众人大笑,嘴里发出小声的虚情假意的尖叫。"去吧,"奥克塔维安说,摆摆手让比利离开,"去吧。你的兄弟在叫你。"

这就是事情的全部

比利决定一有机会就把手里的球送人。距离比赛开始只剩几分钟，球员们在球场上做热身和伸展运动，诺姆亲自带领B班走过大厅，在球迷面前露个脸，施展一下让人们神魂颠倒的明星魅力。在他的星光照耀之下，所有的怨恨、牢骚和路人的议论像板油遇到加热灯一样熔化了。嘿，诺姆！诺姆！今天我们能赢吗，诺姆？我赌牛仔队让三分，你可得帮我实现愿望，诺姆！他们所到之处球迷纷纷让路，犹如海水分开，手机的闪光灯此起彼伏，诺姆昂首挺胸，大步向前，对每个人都报以相同的亲切微笑。得克萨斯体育场就是他的地盘，他的城堡，不，是他的王国。真正的国王如今已经很少了，但在这里，诺姆就是主宰。比利发现要让下层人民开心太容易了，只要一个眼神、一次挥手、出现几秒钟，人们就像吸了强劲的明星牌白粉似的。

与此同时，比利在找一个小孩子，好把自己手里的球给他。不要有钱人的孩子，不要那种可以上电视、皮肤光滑呈古铜色、牙齿洁白整齐、手脚修长干净、脸蛋健康漂亮、尽显优良基因的孩子。不，他要找一个乡下孩子，瘦小，蓬头垢面，指甲咬得只剩一点，十岁左右，像条半大的小狗,浑然不知自己是个可怜虫。比利在找他自己。在一个汉堡摊前,比利发现了这么一个男孩,他个子不高,神情紧张,脑袋大脖子细,大冷的天却只穿了一件薄薄的棉连帽衫,脚上穿着一双破破烂烂的山寨锐步鞋。操,为什么他父母宁可花几百美金买牛仔队的门票,也不肯给儿子买件像样的冬衣?这些美国消费者的心理真让人恼火。

"抱歉。"比利一边喊一边走上前去,那孩子呆站在原地,不知所措——我该怎么办?他的父母转过身来,真是绝配,两个人都傻里傻气、呆头呆脑的,显然作为人类和家长都很无能。比利无视了他们。

"小伙子,你叫什么名字?"

小男孩吓得下巴都掉了,露出不健康的白色舌头。

"孩子,告诉我你的名字。"

"库格[①]。"男孩终于说了出来。

"库格。那种动物?"

男孩点点头,不敢看比利的眼睛。

"库格!很棒的名字!"他在说谎,库格这个名字太可笑了,"听着,库格,这儿有一个签了名的橄榄球,刚刚在更衣室里,一群牛仔队队员给我签的。可我要回伊拉克去了,要是把球带去会弄丢的。所以我想把球给你,你觉得怎么样?"

库格壮着胆瞥了一眼比利手里的球,然后点点头。显然他在怀疑这是不是个羞辱他的陷阱,为了拉他内裤或往他背上扔鞭炮。

"那好,小伙子。球给你。"

比利把球递给他,转身离开,没有停留,没有回头。他今天已经

[①] Cougar,意为美洲狮。

受够了各种肉麻伤感,不想这一刻又变得煽情。曼戈刚才停下来等他。

"你为什么这么做?"

"不知道。就是想这么干。"回想刚刚的情景,比利虽说莫名感伤,但心里感觉好多了。两人默默无言地走了一会儿,曼戈把自己的球给了一个路过的小孩子。

"去他妈的签名。"比利说。曼戈笑了。

"要是他们赢得了超级碗,咱们刚刚可是把一千美金拱手相让。"

"是啊,哈,赌一千美金他们赢不了超级碗。"

仍旧没有中场秀的消息,只有诺姆的保证:"会让 B 班大显身手。"这有可能只是当你站在那里的时候叫你的名字,但也可能是恐怖而又艰巨的⋯⋯难以想象。有传言说牛仔队老板的私人包厢里有好几个吧台。B 班的几个低级士兵私下商量要喝个酩酊大醉,不过比利想到费森,偷偷把酩酊大醉改成了微醉。这是个一时冲动的邀请——到我的包厢来看开球!他显然患上了严重的 B 班病,这种"后方热心支援前线"的螺旋原虫让脱衣舞娘甘愿奉上免费的脱衣舞,让上流贵妇变得嗜血。B 班队员们鱼贯而入时,屋内响起热烈的掌声,这些平时不过是礼貌、公式般地拍手的人竟真的在使劲鼓掌欢呼。B 班威武!美军万岁!诺姆夫人站在门口迎接他们,就算她因为十位粗声粗气、满嘴酒味的彪形大汉涌进原本已经济济一堂的包厢而心中烦乱,她也很有涵养地什么都没有表露出来。

很高兴你们能来。有很多朋友想见见你们。比利扫了一眼包厢,蓝色地毯、蓝色的家具上点缀着些许银色,每面墙上都安装着巨大的平板电视,有两个吧台,冷餐和热食的自助餐台,有穿着白色西装的侍应生,往下走几步是第二层,跟第一层一模一样,再往前是一排排布面体育场座椅,阶梯式向下延伸至正面的玻璃围挡,可以俯瞰整个明信片般的球场。钞票的气息扑面而来,像模糊的嗡嗡声,或是唇间麻麻的薄荷味。比利心里琢磨,不知道财富会不会像细菌一样,一旦靠近就会被感染。

大家别客气,诺姆夫人轻声说。随便吃随便喝。不用再说了,夫人。B班已经全体准备好冲向免费饮料了,戴姆在一旁狠狠地瞪着他们,做着"就一杯"的口型。不过士兵们开始前,诺姆先站上一把椅子——他就那么喜欢椅子?——又开始讲话,他说——

军队
　　英雄
　　　客人
　　　　以及,多么

　　　有幸　　　　高兴

　骄傲

奥格尔斯比家族能在感恩节这天,有机会
　　　　感谢
　表彰
　　　表扬

B班为国家所做的贡献。比利发现客人们都专心致志地听诺姆演讲,脸上的表情流露出信念与决心。男人们看上去睿智、轻松,人到中年依旧保持着良好的身材,透着成功人士与生俱来的自信与优雅。头发保养得很好,皱纹也恰到好处。女人们身材姣好,皮肤晒成了国际化的古铜色,厚厚的妆容上像是抹了一层冷漠的特氟龙涂层。比利想象着是怎样的出身、金钱、学校和阅历搭配在一起,成就了这些人今天高不可攀的地位。不管是什么,他们让这一切看上去如此简单,只是站在那里,只是在这个特殊场合做他们自己,暖和、安全、干净,做诺姆的座上宾。大部分人手上拿着饮料或端着食物。邪恶,诺姆说,恐怖。致命威胁。战争中的国家。他把形势讲得很严重,可是此时此地,战争似乎非常遥远。

"他们马上就要离开,"诺姆说,"等会儿要去参加中场秀,不过趁他们在这儿,让我们献上得州人最热情的欢迎。"大家鼓掌欢呼,让派对开始吧;来宾们感受到了 B 班的气息。一个满脸皱纹的老人家上前跟比利打招呼。

"士兵,很高兴见到你!"

"谢谢,先生。我也很高兴见到您,先生。"

"马奇·哈维。"那人伸出手来说道。比利觉得这个名字和这张脸都有些眼熟,窄小的脸上已满是和蔼可亲的皱纹,耳朵和眼睛小得快挤作一团了。比利敢说马奇·哈维十有八九是一位以有钱和出名著称的得州名人。

"跟你说,新闻播出的那天晚上——就是你们收拾那帮混蛋的那个视频——是我这辈子最激动的时刻之一,不骗你。很难用语言形容我当时的感受,但我实在太激动了,怎么说呢,那一刻太美妙了。玛格丽特,告诉他我当时是什么样子。"

哈维转向妻子,他的妻子看上去至少比他年轻二十岁,六英尺的高挑身材,呆板的金发,皮肤饱满紧致,犹如蛋奶酥。

"我以为,"妻子开口道,操着琼·柯林斯在《豪门恩怨》里破口大骂情敌的英国荡妇口音,"他疯了。我听到他在视听室里尖——叫——,我冲——下楼,看见他站在我心爱的乔治四世书桌上,穿着,我的天,他的牛仔靴,做着洛奇的经典动作。"说着她举起手,笨拙地挥了两下拳,"我喊道:'马奇,马奇,亲爱的,宝贝儿,你到底是怎么了？'"

有几对夫妇加入进来，每个人都点头微笑，显然对老朋友马奇的这种疯狂举动已经司空见惯了。

"我是在宣泄。"哈维说道，比利在心里把这个词认真地重复了一遍，宣泄。"看到你们的英勇表现，怎么说呢，好像终于有件事让我们高兴一下了。我想战争让我压抑得太久了，而我甚至浑然不知，直到看了你们的视频。实在是极大地鼓舞了大家的士气。"

其他几对夫妇极为赞同。"我们都站在你这边，"一位女士向比利保证，"没有想临阵脱逃的人。"

其他人纷纷用各种不同说法诠释了相同的意思。玛格丽特·哈维用蓝色的大眼睛直直地盯着比利，眨都不眨一下。比利觉得不管她正在对自己做何种评价，都是严苛、不假思索且不容置辩的。

"我问你件事，"哈维凑近比利说，"情况有没有好转？"

"我想是的，先生。在某些方面，是，确实好转了。我们正努力让情况好转。"

"我知道！我知道！不管我们有什么问题都不是你们的错，我们的军队是世界上最棒的！听着，我从一开始就支持这场战争，而且我跟你说，我喜欢我们的总统，我个人觉得他是一个善良正直的人。他小时候我就认识他——我是看着他长大的！他是个好孩子，想做正确的事情。我知道他发动这场战争的初衷是好的，可是他身边的那群人，听着。有些人还是我的好朋友，可是你不得不承认，他们把这场战争搞得他妈的一塌糊涂。"

其他人纷纷摇头，有几个喃喃地哀叹表示认同。"这仗确实不好打。"比利说，琢磨着怎么才能给自己弄杯喝的。

"我想你比其他人更清楚。"哈维又凑了过来，这回凑得更近了，不过比利依旧站在原地。"我再问你件事。"

"是，先生。"

"关于那场战斗。不过我不想问得太私人。"

"没关系。"

"但人们自然会想，当有人去做那样一件事，一件像你们干的那么伟大勇敢的事情——我是说录像，大家都看了，我们都知道当时的局势十分险恶——而你作为战斗的亲历者，"哈维微笑着摇摇头，"我们忍不住想问，当时你不害怕吗？"

大家都兴奋地哆嗦了一下，只有玛格丽特无动于衷，蓝色的大眼睛怎么也不肯放过比利，还在盯着他看。

"我肯定害怕。"比利回答，"我知道我害怕。但事情发生得太快了，我根本来不及思考。我只是做了平时训练中教的事情，其他兄弟也一样。只是事情正好让我碰上了。"比利觉得自己说完了，可是大家都不出声，等着他再说点儿什么，于是他只好又挤出点别的，"我想正如我们班长说的，只要有足够的弹药，你多半不会有事。"

这下总算可以了。大家头往后一仰，大笑起来。事情其实很简单，只要说大家想听的话，大家就都高兴，都爱他，彼此其乐融融。比利不得不时常提醒自己，这样做没什么不道德的，既没有说谎，也没有夸大其词，可每次在这种场合结束后，他还是会有挥之不去的说了谎的羞耻感。

有新的人加入进来，也有人离开忙着去别处社交。比利不停地握手，然后忘记对方的名字。麦克少校跟琼斯先生在冷餐台附近交谈；琼斯先生似乎还没意识到就算这儿有一辆坦克开过去，麦克少校也听不见。在他们身后是由艾伯特、戴姆、诺姆夫妇和几个看似是这个聚会里最重量级的来宾组成的超高级圈子。艾伯特谈笑风生，看上去颇为自在。当然了，比利想，艾伯特能跟好莱坞的鲨鱼同游共舞，应对达拉斯这群人自然是小菜一碟，比利现在关注的是戴姆，看着他如何只听不说、偶尔插上一两句话。"观察他，"有一次施鲁姆跟比利说，"观察他，跟他学。戴维这人很恐怖，可以在黑暗中看见东西。"据施鲁姆说，这是戴姆的特殊才能，打仗时直觉敏锐，但想要培养这一技能只能靠以身试险，靠实战的历练。只要美国大兵待在基地里，叛乱分子就杀不了几个美国人；但美国大兵想要追踪并杀死叛乱分子，唯一的办法就是走出基地。于是巡逻、设检查站、挨家挨户搜查等任务变成了试炼场。但这是战争的一种形式，戴姆强迫他们接受。和排里甚至可能是整个营里的其他小分队相比，B班更常从车里出来。他们可能在任何地方下车，戴姆会命令他们下来走上好几公里，让悍马缓缓地跟在后面。"坐在那个破箱子里你能发现什么。"戴姆说。这样的小规模突袭是在赌博，他们很容易没命，但这是戴姆累积知识、直觉、经验的方法，为将来某一天没有战友和物资、孤立无援时做准备。

　　B班队员们不喜欢这样。他们恨透了戴姆经常把他们拉到街上去。这样做毫无意义，风险远高于有可能获得的好处，但是如果B班有人抱怨，施鲁姆就叫他闭嘴，做该做的事。最后大家还是乖乖出去，在市场和街巷里乱串，随便走进一幢房子看看能发现什么。有一天他们照例在街上巡逻，一小群小流氓朝他们走来，十四五岁的样子，嘴上有茸茸的胡须，身上穿的衣服比破布强不到哪儿去，一看就是来骗钱的。"先生，"他们趾高气扬地朝B班走过来，边走边嚷嚷，"给我口袋！给我口袋！"

　　"这他妈是什么鬼。"戴姆瞪着他们说。

　　"我猜他们想要钱。"施鲁姆说着，转身去跟斯科蒂确认。斯科蒂是B班当时的翻译，因为长得像芝加哥公牛队的前巨星斯科蒂·皮蓬，所以大家这么叫他。斯科蒂跟那群男孩交谈了一阵。

"没错,他们想要钱。他们说他们饿了,要你们给钱。"

"给我口袋?"戴姆笑了。

"没错!没错!先生!给我口袋!"

"不,不,不,太可笑了,不是这么说的。告诉他们,我教他们应该怎么说,但是不会给他们钱。"

斯科蒂跟男孩们解释。好啊!男孩们喊道。好!可以!

于是戴姆在大街上讲了一堂小小的英文课。"给我钱。"跟我读。给我钱。"给我五块钱。"给我五块钱。"给我五块钱,婊子!"给我五块钱,"标"子!"谢谢!!"谢谢!!"祝你今天过得愉快!!!""组"你今天过得"怡"快!!!男孩们笑了。戴姆笑了。B班的其他人也笑了,一边笑一边举起手里的枪扫视屋顶和门廊。

上完课后,男孩们叫道:"谢谢!"还一个个郑重其事地与戴姆握手。"谢谢你!先生!谢谢!给我钱!"说完他们沿着街道继续往前走,一边走一边高喊:给我钱!给我五块钱!给我五块钱,"标"子!

"哇。"施鲁姆低声说,声音里带着开创新纪元的激动劲儿,"戴夫,这太棒了,伙计。你做了一件好事。"

戴姆哼了一声,得意地提高声调说:"啊,你懂的,常言道,授人以鱼不如——"

"——授之以渔。"施鲁姆把话说完。

渐渐地,比利意识到这种幽默正是他学到的国际化废话的一方面。突然,失去施鲁姆让他感到钻心般疼痛,而同时在另一条平行的大脑轨道上,他发现悲痛来来去去,如月亮时圆时缺,自由地划过异国的夜空。

"我不喜欢这样,"马奇·哈维对围拢的听众说,"我认为从心理上和战略上都是负面的。让美国民众保持警惕是正确的，可要是你整天对着大众嚷嚷恐怖主义，过一阵子必将出现负面作用。"

"可是马奇，那些人想要我们的命！"一个女人表示反对。

"当然了！"马奇被逗乐了，看了比利一眼，"这个世界本来就很危险，没什么值得大惊小怪的。可如果你一直对民众说恐怖主义、恐怖主义、恐怖主义，这对士气、对市场、对任何一个人都不好。"

"除了切尼。"某人俏皮地说，大伙儿窃笑起来。

"没错，"马奇悠悠地笑了，表示认同，"老迪克有自己的做事方法。我们是老朋友了，不过我得说，我们很久没联系了。"

侍应生给比利端来一杯威士忌可乐。他们怎么知道他正想要这个？他们总有办法知道。大家畅谈自己对于战争的想法和感受，比利时不时点点头，抿一口饮料，附和两声。家乡的每个人都对战争充满信心，讲话时用的都是肯定的词语和祈使句，他们的观点此刻听起来非常有道理。比利发觉这里谈论的战争跟战场上的战争之间有巨大的鸿沟，关键在于当你从这头跳到那头的时候千万别被绊倒。

"要我说，九一一啊，"一个男的对比利透露，"叫女权主义者闭嘴了。"

"啊。"比利喝了一口饮料。女权主义者？

"没错。"那男的说，"眼下国家受到攻击，她们就不那么热衷于'解放'女性了。有些事情男的能做，女的不能做。打仗就是其中之一。很多事情归根结底是体力活。"

"也许我们需要时不时打一场仗来证明我们的优越性。"另一个男的说。

从主要话题中衍生出了许多个小话题，但说来说去都离不开战争。此刻在跟比利讲话的是——库克里特？帕韦石？一家庭院装饰材料公司的老板。他对比利说最近叛乱者的袭击增多，正说明形势开始对我方有利。"这说明他们走投无路了，"他说，"我们击中了他们的要害。""有可能。"比利随口附和道。突然一只橡木粗的胳膊搭在他的肩膀上，派对的主人诺姆一把搂住他。大家突然都不出声了，笑吟吟地等着诺姆开口。

"林恩技术军士。"

"先生。"

"都还满意吗？"

"是，先生。都很棒。"

大伙儿笑了，好像他刚说了句特别风趣的话。诺姆掐了掐他的颈背，又揉了揉他的脑袋，对众人说："今天能请到这些年轻的英雄来做客真是十分荣幸，无比光荣。"比利闻到诺姆的鼻息里有淡淡的波旁威士忌发酵的味道。"他们是美国的骄傲和喜悦，尤其是这位，"他又晃了两下比利的脑袋，"这位年轻人，啊，这么说吧。如果我告诉你们，在运河战役中我军的进攻是由一位得州人发起的，会有人吃惊吗？"

现场爆发出一阵热烈的掌声。周围的人转身加入他们。比利束手无策，他被诺姆像标本一样钉在板上，无计可施，只能像个干了蠢事被当场抓住的人那样，站在那里傻笑。"看哪，他脸红了！"一个女的大声说道，想必他的脸真的红了，比利能感觉到热气不断往脸上涌。大家把他的窘迫当成了谦虚。

"我想我们又有了一位奥迪·墨菲，"马奇满面笑容地看着比利说，"又一位了不起的美国英雄，而且还是得州人。"

"他确实是英雄，"诺姆应和道，一把搂住比利，"所以才戴着银星勋章。而且我得到可靠消息，他获得了荣誉勋章的提名，可惜被五角大楼的某个坐办公室的否决了。"

大家发出一阵惋惜的啧啧声。比利真心希望 B 班没人看到这一幕，但是戴姆在一旁静静看着，还有艾伯特，与比利的目光相遇时，他微笑着，不，是假笑着。比利一下子就知道了是谁说出去的。比利抓住机会抽身离开，走向最近的吧台。可乐，他说。就要一杯普通的可乐。不一会儿，戴姆凑到了他的身边。

"比利，不要发呆。"

比利抬起下巴。"那是胡说八道。"

"什么胡说八道？"两人小声说着，近乎耳语。

"什么狗屁荣誉勋章。"

"哦，那个。比利，冷静。你是被国家认证的明星。"

"艾伯特——"

"艾伯特知道自己在干什么。"

"他他妈的怎么会知道的？"

"因为我告诉了他，笨蛋。饮料里有酒吗？"

"没有。"

"很好，我希望你到中场秀的时候还能保持清醒。别问我，他们没有告诉我要做什么。"

比利低头看着可乐。"全都是胡说八道。"

"你过于敏感了，比利小姐。"

"你他妈的干吗告诉他？"

戴姆甚至懒得回答。两人缩在吧台，因为只要他们一起身就会有人过来搭讪。

"你认识那个跟你说话的老头儿？"

"啊，认识。"

"马奇·哈维。"

"我知道他是谁。"

"他本人是个快艇老兵①,相当有名。"

比利直视前方,不想让戴姆因为发现他不知道而心生得意。

"比上帝还富有,而且关系很硬。所以你在他面前要小心。"

"我为什么要小心?"

"以防你没有注意到,我们生活在一个党派壁垒分明的国家,比利。这些家伙都是聪明人,知道谁是自己的敌人。几枚狗屁勋章可糊弄不了他们。"

比利低头看了一眼胸前,想象勋章上笼罩着不祥的光芒。

"我又不是敌人。"

"哦嗬——你觉得不是?他们说了算,不是你。他们决定谁是真正的美国人,老兄。"

比利呷了一口可乐。"我又不打算竞选总统,班长。"

戴姆点点头,打量着吧台后面由参差不齐的酒瓶组成的轮廓线。"想不想知道我爷爷对我说过什么,比利?"

"说什么?"

"他说,孩子,想过好日子,要做三件事。第一,赚很多钱。第二,乖乖纳税。第三,远离政治。"

说完,戴姆拿起杯子走开了。比利想好好享受这片刻的清静,可头痛立马乘虚而入。比利怀疑是偏头痛——他又知道什么呢?可能是偏头痛,也可能是更严重更悲惨甚至是致命的疾病,比如脑瘤、癌症、严重中风。可怜的家伙。这么年轻。到死还是个处男。真悲剧。不管是什么,就算头痛已然成了他的家族史,是巨大的痛苦和负担,可要

---

① 指曾参加过越战的美国海军老兵。

没了它，你又是谁。突然间，包厢里爆发出一阵热烈的掌声和欢呼声，比利猛地转身，才想起不应该转过脸去。

"刚刚大屏幕上在播你们！"一个女人尖叫道，比利心里一紧：他们播了他坐在吧台旁的样子？然后才反应过来是在重播"美国英雄"的画面。

"你们今天能受到这般尊重真是太好了。"那女的兴奋地说。

"谢谢。"比利说。

"全国巡回一定很令人兴奋吧！"

"而且全都是花纳税人的钱。"一个男的——她丈夫？——补充道。那人随即呵呵笑了，表示这不过是开个玩笑。哈哈。

"很不错，"比利说，"是十分难得的经历。我们遇到了很多好人。"

"你印象最深的是什么？"那女的问。她是个金发美女，一副干劲十足的职业女性模样，年纪说不准，双眼明亮、颧骨迷人、笑容像银锦缎一般。比利猜想她应该是个销售高手，成功的房地产经纪人或者玫琳凯高层之类的。

"啊，当然是所有机场了。"比利说。众人都笑了，有七八个人围拢过来。他还可以加上所有的商场、市政中心、酒店客房、大礼堂和宴会厅，从东到西，从南到北，全都差不多，这种惊人的雷同设计更多是为了节约成本和便于维护，而完全不考虑人类多种多样的情感。

"我很喜欢丹佛，"比利接着往下说，"有很多山啊什么的。景色很美。我希望以后有机会能再去那里多待上一段时间。"

"你们不是去了华盛顿吗？"女房产经纪人提醒他。

"哦，去了。华盛顿太棒了，绝对的。"

"白宫是不是非常雄伟？"

"是的，饱含历史什么的。我想我从未意识到真的有人住在里面。

我知道它可以住人,不然为什么叫它白'房子'①,啧。不过白宫确实很壮观,比想象中的豪门大宅还要厉害。"

女房产经纪人表示同意,她和"斯坦"曾有幸应布什夫妇邀请去白宫做了几次客,那地方真是令人赞叹不已。宴请你们了吗?没有?真是太可惜了,正式的国宴相当壮观,场面,礼节,那些皇家贵族、高官政要。也许下次吧,比利说。这时有人问我们是不是要赢了,于是话题又回到了战争上,比利像是大家最喜欢的烟枪,在众人间传过来传过去。他们为什么自相残杀?他们为什么痛恨我们?比利的大脑切换到自动驾驶模式,环视房间。他看见洛迪斯在那里胡言乱语,不知在说些什么,听众礼貌地表现出惊恐。克拉克在跟某人十几岁的女儿搭讪,看起来干得还不赖。塞克斯咬紧牙关,茫然地直视前方。艾伯特和诺姆夫妇相谈甚欢。比利忽然想到头痛很可能只是心理作用,是他脑子里的那只光着屁股的猿猴在求关注,就像新秀丽广告里的大猩猩。

"……这种道义原则可以追溯到盎格鲁-撒克逊的传统,人不犯我我不犯人。我们不是野蛮人。我们没有发起九一一袭击,或是偷袭珍珠港。"

"是的,先生。"比利重新回到谈话中。

"可是倘若我们遭到袭击,你就要付出代价,我说得对不对?"

"我想可以这么说,是的,先生。"

"我的意思是,假如有人朝你们开枪,比方说在你们巡逻的时候,一个狙击手朝你们开了几枪,你们会怎么做?"

"我们手边有什么就用什么回击,先生。"

---

① 白宫的英文为 White House,直译为白房子。

那男的微笑着说:"你看吧。"

嘿!嘿!嘿!有人叫大家安静。所有人都应该闭上嘴,准备唱《星条旗之歌》了。这时,大家都面向球场。天空已经暗成了底漆一样的灰色,像个灰色的气泡罩住了体育场这个纸灯笼的光芒。灯光聚焦在球场上,发出肉冻般浅黄绿色的光泽。演唱者和护旗队从主队一侧步入球场,一起进场的还有由球员、教练、裁判、媒体人员、贵宾组成的队伍,以及一马戏团人那么多的随从。这些人如果放在古代,可以去围攻某个地方了。护旗队展开国旗。分散在包厢里的 B 班队员全都猛地立正。

哦——
哦

哦——,哦——,哦——,回声在他千疮百孔的脑子里回荡,哦——,如同站在洞口处,满怀希望试探着朝黑暗的洞里喊:哦——有人吗?哦——,哦——,哦——,好像雷鬼音乐里的渐弱节拍。哦——哦,提醒你巴甫洛夫条件反射要来了,多巴胺准备大爆炸,脊柱就要变成木琴键盘,从上至下颤抖了。突然脚下的活板门砰地弹开——

说——
哦——
哦——

你掉到底部的安全网上,得救了,接着,咻——你又被托向高空——

　　　　　　　　　　看见——???
　　　　　　可——
　　你——

　　对这首高难度歌曲的例行折磨开始了。演唱者是一名年轻的白人女子，头发乌黑亮丽，身材瘦小，嗓音像西部乡村歌手，还带有高地平原人特有的令人心碎的鼻音。比利不知从哪儿听说她是最新一届《美国偶像》的冠军，跟所有不论个头大小的美国偶像一样，她也有一张大得吓人的嘴。

　　　　是——什——么——
　　　　如此
　　　　骄——傲——

　　比利保持着敬礼的姿势。每到这样的时候，他都会想起施鲁姆和莱克，想起对那梦魇般的一天的火红炽热的模糊记忆，而同时——因为他还年轻，对生活仍充满希望——他向遥远的边线方向搜寻着费森的身影。他的视线有条不紊地从第一个啦啦队员开始，一个个看过去，不是，不是，不是，不是，十几个不是之后，啊，是的，脑袋立刻像汽车在冰面上打滑般天旋地转，加速漂移，同时伴随着恶心、害怕、狂喜，宛如失控的云霄飞车。
　　比利赶紧把眼睛塞回眼眶里，目光直盯着费森。她把右手的花球举在胸前，像个长着一头火山熔岩般的琥珀色头发的弹力绒球女孩。她在唱歌，隔着这么远比利都能看到她的嘴巴在动，两人之间似乎有一条强有力的纽带，拉着比利的身体不由自主地往前挪了几寸。老兄，她爱上你了。歌声在比利内心引发小小的爆炸，把五脏六腑炸得四处飞散，爆炸的余音在耳朵里回响，只有他自己能听到，但难道《星条旗之歌》不是一首情歌吗？

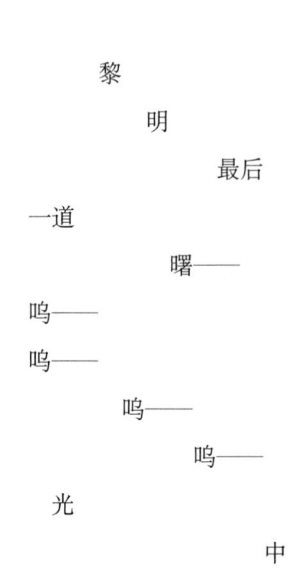

比利差点儿忘了呼吸，心里既平静又不安。歌声越飘越高，挑逗着他的神经。他的脑袋随时可能裂开，最后实在忍不住，呻吟了一声。那个女房地产经纪人瞥了他一眼，也同情地呻吟了一声，然后走过来，伸出一只手搂住比利的腰，和他并肩而立。比利始终站得笔直，他一直在敬礼，但已经汗流浃背。女房地产经纪人右手放在胸前，唱着国歌，左手捏住比利的屁股。

　　　　　　　我们

　　看到

　　　　　　要——

　　　　　　　　塞

　　　　上

　　这个女人还挺会唱歌的。螺母大的泪珠顺着她的脸颊滚落下来,这正是战争会带给你的。战争让你的感官更加敏锐,时间被压缩,欲望被唤醒,虽然穿着衣服干一次不足以定终身,比利还是愿意相信这样的发展是符合逻辑的。他令费森战栗,他令她高潮,这一定意味着什么。考虑到世事无常,计划或期待某件事情是不明智的,但世界依旧照常运转。如果他的未来不是这样,那又会是怎样?为何不可以是这样?

　　见——证——
　　　　在黑——暗过后

　　女房地产经纪人把比利拉近了些。比利没有感觉到任何性暗示;没有那种感觉,更像是一种互相依赖或是母亲抱紧儿子,他还能应付。当了兵就意味着你要接受身体不再属于你自己。

　　星——条——旗——
　　　　　是否还
　　　　　　　高——高——
　　　　　　　　　飘扬
　　在自——由——的土——呜——地上

停顿,在悬崖边趔趄,接着歌声纵身一跃——

  在

    勇者的

       家——园

  国歌唱完了,大家欢呼庆祝,这群美国人从未比此时听上去更像一群醉鬼。在醉醺醺的掌声和欢呼声中,十几个中年妇女扑向比利,似乎要将他大卸八块。她们的眼睛里放出疯狂的光芒,为了美国她们什么都肯做,折磨敌人,动用核武器,牺牲全世界,为了上帝和祖国,她们在所不惜。女房地产经纪人紧紧搂住比利,激动地问:"是不是很精彩?你怎么能不喜欢?你怎么能不感到自豪?"

  啊,此时此刻他自豪得想放声大哭。这算不算?我们说的是同一种语言吗?自豪,当然,比利想起施鲁姆和莱克,想起那天血淋淋的真相,脑子里快速搜寻着应当用什么量子论来证明他们的自豪。是的,夫人,太自豪了,B班自豪到可以移动高山,撞飞月亮。不过话说回来,比赛前为什么要放国歌?达拉斯牛仔队和芝加哥熊队是两支私人球队,是营利性组织,球场上站着的是他们的签约雇员。所以,不如在每次广告开始时、董事会召开时、去银行存钱取钱时也放放国歌吧!

  不过比利还是勉强挤出一个回答。他说:"我听得心潮澎湃。"女人们听了激动得大叫,争相拥抱他,抚摸他,手机拍照声此起彼伏,三四场对话在同时进行,好几个女人真的流出了眼泪。集体伤感的煽情时刻,比利快吃不消了。等场面逐渐平息,比利低下头朝下面那层走去。因为,如同卡斯特在小巨角河战役[①]中无路可退一样,他实在没

[①] 1876年6月25日发生在美军和印第安人之间的战争,以印第安人歼灭卡斯特率领的骑兵团告终。

别的地方可去。人们看到他穿过人群，都朝他微笑、打招呼。有个人举起一杯饮料，比利伸手接了过来，事后才意识到对方不过是在跟他挥手。他来到球场座椅区，走下台阶。三名队友就坐在最底下那排座位上，这里俨然成了小小的避风港和堡垒，供他们远离有些兴奋过头的危险民众。

"我的老天。"比利一屁股坐下说。

队友们哼了一声。当英雄令人筋疲力尽。

"抛硬币熊队赢了，"阿伯特解说道，"已经推进了五十码，主队阵地。"

霍利迪一脸不屑："拜托，阿。你要想当解说，就来点真格的。"接着他转向比利，问："洛迪斯呢？"

"在上面。"

"耍宝？"

"他干得挺好。有中场秀的消息吗？"

其他人怏怏地摇摇头。大家都能感觉到，不是普通的演出焦虑症，而是士兵的直觉告诉他们天大的报应就要来了。这两个星期的活动出奇地风平浪静，什么意外都没有，所以"凯旋之旅"的高潮自然，甚至必然——好像他们正积攒着！——是在全国电视上丢人现眼。

牛仔队把球开给熊队。回阵。熊队从二十码线开始进攻，先从外侧推进三码，接着中间进攻推进两码，然后弱侧的一次跑球推进四码，这时裁判扔出了黄旗。比赛间隙，除了看看大屏幕上的垃圾广告和担心中场秀之外，没什么可做。

"我们是不是不太礼貌？"曼戈问。

大家看着他。

"自个儿坐在这里，不去跟客人们聊天。"

"是他妈的太不礼貌了。"阿迪说。

"咱们竖块牌子,写上'问题老兵,请勿打扰'。"阿伯特提议。

大家看了几个回合。曼戈长吁短叹,扭来扭去,最后大声宣布:"橄榄球太无聊了。你们没发现吗?开始,停下,开始,停下,闲站一分钟才打五秒钟的比赛。真是无聊透了。"

"你可以走,"霍利迪说,"没人规定你必须待在这里。"

"才不,阿迪。我要待在这里。军队叫我待在哪里我就待在哪里,现在它要我待在这里。"

熊队弃踢。牛仔队回攻至二十六码。接着是等待他们移动标尺和更换橄榄球的漫长时间。进攻组和防守组慢慢走进球场。进攻组聚在一起听取临赛前指示。防守组在一旁气喘吁吁,手放在屁股上无所事事地晃悠。比利心想,天杀的,曼戈说得对。每回合之间的等待就像坐在教堂里一样无聊,要不是大屏幕的喇叭轰炸,大家很可能就倒下睡着了。一个菲律宾侍应生走过来,问他们想不想喝点什么。大家四下张望,看戴姆有没有藏在附近。确认他不在以后,他们要了一圈威士忌可乐。比利将自己无意间拿到的蔓越莓伏特加一饮而尽,之后深情地看着费森。饮料来了。这下总算不那么像教堂了。牛仔队推进到熊队的四十二码,然而汉森遭到擒杀,丢了十六码,这启发了比利:占领守不住的地盘纯属徒劳。

"请告诉我那些饮料里面没有酒精。"戴姆突然冒出来,吓了大家一大跳。他在比利身边一屁股坐了下来,脖子上挂着一副摇摇晃晃的双筒望远镜。

"一丁点儿都没有。"阿伯特说,"我们正要骂娘呢。"

"得了吧各位,我说过——"

"哟,戴姆,"阿迪插话道,"曼戈说橄榄球很无聊。"

"什么?"戴姆立即向曼戈发难,"你说橄榄球很无聊他妈的什么意思，橄榄球太棒了，其他运动都没法儿跟橄榄球比，橄榄球是运动界的顶峰。还是你想说你喜欢足球？一群娘炮穿着小短裤和长筒袜跑来跑去？踢了九十分钟都没人得半分，哈，听上去真有意思，最适合植物人的运动？不过没关系，如果你更喜欢足球的话，曼戈，那你滚回墨－西－哥去吧。"

"我老家在图森市。"曼戈和颜悦色地答道，"我就在那里出生，班长。这你知道。"

"你老家可能是爱达荷州的松鼠鸡巴镇呢，关我屁事。橄榄球讲究策略，需要战术，是一项需要思考的运动，加上行云流水般的优雅动作。不过，显然你这种笨蛋太蠢了，没法欣赏。"

"就是，"曼戈说，"我想只有天才才能——"

"闭嘴！你无药可救了，蒙托亚，你真是我军的耻辱。我敢说就是因为你这种人，你们才丢了阿拉莫。"[1]

曼戈咯咯笑了。"班长，你搞混了吧。是——"

"闭嘴！我不想再听你的同性恋修正主义的屁话了，给我闭嘴。"

曼戈等了两秒，又开口道："你知道，人们说要是阿拉莫有后门的话，得克萨斯永远别想——"

"安静！"

B班像一群童子军似的咯咯笑起来。轮到牛仔队弃踢，不过因为犯规，重来了一次。接着是电视转播暂停时间，大家休息。戴姆举起了望远镜。

"哪个是她？"他小声问比利，明白这是件私人，不，是件神圣的事。

"左手边，二十码左右的地方，金发里带点红色的那个。"比利轻

---

[1] 指1835年至1836年发生的阿拉莫之战，这一战后，得克萨斯脱离墨西哥，成为独立共和国，直到1845年加入美国。

声说。

戴姆转向左边。啦啦队正按惯例跳着扭臀摆腰的热辣舞蹈，用一个性感短节目打发暂停时间。戴姆看了一会儿，一只手仍旧举着望远镜，另一只手伸向比利。

"恭喜你。"

两人握了握手。

"她很漂亮。"

"谢谢你，班长。"

戴姆又看了一会儿。

"你真的把她拿下了？"

"真的，班长。我发誓。"

"你用不着发誓。她叫什么？"

"费森。"

"名还是姓？"

"嗯，名。"比利突然意识到自己还不知道她姓什么。

"哦，天啊。"戴姆暗自发笑，"年轻的比利居然如此深藏不露。谁能想到。"

戴姆要离开了，比利问他可不可以把望远镜借给自己，戴姆像为奥运冠军颁奖似的，庄严肃穆地把望远镜的带子挂到比利的脖子上。比利拿着望远镜看得不亦乐乎。大部分时间他都在看费森，看她跳舞，看她使劲挥舞手里的花球，看她朝观众挥手。和真实世界相比，望远镜里看到的东西异常清晰、精美，呈现出玩具房子般优雅的质感和细节。被框住的费森一举一动都楚楚动人。只见她一会儿轻佻地甩甩头发，一会儿懒懒地弯起膝盖，一边用脚趾玩草皮，一边跟啦啦队的姐妹聊天。比利看着费森，心里满是高兴和温柔，同时还有一种酸酸甜甜的惆怅和失落。这么看着她,不只是距离上的遥远,更像是隔着悠悠岁月。这种牵肠挂肚、黯然神伤的心情是不是说明——他爱上她了?可他妈的问题在于他没时间搞清楚到底是不是。他俩需要谈谈——他得要到她的电话!还有电子邮件地址。最好再知道她的姓。

"嘿。"曼戈推了推他,"我们要去扫荡自助餐。你来吗?"

比利说不去。他只想坐在这里用望远镜饱览球场。比赛毫无吸引力,吸引他的是人,比如球员们身上热气腾腾的样子,好像散发体味的卡通人物。塔特尔教练在边线上大步踱来踱去,脸上露出想不起车停在哪儿的迷茫神色。观察球迷让比利觉得自己全知全能,仔细观察他们怎么吃、喝、打哈欠、抠鼻子、整理仪容、宠孩子、骂孩子,颇像医生进行临床观察或者《迷雾中的大猩猩》里的科学家观察大猩猩。他会在每个火辣的女孩身上逗留一会儿,他至少发现有六个人打扮成火鸡,还经常发现有人呆呆地看着空气,耷拉着脸,毫无防备,濒临焦躁,被人生的种种苦恼包围。哦,美国人。哦,我的同胞。然后比利又把镜头转向费森,他的五脏六腑全都被粉碎了。费森岂止是性感,她和《风度》以及维多利亚的秘密的女模特一样火辣,一等一的尤物,他得赶紧想个办法。像她这样的女人可是——

"这不是我的得州老乡嘛?"

比利抬头一看,马奇·哈维正沿着比利这排座位朝他慢慢走来。比利正要起身时,哈维一手搭在他的肩上,示意他坐下。他自己也在比利身边坐下,把脚放在栏杆上,脚上的牛仔靴立刻叫比利眼馋起来:一对闪亮的蓝绿色鸵鸟毛,鞋头镶嵌着银丝细工。

"你怎么样?"

"很好,先生。你呢?"

"好着呢,就是希望咱们的小伙子们能加把劲。"

比利笑了,没有想象中那么紧张,他本以为坐在一个改变了历史的人身旁会很紧张。快艇老兵。比利不知道提这个会不会失礼,虽然他对快艇老兵也知之甚少。但是,又一个问题来了,他为什么要坐在自己身边?

"听说你是斯托瓦尔人?"

"是的,先生。"

"你们那儿是打鸽子的好地方。那里有一种草——格斯草还是格尔草来着?一种高大的黄色的老东西,种荚很长,什么鸟都来吃,鸽子特别喜欢那玩意儿。你知道我说的是哪种草吗?"

"不太清楚,先生。"

"你不打猎?"

"不打,先生。"

"啊,我们在那里玩得很开心。我跟你说,老弟,我们打了很多。"

哈维问他能不能借一下望远镜。短短几秒里的几个小动作尽显这位长者的可爱之处——抽鼻子、露出衬衫袖口、发出轻柔的喉头爆破音。他身上有一股爽身粉和浆洗过的干净棉布的味道,右手上戴着一枚马掌型的钻戒。他的几缕灰头发垂在额头上,梳成哈克·费恩那样男孩气的刘海儿。

"你往比赛里投钱了吗?"哈维摆弄着望远镜的焦距,问道。

"没有,先生。别人投了。"

"你不赌钱?"

"不赌,先生。"

哈维看了他一眼。"聪明人。我们辛苦赚的钱可不是用来扔掉的。"比利问哈维是做什么生意的,哈维面带微笑。"哦,各种生意。"他说着,把望远镜还给比利,"核心业务是能源,能源的生产和管道运输,我们在这行干了将近四十年,还投资了一些房地产,少量的对冲基金,一点套汇什么的。"他咯咯笑了,"另外有时候看到喜欢的东西,我们也会突然出手。怎么,你对做生意感兴趣?"

"不知道。也许吧。可能退伍以后。前提是这事不会无聊透顶。"

哈维叫了一声,坐直身子,拍了一下比利的膝盖。"老弟,我十分赞同。为什么要做自己不喜欢的事情呢?根据我的经验,大部分成功人士都真心喜欢他们做的事情。年轻人问我意见时,我也是这么说的。如果你想赚钱,就找个你喜欢的事情,然后拼命干好它。"

"听上去很有哲理。"比利小心地说。

"啊,这符合我的性格。我很幸运地找到了喜欢的事业,也很幸运地在这一行取得了一些成功。你知道,这和比赛有点像。"哈维停下话头,因为现在牛仔队有机会往前推进。外接手伸长身子,指尖碰到了球,但球出界了。"归根结底是预测未来。预见将要发生的事情,抢在别人之前,看准时机出手。就像拼一幅有上千片会动的碎片的拼图。"

比利点点头。听上去确实有点意思。"那么要怎么做呢?"他直言不讳地问,心想,管他呢。"大家都想这么做,那你要怎样才能抢在其他人前面?"

哈维又笑了。"啊,问得好。"他靠在椅背上,沉思片刻,"我想我会说,独立思考,还有内心平和。"

比利笑了笑,心想哈维大概是在糊弄他。

"内心平和——你要明白自己是谁,明白自己想从生活中得到什么。要有自己的想法,而要有自己的想法就必须清楚自己是什么样的人,不仅要清楚,还要确信,要对自己有信心。另外要有自制力和毅力。好运气也很有帮助。一点运气能给你带来很多,我们有幸生在有史以来最伟大的经济体制里,这也是运气。这个体制绝非完美,但总的来说它使人类取得了巨大的进步。单说上个世纪,我们的生活水平就翻了数番。我不是说我们什么问题都没有,我们有很多问题,但这正是自由市场发挥作用的地方,汇聚各种动力、人才、精力来想办法解决问题。你瞧这个体育场。所有的东西,观众、比赛。"哈维举起一只胳膊从左划到右,然后指向初冬灰蒙蒙的天空和悬在天上的固特异飞艇。"一切就是如此,你明白我的意思吗?我不是那种到处鼓吹贪婪是好事的人,不过贪婪确实能成为追求美好生活的动力。很多事都基于个人利益这个强大驱动力。在我看来,这是资本主义制度的优点,把人性的先天弱点变成美德。正因如此,你才会过得比你的父母好,你的孩子会过得比你好,而他们的孩子会过得比他们好,一代胜过一代。多亏了我们的体制,我们会不断寻找更多、更简单、更好的办法来解决生活中遇到的问题,实现很多我们无法想象的事。"

比利点点头。这一刻的美国变得空前清晰明了。美国是一个超乎寻常的国家,毫无疑问。比如美国宇航局成功发射了一个太空探测器,他也会为这份成就开心,甚至感到些许身为美国人的自豪,可同时他也明白这件事情跟自己一点关系都没有。

"现在,"哈维接着说,"眼下,我们确实遇到了难关。两场战争,经济不怎么景气,全国的士气都很低落。不过我们会挺过去的。我们能克服困难。两百年来,我们的体制已经证明它是经得起考验的,而你们年轻人,你们的前途充满希望。我认为未来你们大有可为。如果我是你这个年纪——你多大了?"

"十九岁,先生。"

哈维刚张口想接着往下说,却又突然怔住了。他困惑地看着比利,倒不是很吃惊,只是一时间不知说什么好。

"十九岁。可你表现得很成熟。"

"谢谢，先生。"

"哎，看你的言谈举止，我感觉自己在跟一个二十六岁的律师说话。"

"谢谢，先生。多谢您的夸奖。"

哈维转向比赛。他好像一时间忘了要说什么，可是不一会儿又转了过来。

"他们真的给你申请了荣誉勋章？"

"我的指挥官帮我申请了，是的，先生。"

"后来怎么样了？"

"我不知道。更高层的人否决了申请，我就知道这些。"比利耸耸肩。他感受到的苦涩其实都是别人转嫁给他的。

"要知道，我从没受过这种考验。二战的时候我还太小，不过那时的事我记得很清楚。后来是朝鲜……"哈维清了清嗓子，话题就这么戛然而止，"你知道我们当中大多数人永远不可能知道的一些事情。你的经历，你和你的兄弟们……"哈维又没有把话说完。比利明白他们的意思，"凯旋之旅"时常会碰到这样的对话，开了个头，说到一半突然说不下去，不了了之。这些上了年纪的人内心充满挣扎，比利帮不了他们。他能说什么呢？他已经学会了，最好就当什么事都没发生。

"好了。"哈维像一个想忘掉坏消息的人，装出高兴的样子，"很荣幸能跟你交谈。十九岁，啊，我十九岁的时候还不知道自己能干什么呢。"他希望他的孙子们在这儿，见见比利，这么好的一个榜样……褒奖的废话固然好，可比利更想学点新的有用的东西，或者给他个工作也好。来给我打工吧！让我们一起发财！我来教你怎么做！哈维还在那里唠叨他的孙子，费森突然出现在大屏幕上，总统山一样大的费森凑近镜头，就在比利眼前微笑、甩头、摇晃手中绚丽的花球。比利的身体不由自主地往下滑，发出一声呻吟，正好被哈维看在眼里。

"嗯,好一个健康的姑娘。"哈维咯咯笑了,拍了拍比利的膝盖,深知这是让小伙子保持活力的东西。"哎呀,当心了。诺姆还真有些拿得出手的东西,不是吗?"

比利和曼戈去散步

第一节比赛结束时，B班被请出了包厢。墨西哥大使要来，还带着一大帮随从，这地方已经饱和了，所以必须有人离开。诺姆表示抱歉，看上去真的很失望。"你们真该看看那家伙带的保镖。"诺姆摇着头对B班说，"我猜跟他们的毒品战争有关，不过还是太夸张了。我们这儿的安保力量也不差。"

"而且你还有我们呢，先生。"塞克斯指出。

"就是！没错！我们有全世界最优秀的战士！哎，要是你们能留下来就好了……"

B班对这些很麻木。其实他们压根儿不在乎。在依依不舍的告别和最后一轮掌声后，乔希带大家回到座位上。他们继续看手机、听音乐、嚼烟吐烟。下雨了，毛毛雨，空气里飘着时有时无的蒙蒙细雨，雨伞一会儿举起，一会儿放下，举起，放下，举起，放下，好像打地鼠游戏。

"哇，他们得分了。"曼戈朝大屏幕点点头。牛仔队七分，熊队零分。

"什么时候得的分？"

比利耸耸肩。他不冷，但也不介意待在暖和的地方。他发现手机上有两条短信。凯瑟琳：你坐哪儿？里克牧师：在这个特殊的感恩之日里，我们为你祈祷。你离开前我们谈谈。里克牧师皮肤黝黑、身材发福，是美国一家数一数二的大教会的创办人。那天在阿纳海姆会议中心的集会上，他被请来为B班念祷文。集会结束后，比利（一时软弱？糊涂？）去找他做紧急心理辅导。祈祷文里有什么东西触动了比利，因此当其他B班队员忙着签名拍照时，比利和里克牧师坐在后台，向他倾诉施鲁姆的死。施鲁姆受伤倒地。施鲁姆坐了起来。施鲁姆倒在比利的大腿上，眼睛急切地盯着比利，有无数的话迫切地想说出来，接着他眼里的光消失了，他的灵魂"呼"的一声离开了，仿佛生命是一种极易挥发的物质，必须密封保存。

"他死的时候，我也想死。"好像不太对。"他死的时候，我感觉自己也死了。"还是不对。"好像全世界都死了。"更艰难的是讲述施鲁姆的死可能毁了他的余生，因为当他死的时候？我感觉到他的灵魂穿过了我的身体？那一刻我是那么爱他，我感觉自己以后再也无法像那样去爱什么人了。如果你明知自己无法给其他人最好的爱，那么结婚生子、组建家庭又有什么意义？

比利哭了。他们一起祈祷。比利又哭了一会儿。之后的几个小时他感觉好多了。可是当白昼变成黑夜、痛苦再次来袭时，他发现自己的思绪无所依从。里克牧师都说了些什么？他只记得牧师的声音又轻又细，清脆得好似悦耳的轻爵士乐。打出几个毫无回应的电话后，里克牧师还不肯放过他，不停地打电话、发短信，还发来邮件和链接。比利能猜到里克牧师的目的，和战场上的士兵建立起"信徒关系"对牧师来说是件很不错的事，说明他受人信任、关心时事。比利可以想到这位好牧师在某个星期天早晨用比利的故事开始布道："有一天，我跟一位正在伊拉克服役的优秀年轻士兵交谈了一番，我们讨论了什么什么……"

比利回复了凯瑟琳的短信，删掉了里克牧师的短信。坐在他右手边的曼戈难以平静，一会儿前俯，一会儿后仰，左看右看，转过身傻乎乎往后看。

"见鬼，安静点。你让我紧张。"比利说。

"别紧张。"

"你在找什么？"

"对，我在找你妈。"

"去你的，找你妈。我妈是个修女。"

曼戈笑了，往椅背上一靠，看了眼比赛的时间，痛苦地呻吟了一声。获得表彰感觉和工作差不多，当你坐在走道的最外侧，充当B班的门面时感觉会更糟。是的，先生，谢谢，先生。是的，女士，当然玩得很开心！比利把节目单传给大家签名，在等待签完传回来的空当还要聊上几句。形势越来越好了，不是吗？是值得的，不是吗？我们必须这么做，不是吗？比利渴望有人骂他是刽子手，哪怕只有一次，可惜似乎没有人意识到他们是去杀人的。相反，大家都在谈论民主、发展、大规模杀伤性武器。大家强烈渴望相信这些，他就给他们这些，就好像小孩子坚信圣诞老人真的存在，因为一旦你不再相信，啊，那么，也许圣诞老人就不会再来了？

那么你相信什么呢？这个问题抛向比利时，他并没有多想。哈哈，这个，怎么说呢。耶稣？算是吧。佛祖？嗯。美国？当然。那么……现实呢。比利认定是战争使自己坚定地皈依了"现实"教会，所以让我们祈祷吧，我的美国同胞，跟我一起祈祷吧。让我们为已经逝去的成千上万的人祈祷，为那些追随他们的人祈祷。让我们为莱克和他断掉的腿祈祷。为阿伯特的班用机枪祈祷,祈祷它永远不会在战斗中卡壳。

为切尼、布什、拉姆斯菲尔德，为圣父、圣子和圣灵，为中央司令部和参谋长联席会议的天使们祈祷。为这场战争真的是因为石油而祈祷。为悍马的装甲祈祷。为施鲁姆祈祷，虽然不知道他是否在天堂永生，但在这个地球上，他确确实实他妈的已经死了。

比利直起身来。他猜想自己又在发呆了。他想看看边线上费森所在的地方，可惜离球场太近，角度不够。他专心地看了几分钟比赛，但比赛节奏太慢，就像一部每层楼都停的电梯。好像你本就不应该看真正的比赛，而应该看大屏幕，上面不仅播放着比赛的直播和回放，还见缝插针地播放广告，连珠炮似的感官轰炸甚至远超比赛本身。也许广告才是主角？说不定比赛只是那些广告的一个广告。人们想从比赛中索取的东西太多了。比赛承受的压力太大了，昂贵的广告费，高额的工资，用于硬件设备和基础设施的大笔花销，你可以听到比赛背负着沉重的担子痛苦地呻吟。这个念头让比利不堪重负，极度的不平衡拉扯着比利的五脏六腑，就像你要解开一堆纠缠在一起的线时会先用力拉扯几下那样。比利回想着刚才在装备室里的一刻，数以吨计的器材快要让他窒息，而恩尼斯在一旁的实况报道更是推波助澜，滔滔不绝地讲述尺码、款式、颜色、型号、数量等，十分钟的长篇大论，一气呵成，没有停顿，现在想起来比利还觉得胸闷。

他认为恩尼斯是个疯子，不过任何人将库存统统装在脑子里都会发疯。有时比利有这样的预感，这种短视造成了美国犹如梦魇的物质过剩。部队生活尤其是战争，使他对数量极其敏感。这无关高科技，也无关高等数学。战争是纯粹的白痴数学的终极领域。谁能制造最多的死亡？不用微积分，哟，我们只需要最古老最普通的愚蠢的算术，每分钟打出多少发子弹、摧毁了多少财产、Excel表格上记录了多少伤亡人数。如此计算后，得出的结论是美军是世界上有史以来最优异的战斗队伍。比利第一次近距离目睹这样的事情时惊呆了,或者用他们的话说是心生敬畏。那天,他们的头顶上遭到来历不明的轻武器攻击,火力不大,零零星星,但无疑还是会致命的。最终他们找到了攻击点,来自街道上一栋四层楼公寓。窗边摆着花盆,窗台上晾着衣服。特里普上尉通过对讲机对中尉说:"进攻。"于是,中尉便下令攻击,两枚一百五十五毫米规格的烈性炸药炸过去之后,整栋楼,不,半条街轰然倒塌。轰隆,问题在一片火焰和浓烟中解决了。所以去他妈的高科技、精确制导、舆论宣传,想真正入侵一个国家,唯一有效的办法就是把它炸得稀巴烂。

"咱们去走走。"比利对曼戈小声说。之后两人站起来,三步并作两步地走上台阶。

"咱们去哪儿?"

"去找我女朋友。"

曼戈哼了一声。他们先去大厅的棒约翰买了啤酒,然后出发了。

"你女朋友在哪儿?"

"一会儿就知道了。闭上嘴,喝你的酒。"

"你没告诉过我你有女朋友,混蛋。"

"我现在不是告诉你了,混蛋。"

"她叫什么名字?"

"一会儿就知道了。"

"她性感吗?"

"一会儿就知道了。"

"她在这里?"

"不,她在亚利桑那。她当然是在这里了,白痴,不然我们怎么去找她?"

大厅里全是球迷。这些美国人闲不住。比赛索然无味,他们便通过花钱来发泄精力。还好每个拐角都有商店,永远不缺买东西的机会。事实上,B班所到之处皆是如此,机场、酒店、体育场、会议中心,不管是市区还是郊区,到处都是商店。不知从何时起,美国变成了一座附带着一个国家的巨大购物中心。

他们俩从第三十区的通道走出大厅,快速走下过道,飞快地穿过由座位上的屁股组成的人海之间的缝隙。

"比利,咱们这是去哪儿?"

"她在下面。"比利深吸了几口空气,让氧气稀释血液里的酒精。但愿他新交的女朋友不会以为他是个酒鬼。

"比利,你在搞什么鬼?"

"我说了她在下面。"

"比利,混蛋,得了。老兄,你糊涂了吧。"

"没有,她在下面。她是啦啦队的。"

当费森跳起来喊比利的名字的时候,曼戈大叫了一声,这声叫喊反而让场面更加温馨。前排通道比场地高出十英尺,比利靠在护栏上朝下面的费森喊话。

"你现在冷吗?"

费森咧开嘴大笑,摇摇头,头发四处乱甩。"不冷,我感觉好极了!他们说今天会下雪!"

"这是我的兄弟马克·蒙托亚。"

"你好,马克!"

"说你好,呆子。"

"你好!"

"我真高兴你们来看我!"她抬头朝他俩喊道,"你们玩得开心吗?"

"很开心！嘿，你刚刚上电视了！我在大屏幕上看到你了！"

看到费森听了这番话这么开心，比利有点沮丧。她的主要精力都放在这里，投身这个有点神秘、竭尽全力、为了获得曝光和关注而积极乐观地努力、能在黄金时段露脸就会有大好机会的职业。她想上电视。她想当明星。所以像他这样一个普通士兵怎么能与之相比——

"你看上去棒极了。"比利说，费森喜笑颜开。"轻盈的小舞步。"说完比利跳起了男版花球舞，十分滑稽，一个穿着制服的美国大兵扭着屁股做侧滑的动作。费森笑了，曼戈也笑了，笑得半个身体瘫在栏杆上。比利从未这么开心过，就算此刻身后有成百上千的球迷看着，又有什么关系？全世界都将见证他的爱情，除了此时有两个保安走过来，叫他们俩离开。

"怎么，你们不喜欢我跳的舞？"比利说，可是对方一直盯着他看，眼神恶狠狠的，像是在说"他妈的滚开"。两个面团似的中年白人男子，尼龙紧身短上衣写着"科温顿保安"，屁股口袋里鼓起军用点三八手枪。比利大笑。气氛更糟了。比利猜他们是乡下来的兼职警卫，乡下人的懒散和城里人的阴险，世界上最糟糕的两种东西在他们身上合而为一。

"我们又不是恐怖分子。"比利板着脸，挑战警卫的耐心。

"离开这儿，"其中一个警卫说，"马上。"

"我们只是在跟下面的朋友说话。"

"就算你们在跟总统说话我也不管，你们不能站在这里。"

"你们挡到后面的人了。"另一个警卫指着前排的观众说，"他们的座位是花大价钱买的。"

"要是他们花的是小价钱呢？"曼戈来了兴致。两名警卫小心翼翼地转向他，他们的动作预示着各种可能。比利很乐意打爆这两个人的脑袋,没有理由,他的肾上腺指数在飙升,大脑随时可能短路起火。他想,打烂这两个人的脸、把真实的自己展现给全世界,不是挺好的吗?只要他们先动一下——可是对方没有动,比利杀人的冲动过去了。他倚在栏杆上朝费森喊道:

"这两个家伙说我们必须离开。"

费森走过来,站在他们的正下方。"那我想你们最好还是离开吧。"她担心地说。比利明白了,她怕闹出事。

"那咱们回头见!"比利朝下面喊。

"中场秀见!"费森送上一个迷人的微笑,"我会在球场上找你的!"

比利没明白她的意思,不过还是点了点头。当然了,在球场上,在看台上,在巴西,管它在哪儿。比利感觉仿佛已经认识了费森一辈子那么久,爱她更不止一辈子了。两人瞪了警卫最后一眼,开始往回走。到了大厅,曼戈像中了催泪瓦斯似的摇摇晃晃。"比利,"他呻吟道,"比利啊比利,啦啦队队员?哦,天啊,她太漂亮了。比利,你怎么做到的?"

曼戈的羡慕让比利更加珍惜她。"我不知道。我们是在记者见面会上遇见的,然后就聊了起来。"

曼戈恋恋不舍地转过头。"她是真的喜欢你,伙计。从她看你的眼神就知道了,那么温柔,那么多情。"

比利真想立刻回去找她。他们此前的激情或许有些反常,但是这第二次见面证明了一些事情。也许他的爱情还是有希望的。也许他的爱并没有随施鲁姆而去。

"兄弟,你要在我们回去之前把她搞到手。"曼戈说。

"我不知道怎么做。咱们晚上十点就要回去报到了。而且她是个基督徒。"

"妈的,你开玩笑吧?基督徒像兔子一样喜欢乱搞,伙计。如果你想抛弃罪孽,就得先犯罪,懂吗?你最好抓住机会,因为等我们回来她就不认识你了,兄弟。她就跟哪个中后卫好上了,至于你?比利?谁啊?"

"多谢了,混蛋。"

"我就这么说说!你最好趁她现在喜欢你的时候下手。听我的没错。"

比利的手机响了。他看了看屏幕,是阿伯特。

"哟。"

"你们他妈的在哪里?戴姆生气了。"

"我们出来散步,已经往回走了。"

"他们出去散步,已经往回走了。"阿伯特对电话那头的人说。比利能听到戴姆的咆哮。

"他说马上滚回来。"说完阿伯特把电话拿开了,"等等,他们在跟我们说中场秀的事。"又是停顿,"真见鬼。他们说——啊。"停顿,"哦,天啊。"更长的停顿,最后阿伯特终于重新拿起手机,轻声说,"老兄,你不会想知道他们要我们做什么的。"

被天使强暴

看到洛迪斯咧开嘴傻笑,还凑了过来,好像准备传授什么了不起的智慧,比利就知道他们真的遇到大麻烦了。"比利,"洛迪斯咕哝道,"比——利。"

"干吗。"

"比——利。"洛迪斯已经醉得头脑不清醒了,"哥们儿,咱这是在哪儿?"

老天。比利轻声说:"洛迪斯,咱们现在在球场上。一会儿要训练,明白吗?"

洛迪斯笑嘻嘻地点点头,居然流起了口水。

"你在上面喝了多少杯?"

"没多少!"

阿迪从克拉克的另一侧看过来。"他怎么了?"

"他喝醉了。"比利说。

克拉克窃笑了一声。"好极了。反正他清醒的时候也不会认真训练。"

"别咒我!"

"别担心，洛迪。不用我帮忙你也已经烂透了。"

上帝啊。比利叫洛迪斯盯着他。站我边上，我做什么你就跟着做。比利想让戴姆叫停这件事情，可惜戴姆在方阵的另一边，离得很远。没错，谢谢，不为别的，只是为了迎合某个强权的乐队指挥对于对称的偏好，他们把B班分成了两组。霍利迪、克拉克、比利和洛迪斯一组，并肩站在主队半场的边线上。在他们的身后和两侧，普雷里维农业与工程大学的军乐队正向定好的位置走去。紧张不安地整理着乐器和衣服，发出窸窸窣窣的声音，靴子悄悄地跺着草坪，真像B班准备夜间袭击时的样子。在某个地方，一个鼓手独自敲着鼓槌原地踏步，左，右，左，右，咚嗒，咚嗒，咚嗒。

"洛迪，深呼吸。让脑子清醒清醒。"

窸窸窣窣。窸窸窣窣。

"他快死了？"克拉克问。

"真冷！"

"是他妈的冷。忍着，婊子。"在球员通道里，有个声音告诉他们现在外面只有一度，走进球场，一片刺骨的透明薄雾迎面袭来，密密麻麻的冰冻雨滴像极地的小虫子一样会蜇人。一队举旗的女生勇敢地站在寒风中，憔悴而苍白，裸露的大腿脱皮皲裂，脑袋在凝结的雾气中闪闪发亮。真像一群待宰的羔羊，比利心想，仿佛她们真的准备要上战场。后面是高中乐队，静静地站在那里，一排排稚气的娃娃脸，羽毛帽子底下的表情如此安静专注，一心想着即将开始的表演。比利羡慕这些孩子的青春朝气，还有那按部就班的学生生活：上课，参加啦啦队活动，星期六可以睡懒觉。他们看上去闪闪发光！比利心中泛起无限柔情。他们让比利怀念过去。看着他们，比利觉得自己太老了。

普雷里维农业与工程大学鼓乐队在球场中央准备就绪，领队的乐队指挥是一个高大的黑巨人，穿着高教会派乐队指挥的全套行头：衣服、斗篷、鞋罩、金色绶带和肩章，头戴漏斗云似的三角军帽。B 班的另外四名队员在球场左侧的某个地方，两个分队之间是来自马里兰州迈尔堡军事基地的美国陆军仪仗队，二十名仪仗兵身着一尘不染的笔挺蓝礼服，擅长用配刺刀的斯普林菲尔德步枪玩杂耍，让枪翻转，转圈，绕着腰部转圈，绕着肩膀转圈，甚至四人一组交叉互掷，如果接到命令，他们说不定还能表演太空步。站在 B 班和仪仗队后面的是后备军官训练队，小伙子们在跺脚喘气，像水牛似的。

"嘻——呼——嘿——吼——"巨人一声令下，鼓声喧天，嗒嗒、咚嗒，嗒嗒、咚嗒，得——得——砰——砰，让原本骚动的心更加激动。接着是小号。轰隆一声管乐齐鸣，喇叭随着军乐的节拍摆动起来。在鼓乐声中，三个苗条的女子从侧面悄无声息地走上来，站在仪仗队的正前方。是她们。比利有些神魂颠倒。三个女子背对着 B 班，可就算是从背面，或者说正因为从背面看过去，他们才确信天命真女来了。当今大众流行乐坛无可争议的世界冠军，黑人女子天团。碧昂斯占据中间的主唱位置，米歇尔和凯利——哪个是哪个？——分立两侧。她们穿着低腰紧身裤、细高跟鞋，以及有性感蕾丝长袖的露腰短上衣。她们的站姿相当专业，臀部高翘，躯干和大腿形成一条笔直的线，挺拔而柔韧的背部好似拉紧的弓。她们摆好姿势后便一动不动了。音乐戛然而止。摄影师在歌手身边穿梭，现在是电视直播。姑娘们把麦克风举到唇边，温柔地开始清唱，轻得宛若夜里盖在身上的被单。

哦哦哦哦哦哦哦

哦哦哦哦哦哦哦

听上去像国歌,只需轻轻一带就会转到国歌上去,不过天命真女的声音变得更加柔和甜美,像一阵裹着糖衣的玫瑰花瓣雨敲打着耳朵——

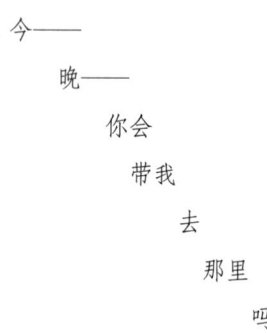

　　远处的边线处临时搭建了一个闪亮的三层舞台,不同颜色的展板拼接成背景板,试图打造现代主义的彩色玻璃的视觉效果。每层都站着一队一动不动的伴舞演员,男的穿着闪亮的白色运动套装,戴着硕大的饰品,女的有的穿紧身长裤,有的穿超短裤,上半身是各式精心剪裁的牛仔队队服,撕开的,剪短的,无袖的,没有重样的。站在比利右边的洛迪斯好像被自己的鼻涕呛到了。天命真女重复着《带我去那里》的副歌部分,这时鼓声奏响了,这是他们的信号,整个方阵出场。摄影师开始完全凭感觉倒着走。领头的鼓乐队从中间分开,朝左右两侧走去,空出了一条通往舞台的通道。后来比利在YouTube上看了当天的演出视频,才拼凑出这场面有多大。至少有五支军乐队在球场内外进进出出,舞台上劲歌热舞的伴舞,举旗的姑娘们和体操队从这一侧的球门区一直排到另一侧的球门区,后备军官训练队,B班,仪仗兵,天命真女。上千人的阵容。有人说这样的制作堪比百老汇音乐剧。虽然比利没去过纽约,更没看过什么音乐剧,但他觉得这个比喻应该没错。不过在这一切发生之时,比利只是尽力坚持住。一个军乐队指挥蹦跳着从比利眼前走过,比利只看见一团模糊的皮肤和旋转的铬合金。穿着连体紧身衣的高中体操队队员跳起了热辣的扭臀舞,显然她们受过训练,将来要当脱衣舞娘。鼓乐队在B班身边转身站定,举旗的姑娘们沿着中间通道蜿蜒着飞奔而来,天命真女抬头挺胸、昂首阔步地走了过来。从比利站的角度看过去,那些动作根本不可能做出来,仿佛天后的强大气场和通过台阶训练器锻炼出来的大腿产生了某种神秘合力,使她们屹立不倒,换作普通人早就摔得四脚朝天了。舞台上的伴舞演员朝两侧分散开,男舞者身着宽松的衬衫和裤子,反着戴帽子,女舞者身着银色的运动胸衣和藏蓝色紧身裤。这一切已经令大脑一时无法消化,这个时候迪斯科灯光又亮了起来,舞台夹层间射出一道道蓝色和白色的光束,紧接着舞台钢架上的灯也亮了,所有东西一下子都跟着闪烁起来,如此劲爆的声光效果已然超过了感官负荷的极限,让人脉搏狂跳,癫痫发作,视网膜破裂,大脑额叶被炸成毛虫碎片——

你的脑袋嗑了药!洛迪斯缩成一团,不停地转动他可怜的脑袋。突然一声巨响,所有人都吓得往后一缩,轰隆隆——轰隆隆,从后台不知什么地方发射出一颗颗照明弹。这些照明弹升空后爆炸,发出噼里啪啦的声响,好像榴霰弹散落在麦田里。一声号叫卡在了洛迪斯的喉咙里。"没事,"比利低声说,"没事,没事,烟花而已。"洛迪斯笑了起来,大口喘着气。比利的另一边,克拉克看上去又湿又冷,脸色很难看。如果你想在电视黄金时段诱发士兵的创伤后应激障碍,那今天这阵势再合适不过的了,不过诺姆、现场观众、美国和超过四千万的电视观众很幸运,B班能挺住,哦,没错!就算他们瞳孔扩大,脉搏和血压飙升,在压力下分泌出的大量皮质醇导致四肢颤抖,没事,不要紧,他们的屁股还夹得紧紧的,B班不会像越南老兵那样精神崩溃!你当然可以把这群小伙子直接丢进这场声光秀地狱,B班能挺住,可是,就算如此,叫他们来受这个罪也太过分。

方阵迈着八步五码的整齐步伐,跟着扑砰、扑砰、扑扑扑砰的节奏前进,小军鼓的声音让人觉得当兵特别骄傲。比利意识到这一切不是玩笑。这些人投入大量时间,耗费大把力气,就为了把中场秀打造成一个国际笑话。倒不是说花费巨资打造出来的就一定不是蠢货。《泰坦尼克号》很蠢。安然公司也很蠢。希特勒入侵俄国,蠢。砰嘀嘀,砰嘀嘀,砰扑咚嗒砰,农工大学鼓乐队的鼓声,犹如雷鸣时的风铃声。洛迪斯撞在比利身上,站稳后说:"抱歉,比利。"到了北面井号标记处,所有士兵一齐向后转,往南走,而天命真女继续往前,一直走上舞台。比利一边寻找自己的标记,一边调整呼吸,来避免自己换气过度。砰嘀嘀,砰嘀嘀,嘀嘀嘀嘀砰。迪斯科闪光灯,热舞,照明弹和信号弹,以及原地踏着高步的庄严军乐队,面对快要让他神经崩溃的强大阵势,比利只能强打精神,咬紧牙关坚持到底。

"女士们——先生们。"广播里传来播音员抑扬顿挫的男低音,语气像意识不到自己是个傻瓜的推销员。

有——请——

　　　凯利

　　　　　米歇尔

　　　以及

　　　　　碧——昂——斯
　　　组成的当红演唱组合
　　　　　天命真女

噪音像罪恶的炮火一样倾泻而来,比利感觉自己的脚都快被震离地面了。欢呼声犹如水坝爆裂,洪峰冲垮桥梁,汹涌而来的海啸夹带着巨石大小的碎片重塑世界的轮廓。就想着你们是去送死的,去伊拉克前的一星期,长官如此教诲他们。了解!收到!是,长官!大屠杀等待着我们,不会有人来救我们,可怜可悲注定光荣牺牲的前线士兵,我们要去那边打击敌人,以免他们打到这里来!这种话任何一个年轻人听了都会很不舒服,但这是他们活在世上必受的教育之一,他们会明白唯有去做,才能知道其中所有的风险。天命真女迈开大步走了出去,比利看着她们扭着腰的样子,心想,妈的,就算暴雨的积水漫到她们腰间,她们一样可以大踏步走过去,妈的,脑子里尽是这样的景象还怎么回去打仗?再过几天,不,再过几个小时,B班就要回到那个破地方去了,等着长官把这番话再说一遍。尽管他会恐惧,但话还是得说,你要去送死。请再说一遍,但是不,没人会死,相反,他们有碧昂斯和她那令人垂涎的屁股!

也许这事本就讲不通。或者是对你讲不通,比利这样推断,因为你是笨蛋。他们该转身了,比利慢了半拍,错过了井号。仪仗队整齐地站在标记上,而B班站得像一根松垮的鞋带。"齐步走。"阿迪低吼道。他是小分队的头儿,负责让大家至少有尊严地完成中场秀。此时他跟着仪仗队的节奏打拍子,努力让B班步伐整齐。"左,左。"咒语般的口令让比利的大脑镇定了下来,双脚开始跟上节奏,假如手里有件武器就更好了。走在他们前面的是后备军官训练团,一群走路拖沓的大屁股小孩。他们之中肯定有很多人比比利年纪大,可是从背后看过去,他们年轻、柔软、丰满、婴儿肥的脖子简直是在呼唤献祭的斧头。

"向左转。"阿迪低吼道。他们来到边线,又走了七步,然后再次左转,立定。现在他们的任务就是英姿飒爽地站在仪仗队旁边。穿着缀有流苏的紧身衣的女高中生挥舞着飘扬的长旗奔跑而过,旗杆长六英尺。农工大学鼓乐队在球场中央重新聚拢,随着清脆的小军鼓走滑步。似乎除了B班之外,所有人都在移动,整个球场变成了一个由嘻哈舞表演和整齐的军乐队方阵组成的大杂烩。天命真女迈着天后的步伐昂首阔步地走上舞台,舞台装置喷出大团火焰和烟火。舞台上的伴舞演员像最下流的MTV里那样跳起舞来,碧昂斯和同伴举起麦克风。

你说你要带我去那里

她们噘起嘴,用妩媚的颤音唱道:

说你知道我需要什么
证明你愿意恪守我们共同的信念

仪仗队在表演他们的拿手好戏:耍斯普林菲尔德步枪,堪称阅兵式里摇滚明星级别的表演。啪,啪,啪,手掌击打步枪发出清脆响亮的声音,耳朵尖的人也许单凭音调不同就知道在表演哪项特技。比利站在队伍的最后,视线只能看到外围,步枪在他的眼角像边洗牌边堆叠起来的纸牌。

你以为像个机器情人
按部就班就可以了吗?
这样并不能让一个
成熟的女人感到快乐

碧昂斯将一只手滑进大腿内侧，然后慢慢摸向私处，不过没有真的去碰敏感部位；这是PG级的抓裤裆，适合全家观看。举长旗的姑娘们蹦蹦跳跳地走过，苍白瘦长的腿像一根根弹簧单高跷。闪光灯在不断刺激比利的大脑。他眯起眼睛，一切都模糊了，这是士兵患鼠咬热时做的梦，军乐队，扭臀摆胯的舞者，嗖嗖的烟火，鼓乐队卖力敲打着加油助威的节奏。天命真女！仪仗队！玩具士兵和性感时刻搅拌在一起，做成一大锅振奋人心的炖菜。B班看了几十遍克拉克的《野蛮人柯南》，好几十遍，每句台词都熟记于心，面对这些流动和旋转，比利过热的脑子里忽然浮现出电影中圣殿里的狂欢场面，詹姆斯·厄尔·琼斯饰演的蛇王坐在宝座上，被他催眠的手下匍匐在地上，目光呆滞地沉浸在纵情豪饮、舌头乱舔和胡乱交媾的幸福之中。糜烂的做爱场景跟此时眼前的景象重叠在一起，比利不寒而栗，中场秀真是荒唐至极，可观众似乎欣然接受。座无虚席的看台上，球迷们一起起身欢呼，今天什么事都让他们开心。好吧，尽管开心吧，这是比利的态度。他们大可尽情欢呼、尖叫、嘶吼，但依旧不值一提，他们的表现微不足道，不过是填补空当，跟比利、跟他要回到战场上去没有任何关系。

我不怕，我能坚持，
我不怕，我不怕，
男子汉，你不能承受我给予你的好东西吗？

舞台后方的看台上出现了一面巨大的美国国旗，是翻牌拼图，两万名球迷每人代表一个像素共同制造的古老特效。纸牌翻转，国旗好似在风中飘扬，不过再仔细一看，图案上布满了褶皱和扭结，更像旗子被熨烫坏了。比利用眼睛玩起花样来，来回调整视角，从不同角度看旗子。看着看着，他的内耳震了一下，地面似乎翘了起来，出现了一面会把他带到另一个世界的斜坡。比利想，也许他错了。也许中场秀也是很现实的，也许这里面存在某种力量或是强大的媒介？这不是一场表演，而是达到某种目的的手段，为了赋予或引发什么。一种仪式。一种宗教仪式，只要"宗教"里包含骚乱、巧合、失控的大自然等冷冰冰的概念。比利感到另一个现实在拉扯他，企图取代一个步兵站在地面上时感知到的真实——手上的鲜血，肺里的灼热，没洗脚的脚臭味。光是想到这些，比利的脑子里又是一阵剧痛，不是又犯了头疼，而是较低部位的脑干深处被更强的声呐狠狠撞击。一个想法清晰地浮现在他脑海里，他就住在那里。神就在你的脑子里，所有的神——是因为这个吗？他太难为情，太讨厌教会，不愿意接受正统的神的概念，那么这样说如何——化学品、荷尔蒙、需求和欲望，我们内心一切至高无上和可怕至极的东西，我们都必须称它们为神圣的。

> 我再次告诉你
> 别再像个孩子，站起来，像个男子汉
> 可悲的是你口口声声说爱说喜欢
> 你得到了想要的，却丢下我，让我像个茫然的孩子

比利身上本应最温暖的地方却是冰冷的，身体中最敏感的器官——他的下身——不是应该最先感受到这歌词的意思吗？他害怕了。他知道这里不是什么好地方。他们总喜欢谈论上帝和国家，可他们却是魔鬼：性、死亡、战争，这些忙碌的生化小恶魔在颅底慢慢炖煮，待温度上升，火候到了便沸腾，然后四处流淌。比利纳闷这些人自己是否知情。说

不定他们压根儿不清楚自己知道什么，瞧瞧眼前这场乱七八糟的演出，多完美，普通级的色情画面加上军队这剂兴奋剂。在缺少血祭和性爱的情况下，还有什么比这样的景象更能炒热气氛呢？

向左转，阿迪低吼道，大家一起迈开步子。向右转，大家穿过球场朝怪物的腹部走去，洛迪斯跟着比利，比利跟着克拉克，克拉克跟着阿迪，而阿迪紧跟在农工大学鼓乐队身后，穿过令人眼花缭乱的各式漂亮制服和裸露的肌肤。一片嘈杂中有几个声音特别突出，像吉他的嗡嗡声或是鲸鱼的嘶鸣。时间切换到低速挡。闪光灯调小了，变成忽远忽近的跳动的荧光斑点。比利知道他们要去哪里，但不清楚他们要怎么去那里。B班队员逐一跨出边线，向左转，接着跟一群极其紧张的助理一起被推进后台一个乱哄哄的待宰栏。一个穿着及膝风雪大衣的瘦高女人把B班从人群之中拎了出来。她长得挺漂亮，至少从俄罗斯军官帽底和两片护耳之间露出来的部分挺漂亮的。她叫大家围拢过来，像狂风里的水手似的吼道："好了，我们要带你们去后台准备就位，然后等收到信号，你们就出场，沿着台阶走到中间那层。你们会齐步走吧？像这样？"她说着便模仿起了军人昂首阔步的样子。"到了中间那层就向左转，齐步走，找到紫色的十字叉标记，一人一个，找到自己的标记。然后转身面向球场，稍息。"

B班的小伙子们点点头，全部默不作声，大家都在害怕。

"一会儿舞台上会有很多演出，不过你们站着别动。你们的任务就是站在那里。很简单吧？"她笑了笑，轻轻拍了拍阿迪的肩膀，"你们没事吧？"

大家又点点头，阿迪好像也紧张起来，脖子根涨得老粗，好像吸入了太多空气。克拉克看着地板，在那儿自言自语。

"好了，大伙儿，放轻松，你们的部分是最容易的。"那女的大笑起来,因为看大家这么紧张而有些生气,"找到自己的标记以后就站在那里,到中场秀结束,我会去接你们,给你们警报解除的信号。"

"这很傻。"洛迪斯咕哝道,不过女助理假装没听到。B班应付得来,当然,哪怕此时此刻他们看上去都不对劲儿。太多人跑来跑去,太多吓得暴凸的眼珠子,空气里弥漫着埋伏的紧张气味,却不能靠杀人来释放。烟火师在他们左右不停地发射讨厌的小火箭,吱吱的声音好像火箭炮弹。数个便携式金属楼梯通向舞台最高层,B班被安排站在这些楼梯顶端,每个人对应一个楼梯。他们和舞台背景墙之间只隔着一道窄窄的通道,比利就站在通道下方的一级台阶上。突然,一个美女风一样地穿过来,背景墙像百叶窗似的打开了,几名助理立刻拥了上去。一个接过她的麦克风,一个递给她依云矿泉水,另一个拿来一件毛茸茸的短上衣,那女人接过去就往头上套。是碧昂斯。只要比利伸出手,就可以摸到她的大腿。她的头发穿过套头上衣的衣领后散开,像太阳耀斑爆发一样耀眼,比利就站在通道下方一英尺的绝佳位置,碧昂斯犹如落基山脉一样高大。在近处看,她的皮肤是苹果酱一样的蜜棕色,正因为流汗而发出光泽。在通道的另一侧,米歇尔和凯利也有各自的助理。没有人说话。所有人都十分敬业,跟狙击手小组一样安静而带有杀伤力。碧昂斯迅速把手伸进了外套的袖子里,那是一件带毛绒边领子的棉缎露肩短上衣,就在整理衣服的时候,她的目光跟比利的相遇了。比利想说,抱歉,你继续,继续。碧昂斯此刻是那么专注,忙得像打仗似的,哪怕对她有片刻的打扰,比利都觉得过意不去。在四千万观众面前表演让碧昂斯成了地球上出类拔萃的人物之一,这需要莫大的勇气,需要异乎寻常地全情投入。她竟然连气都不喘一下!真是达到了瑜伽中身心平衡的至高境界。碧昂斯仿佛置身于遥远的星光中,可是当两人目光相遇时,她的眼神变了,一瞬间,比利好像走进了碧昂斯的眼睛。眼神交汇的瞬间,比利试图从中寻找什么——不是怜悯,也不是同情这么宏大的东西,也许只是对他们同样生而为人的理解。不过碧昂斯已经转身接过麦克风,一个助理说加油,碧昂斯穿过狭缝,不见了。

有人把比利推上了狭窄的通道,到了出口处,又把他拉住。背景墙外,喧嚣声震天动地。比利看看自己的右边,发现队友们也都站在类似的位置上,此刻,他真希望回到战场上去。至少在战场上他知道自己在干什么,他受过训练,知道如何应对,也不会有该死的全国观众看着他,看他会不会出丑,但现在只能听天由命了。中间那层,一个声音在他耳边喊,向左转,找到紫色十字叉标记。音乐突然慢下来,以绞肉的速度缓缓播放,咔——咚咔,咔——咚咔,好像垃圾粉碎机吞了太多垃圾,无法运转。舞台的最底层,天命真女站在三名农工大学鼓乐队的鼓手前,拿起鼓槌,挥舞胳膊肘,迈开弓步,用力敲打起来,犹如一群穿着时髦的女人在用千斤顶顶车。等到比利僵直着双臂登上舞台时,他已经紧张得喘不过气来了。他感觉像踏进了一片浸满阳光的积云之中,耀眼缥缈的光笼罩周身,脚下只有空气。他面向右斜前方,走向中间的楼梯,奇迹发生了,他成功跟在其他三名队友身后,大家迈着基本一致的步伐。比利只听到脑子里哗哗响,除此之外什么也听不见。舞台正前方,仪仗队在表演把绑着刺刀的步枪抛过头顶,天,他们很可能一不小心把自己刺死,这听上去也不算太糟糕,在电视直播中被自己的刺刀戳中眼睛!

  我需要一个斗士,斗士
  他们在哪里,他们在哪里

比利在队尾，因此站在距离舞台中心最近的紫色十字叉上。向右转，立定。其他的 B 班队员不知为什么站在了底层，戴姆、塞克斯、曼戈、阿伯特排成一排。斗士会真心爱我，碧昂斯在米歇尔和凯利的低音伴唱下唱着：

> 斗士会真心爱我
> 没错他们会，他们会
> 斗士会好好待我
> 没错他们会，他们会

天命真女在为底层的 B 班队员唱小夜曲。她们迈着优雅的猫步搔首弄姿，轻吟着小调颤音，好像在焦虑地说"上我"。整个舞台变成了一场盛大的前戏，有氧运动、啾啾的火箭弹、隔着衣服干、扭胯摆臀，十分热闹，而在第二层，伴舞群在 B 班身边疯狂地跳舞，你他妈的什么也做不了，只能立正，在四千万人面前当钢管舞的钢管。这是错误的。没人跟他们说起过这事儿。现实生活中只是有些尴尬的事上了电视就会变得惨不忍睹。比利真不希望妈妈和两位姐姐在电视上看到这一幕，这时一个男舞者跳得太近，贴着比利又是转圈又是蹲下。谁想看你的下身，白痴！比利瞪了他一眼；那家伙得意地笑笑，离开了。不一会儿他又回来了，这回比利将所有情绪从牙缝挤出：

滚蛋。

那家伙笑了笑，又走开了。农工大学的一排鼓乐手走下台阶，音乐节奏加快了，砰——啦咔——啦咔——啦咔，砰——啦咔——啦咔——啦咔。仪仗队在行单膝下跪礼，而两侧笑嘻嘻的伴舞群用花哨的功夫为中场秀锦上添花。站在最底层的塞克斯在哭。不知为什么，比利一点儿也不惊讶，他只是希望中场秀能在 B 班全体疯掉之前赶紧结束。天命真女的三位歌手重新聚集在舞台中央，一阵绚丽的灯光和烟火预示着演出临近高潮。塞克斯的背因抽泣而无声起伏，不过他始终保持立正、抬头挺胸，比利从未觉得他如此勇敢而可爱。

我不怕，我能坚持
我不怕，我不怕
男子汉你不能承受我的这份真爱吗？

球场另一边，牛仔队的啦啦队排成一队踢着腿，即使距离这么遥远，隔着朦胧的冻雨和烟花的烟雾，比利还是一眼看到了费森。他的呻吟此刻不过是沧海一粟。天命真女登上阶梯，每走几步就停下来，回头抛个媚眼，给摄影师一个诱饵。走到他这一层时，比利连大气都不敢喘，感觉身边有一股热浪袭来。她们站了多久比利就站了多久，但她们一走开，比利立刻抬眼看着天上，然后干脆微微昂起头，更全面地感受此时的天气。

冻雨刺痛着比利的脸，可他没有眨眼，任由雨雪打在脸上。雾气般的冰碴像密密麻麻的针洒落在他身上，接着冻雨好像悬浮在半空中，比利飞了起来，穿过雨雪，朝一个充满希望的无名之地飞去。周围的一切都往后退，比利感到幸福、自由，眼睛刺痛是因为他在全速向上。他感觉自己摆脱了物理学定义的速度，正身处未来。比利就这么站着，冲向未来世界，直到阿迪拍拍他的肩膀，说中场秀结束了。

如果将来你跟我说这就是爱，我不会让你失望

没有人来接他们。B 班聚在塞克斯身旁，按照指示等着那个戴俄国军帽的女人。然而他们似乎被集体遗忘了，他们被困在原地，头上还留着刚刚发射烟火时落下的碎片。一群工人涌上舞台开始收拾场地。B 班刚刚经受了一场世界顶级表演的折磨，需要些时间才能恢复。嗯，六年够吗？他们备受煎熬，就快爆炸了，塞克斯说不定已经爆炸了。他在最底层的台阶上坐下来，无助的细小泪珠流个不停。洛迪斯问他怎么了，他粗声粗气地说："我不知道我他妈的为什么会哭！我就是哭了，见鬼！就是哭了！"

"你们得让开了。"领班的工头冲 B 班嚷道。

"你们他妈的才让开。"对方大摇大摆地走开后，曼戈小声咕哝道。B 班还在原地。阿迪和阿伯特在塞克斯的左右两边坐下，其他人也都身心疲惫，漫无目的地瞎转悠着，把颤抖的双手深深地插在口袋里。

"兄弟们，咱们终于见到碧昂斯了。"克拉克说。

"哇，咱们太有面子了，是不是？"

"是啊，咱们离她真近。"

"啊哈,她太性感了。可我上过比她更棒的。"

大家勉强笑了两声。比利看见戴姆站在身旁,便向他倾诉:

"班长,我不舒服。"

戴姆瞥了他一眼。"我看你好着呢。"

"不是生病那种不舒服。我觉得很晕,像是嗑了药。"比利拍拍脑袋,"中场秀快把我逼疯了。"

戴姆笑了,哒哒哒,仿佛喉咙里有一架机关枪。"孩子,你要么想。这不过是美国正常的一天。"

比利的心为了那声"孩子"而融化。身边的舞台逐渐消失,遭到致命打击的船慢慢沉入海底。

"我想我都不知道什么是正常了。"

"你很好,比利,你很好。我很好,你也很好,大家都很好。他也很好。"戴姆朝塞克斯点点头,"一切都很好。"

比利看了看塞克斯问道,是啊,我们拿他怎么办?就在这时,那个工头又冲 B 班嚷嚷,叫他们滚出他的舞台。

"那我们该去哪儿?没有人告诉我们要去哪里。"克拉克回呛道。

工头停下来,不耐烦地瞪了他们一眼。他是个六尺大汉,留着络腮胡,肩膀很宽,邋遢松弛的脸像一个弹出的安全气囊。不过他的眼睛里发射出一股慑人的电流,是经验丰富的搬运工拥有的疯狂伐木工的眼神。他的目光在哭得稀里哗啦的塞克斯身上停留了一秒钟。

"听着,我他妈的不知道你们该去哪儿,但你们不能留在这儿。"

"好啊,乡巴佬,这样吧,"克拉克答道,"你舔完我的阴茎我们就走,怎么样?"

事后回想起来,比利发现没人真的抡拳头,心中十分惊讶。没多久——十秒,最多十五秒?可这种事情总是让人觉得过了好几个钟头那么久。一开始那个工头想把克拉克举起来,以为自己能把他扔下舞台。他是比克拉克高大一些,可也没有高多少。随后他发现自己被一头年轻雄鹿牢牢搂住,心里肯定很失望。两个人一时间僵持住了,虽没有动,但是鼓起的眼睛和脖子表明两人都正使出吃奶的劲儿,接着两人转着圈地扭打起来,像一对旋转的自由基,从舞台上一直转到舞台下。其他人也互相推搡,撞胸,骂骂咧咧地相互指责,谁骂了谁,谁越过谁的界,当然每个人都随时准备为自己的兄弟拔刀。你可以管这叫殴斗,吵闹。不过没人在得克萨斯体育场神圣的草坪上大打出手。很多条胳膊、很多只手、很多张脸相互推挤,令比利的肾上腺素飙升。这时戴姆像一个在水里逆流而上的人那样冲破人群,要去把克拉克拉开。一个工人冲戴姆的背来了一掌,比利一把捉住那人的领子,对方转过来,面目狰狞。比利心想:糟糕,这下可不能放手。对方一个趔趄,比利骑到那人的背上,骑啊骑,比利希望看上去别像我在干他一样。比利就这么骑着,直到警察过来。戴姆一声令下,B班队员就都住手了,"就像一群优秀的猎狗",正如他爱跟这群手下说的。

  伤亡并不严重。克拉克的眼睛挨了一胳膊肘;洛迪斯的嘴唇裂了,流了血;曼戈被一个工人夹住了头,耳朵被挤得青紫。警察把 B 班带到球场边线,听取了他们的讲述,然后打发他们穿过球场去主队边线那儿:"那里会有人告诉你们要去哪里。"于是 B 班队员们像丛林巡逻队里掉队的残兵败将,拖着步子横穿球场。经过第一个井号时,比利抬头一看,哦,仁慈的圣母啊,费森正朝他们走来,疑惑地歪着头,一脸关切。比利看出她很激动。这是个爱凑热闹的姑娘。

  "出什么事了?"费森一见面就拉住比利的胳膊,抬头望着他。B 班其他人都识相地不出声。

  "一件蠢事,只是件愚蠢的小事。我们跟那边那些搬器材的起了点小冲突。"

"你们打架了？我们不知道你们是在打架还是在闹着玩。"

"我想我们是在打架。虽然根本算不上是打架。"

"我们只是问要不要帮忙！"阿伯特说，大家都笑了，除了塞克斯，他又忍不住哭了起来。

"你受伤了吗？"费森先问比利，然后问整个B班，"有人受伤了吗？哦，我的天，看你的嘴唇！"她看着洛迪斯惊呼道，"现在是谁负责照顾你们？"

当她得知他们落单的时候，十分愤怒。"好吧，"她转过身，示意B班跟着她走，"你们跟我来，我们会弄明白的。真不敢相信他们就把你们丢在那里，这绝不是我们的待客之道。"

B班队员们拖着沉重的步伐、稀稀拉拉地跟在费森后面，咕哝了声谢谢。费森说："听着，那些舞台工作人员？以前我们也跟他们起过冲突，他们好像以为自己是这里的老板。几个星期前他们差点儿打了莱尔·洛维特，说什么，从舞台上下来！马上从舞台上滚下来！莱尔和他的人，他们的器材全都在台上，不可能抬脚就走。幸好保安及时赶到，不然我们就麻烦了。"

"我觉得那些人嗑了药。"曼戈说。

"确实像，不是吗，他们的行为好像吸了什么似的。得有人去跟管理层反映反映。"

又有几名啦啦队队员走过来，B班的心情渐渐好转。到了主场边线区，大家好像开起了联谊会，B班和啦啦队聊着天，有人替他们给上面打电话。打架的事让大家有了谈资。啦啦队听说了事情的经过，先是震惊，然后是气愤，最后这件事情给B班带来了意外奖励：啦啦队对B班报以深切的同情。她们取来冰块给克拉克敷眼睛，给洛迪斯敷嘴唇。两个啦啦队队员温柔地揉着曼戈乌青的耳朵。

"他怎么了?"费森朝塞克斯点点头问道。她和比利站在和其他人有些距离的地方。

"哦,那个是塞克斯。"

"他受伤了吗?"

比利看了塞克斯一眼,他蹲在一个便携式设备柜的背风处,静静地啜泣。

"他想老婆了。"

"哇。"这个回答似乎叫费森印象深刻,"真的?"

"他是个容易激动的人。"

费森不停地往塞克斯的方向看。她被迷住了,也可能是被感动了,担心怎么没有人管他。

"他有孩子吗?"

"一个正学走路,一个还在肚子里。"

"我的天啊,无法想象。你觉得我是不是应该去跟他谈谈?"

"我觉得他现在想一个人待着。"

"也许你说得对。哎哟,想想你们做出的牺牲!你上次说你们还要在伊拉克待多久?"

"到明年十月,除非接到止损命令。"

"哦,天啊。"费森哽咽着说,哦,天啊,她说这几个字时颤抖得像穿着直排轮滑鞋走在石子路上。"你们已经待了多久了?"

"我们是八月十二日入队的。"

"哦,天啊。我的上帝。你一定害怕回去。"

"我想是。有点吧。"两人的脸不知不觉靠得很近,就像世界上一切自然之物,如同刮风、潮汐、磁极一样自然。"我想这是人之常情。

不过大家都在一起。这很重要,其实。"

"我想我明白你的意思。作为一个团体一起面对困难会加深你们之间的感情。"费森说话的时候,比利试着记住她的脸,楚楚动人的脸,比如她蝴蝶扣一样精致的鼻梁,额头上有几颗零星的雀斑,雀斑是姜黄色的,跟她的头发十分相配。比利有一股冲动,想张大嘴,张得像狮子的嘴那么大,把这张完美的脸庞在唇间温柔地含一小会儿。

"有时候我会想这整件事是不是一个错误。我的意思是,我觉得我们的确应该打击恐怖主义,可是,怎么说呢,好了,我们已经推翻萨达姆了,也许应该把我们的人撤回来,让伊拉克人自己去解决其他的问题。"

"有时候我们也这么想。"比利说道。他想起了施鲁姆说过的一句话:也许光明在黑暗的另一头。

"哈哈,是这样。"费森朝比利身后望去。"下半场快要开始了。"她说,然后后退了一步,看着比利的眼睛。"听着,我能问你一个私人问题吗?"

"当然。"

"你现在在约会吗?"

"没有。"比利勇敢地承认,愉快地接受这个事实。他不在乎让她知道自己不是一个花花公子。

"我也没有。所以咱们保持联络怎么样?"

"好——呃,"比利说,声音有些哽咽,"好啊。好,我们应该保持联络。"

"那好。"费森的口气突然变得务实而干脆,"你带手机了吗?把手机拿出来,记下我的号码,然后给我打个电话,留个言,这样我就有你的号码了。因为,说实话,我不想失去你。"

费森只是随口一说,却随意地说出了一个惊天动地的事实。他,比利，有人不希望失去他！他的生命突然变得意义非凡。他是不是应该一鼓作气，向她求婚？

"你姓什么？"比利掏出手机。

"佐恩。"

比利清了清嗓子。

"我知道，大家都觉得这个姓很好笑。"

比利没说什么。

"这个词在德语里是'懊恼'的意思。"

"收到。"比利一本正经地说。

"别这样！你太逗了。"

她站在他身边，看他把她的信息输入手机，两人的头几乎碰到了一起。手机给了他们一个社交掩护，可以站得这么近。这很好，因为这一幕可是当着成千上万观众的面发生的。比利深吸了一口气，吸入费森身上清新的户外气息，带着浓烈香草味的冬日的风雪，仿佛她吸收了这个季节赐予的精华。

"凯瑟琳是谁？"

比利正在翻联系人列表。"我姐姐。"

"通话记录里有她的来电。"

"我知道。"比利选中了下一个名字。"这是我另一个姐姐。"

"你是最小的？"

"我是最小的。这个是我妈。"

"丹尼斯？不是'妈妈'？"

"哦，她就叫这个。"

费森笑了。"那爸爸呢？"

"我爸残废了，没有自己的手机。"

"哦！"

"几年前他两次中风，不能说话了。"

"我很抱歉。"

"没关系。生活就是这样。"

费森挽着比利的上臂，花球的毛遮住了她的手。"离开前你还会跟他们见面吗？"

比利的喉咙突然一紧。"啊，不会。"他咽了一下口水，没事了。"我们昨天告过别了。"

"这真糟糕。"费森又贴近了几毫米。

"你在这里。"比利把联系人列表翻到最后。

"佐恩。我在电话簿上从来都是最后一个。"

"我会把你改成'懊恼'，你就变成第一个了。"

费森大笑着扭过头去，看见啦啦队正朝球员通道的方向走去，准备迎接球员进场。"亲爱的，我得走了。"她说着，顺手捏了一下比利的胳膊。她的手突然像被电到一样缩了回去。她又伸手捏了一下，然后摸了摸比利的整个上臂。

"我的天，你的身材真棒。你身上还有脂肪吗？"

"我想没多少吧。"

"我想没多少吧。"费森粗声粗气地重复了一遍，然后笑了，手仍不停地摸着比利的胳膊。"你根本不知道自己有多棒，是不是？这样更棒了！"费森咂着嘴，兴高采烈地说，然后飞快地用力拥抱了他一下，像在被暴风雨吹走前赶紧抓住浮标。比利幸福得快要晕倒了。被欣赏，被触碰、爱抚、抚摸、抚弄，被渴望的感觉太美妙了，太棒了。"好了，我得用跑的了，"费森放开比利，"到二十码的位置来找我，老地方。"

比利说他会的，费森沿着边线小跑着追赶啦啦队的姐妹们去了。

她经过的时候，B班队员的视线都忍不住落在她那在超短紧身裤里上下摆动的屁股上。比利拨下她的号码，一边听电话响了六声，一边看着她在通道出口站好。第一批球员小跑着进入球场，好像步履艰难的犀牛。大屏幕上响起了枪炮与玫瑰的音乐，啦啦队队员踮起脚尖，高举起花球挥舞着，看台上爆发出一阵热烈的掌声，如响雷从山坡上滚落。

"你好，我是费森，我现在无法接听……"

看着真人就站在你面前不远的地方，听着没有实体的声音，这种感觉很奇怪。现实突然间有了框架，有了焦点和视角，让比利注意到自己在注意自己，而他为何会在意这种双重注意，本身就是一个值得思考的谜题。此时此刻，比利只知道原来一切都是有固有结构的，他感到平衡和心灵秩序带来的喜悦。他发现了人生真谛，或者说发现了通向人生真谛的桥梁——仿佛现实不一定是一个破事接二连三的过程，仿佛你可以期待人生有些许意义。他本以为这要长大成人才会出现。电话那头传来哔的一声，该说话了。他胡乱留了一条信息。切断电话两秒后，他就忘了自己说过什么了。

暂时清醒

最后几名球员拖拖拉拉地从球员通道里走出来，乔希也跟着他们小跑着出来，看上去像直接从保罗男装广告里走出来的。他是怎么做到的？每根头发、每根线、每道褶子都一丝不乱，仿佛涂上了一层娘炮保护漆。"我的错，我的错，我的错。"他气呼呼地反复念叨，"我太对不起各位了，我们搞砸了，搞砸了，你们不应该被那样忘在一边。"说完他开始事无巨细地解释中场秀之后的具体安排，大意就是这二十分钟，他一直在事先安排好的某个地点等他们。

"你的意思是说，拿着写字板的小妞中有一个应该来接我们。"戴姆总结道。

"基本上可以这么说。"

"那为什么是你的错？"

乔希开口，想试着解释，不过 B 班省了他的口舌，集体奚落起他来。乔——希啊！乔希亲爱的。小乔啊。他真是个烂好人，难怪 B 班这么喜欢这个大笨蛋。

"哟，乔希，你听说我们打架的事了吗？"

"等等,什么。什么打架?"

"刚刚打的那一架。"克拉克举起冰袋,咧开嘴笑了。

"没错,乔希,这也是你的错。"阿迪说。

"等等,等一下。你们开玩笑的吧。哦,糟糕,伙计们,怎么——"

"乔希,冷静。这没什么。"

"没错,乔希,我们喜欢打架。我们的主要任务就是打架。"

"你要记住这一点,哥们儿,我们其实就是一群猿猴。"

阿迪问有关庆功宴的事。他认为碧昂斯和她的姐妹们会去,因此他也要去。B班队员异口同声地表示都要去,可乔希觉得天命真女应该已经离开了。比利已经懒得问布洛芬的事了,所以连提都没提。大家乘货梯来到一层大厅。克拉克、曼戈和洛迪斯去男厕所处理伤口,其余的队员留在大厅,给家里打电话。你们看到我了吗?我看上去怎么样?比利想,给家人打电话就是步兵版的庆功宴。他掏出手机拨通凯瑟琳的号码,不过接电话的是帕蒂。

"嘿——我的弟弟,"帕蒂的声音从杯子深处传来,声音含糊,而且甜得发嗲,"你在电视上太帅了!全家人都真心为你骄傲,亲爱的宝贝弟弟。"

"谢谢。"

"那么——"帕蒂抿了一口水,接着说,"她什么样?"

"谁什么样?"

"碧昂斯啊,笨蛋!"

比利听到妈妈在后面哭喊:别叫你的弟弟笨蛋。

"哦,她啊。"比利打了个哈欠,"是,她还不错,就是屁股有点大。"

帕蒂对此哈哈大笑。"你见到她了吗?"

"没机会。"

"你们不是一起上了舞台吗!"

"没错,可那也是我离她最近的一刻。那个时候似乎不适合……"

帕蒂问他有没有遇到其他名人。比利不介意她问这个,但讲到那些人让他心情低落。他见到了《得州巡警》里的一个女演员,金发美女,在剧中扮演勇敢坚定的地方检察官。科尼什参议员,拥有比利见过的最大的脑袋。二线乡村歌手吉默·李·弗拉特利,以及一路闯进《幸存者》最后一轮的沃思堡壮汉莱克斯。比利又说了几个名字,像是找的零钱。

"我问你,最后的时候你做的那个动作,是在干吗?大家都很好奇。"

什么动作?

"嗯,就是中场秀的最后,你抬头看天上,好像在祈祷之类的。"

"电视上播了?"

"啊,是啊。"帕蒂说,比利突然提高声音惹得她发笑。

"是特写吗?"

"不算是,不过电视上播了。有那么一秒屏幕上就只有你。"

比利吓坏了,虽然不知道为什么。"这个,我肯定不是在祈祷。"他担忧地沉默了片刻,"看上去很奇怪吗?"

"不,"帕蒂笑了,"看上去很可爱。你很帅。我们真心为你骄傲。"

"我什么都不记得了。"比利说,其实他记得很清楚,"灯光什么的烤得舞台上很热。我大概是想透口气吧。"

帕蒂又说了一遍他在电视上看上去有多帅、多英勇,还没说完,电话就被凯瑟琳抢走了。

"嘿。"

"嘿。"

"这么说你没钓到碧昂斯。"

"恐怕是这样。"

"没有也罢,说不定她根本就是个婊子。稍等……"开门,关门,屋子里的噪音越来越远,取而代之的是缥缈空旷的寂静。凯瑟琳到屋外了。

"我的天!"

"怎么了?"

"外面真他妈冷。这种天气我可不想在外头待着。你那里暖和吗?"

"挺暖和的。"

凯瑟琳说今天下午她和布赖恩玩了好几个小时,他们铲了一些雪,堆了一个小雪人。"他现在在你的房间睡觉,我想我把他折腾坏了。我们录了中场秀,回头给他看。可是,嗯,听着。"凯瑟琳压低声音,"帕蒂把你的话告诉我了,关于布赖恩的,告诉他永远不要参军。"

比利闭上眼睛,无声地骂了一句。

"我认为你不应该回去。"

"凯瑟琳。"

"听我说,听我把话说完,好吗?我联系了一些人,我跟你说过的那些人。奥斯汀的那个组织。"

"我真的对这个没兴趣。"

"听我说,求你了,比利,就一分钟。我跟他们谈了两次,他们都是好人,知道自己在做什么。他们有律师,有资源,不是骗子。而且他们真的想帮你。他们一直希望帮助像你这样的人。"

"像我这样的人。"

"对,战斗英雄,可以让这场运动真正团结起来的人。"

"哦,天啊。"

"听我说!有一个人,组织中的一个人,有一个上万英亩的牧场,你可以住那儿。我告诉你,兄弟,这些人真的有办法。他们会派人去体育场接你,把你带到机场,今天晚上就让私人飞机载你去牧场。你只要消失几个星期,律师会替你把事情搞定。"

"这是擅离职守,凯瑟琳。这是要拉去枪毙的。"

"不会枪毙你,在经历了那些事情之后。这些律师清楚自己在做什么,比利,他们有各种策略应对你这类案子。他们还有专门的公关公司,都是专业人士。如果政府起诉你,你能想象他们会把政府搞得多么难堪吗?当全国人民在电视上看过你的事迹之后。"

"我没有心理问题,那些律师要是这么计划的,趁早打消这个念头。"

"你当然没有心理问题,只有疯子才想回到战场上去。我们叫律师做'暂时清醒'辩护,你看怎么样?你太理智了,不愿意回到战场上去。比利·林恩清醒过来了,而这个国家的其他疯子却叫他回去打仗。"

"可是,凯瑟琳。"

"可是,比利。"

"我有点想回去。"

凯瑟琳尖叫起来。比利仿佛能听到尖叫声在后院的树丛间回荡。

"不,不行,我不能接受。你不能想回去。"

"可是我想回去。队里其他人都回去了,我不能留在这里。要是他们在那边挨子弹了,我想跟他们在一起。"

"那就让 B 班都留下来,怎么样?布什给你们每个人都颁发了勋章,没有人会认为你们是懦夫,害怕回去。"

"这不是重点。"

"好,那你告诉我,重点是什么?"

"嗯,我签字了。"

"那是被逼的!因为我!因为我和我的破事!"

"不,那是我自己的选择。我心甘情愿。我也知道他们可能会派我去伊拉克。没有人骗我。"

凯瑟琳哀号了一声。"比利,那些混蛋就只会骗人。你觉得要是他们告诉我们哪怕一部分真相,我们还会他妈的打仗吗?你知道我是怎么想的,我认为我们不值得你们为我们去死。任凭领导者说谎的国家不值得任何一个士兵为之牺牲。"

凯瑟琳忍不住哭了起来,声音像铲子铲岩床一样刺耳。"凯瑟琳。"比利说,然后等了几分钟,"凯瑟琳。"他再次尝试,"凯特,没事的。我不会有事的。"

"对不起。"凯瑟琳说道,声音变得模糊无力,"见鬼。我告诉自己不再在你面前哭的。只是事情总是,不说了。每件事都糟透了。"

"是啊,糟透了。"

"听着,别生我的气,我把你的电话号码给了那些人。"

比利咬紧牙关,什么也没说。现在最重要的就是别再让凯瑟琳哭起来。

"跟他们谈谈吧,比利,好不好?听听他们怎么说。他们都是好人,他们可以帮你。"

比利没有说好也没有说不好。凯瑟琳回到屋里,把电话交给丹尼斯。等待的时候,比利试着想象万一他回不来,家人会怎么样。他知道凯瑟琳会挺过去,她的愤怒会胜过内疚。帕蒂也会,她有布赖恩。可是妈妈呢?抛开她的自负,她会受到巨大打击,甚至是毁灭性的。不过不是一下子垮掉,他猜想妈妈的内心会慢慢地变得麻木,就好像坏天气,寒冷阴霾,风雨交加,笼罩着一层厚厚的发黑的尘土。就像今天。

不过此刻妈妈的心情很好,看完中场秀她很兴奋。"太不像话了,"她说,"那些下流的扭动,就像集市上的低俗表演。我真不明白这种东西怎么可以上电视。"

"我同意，妈妈。不是我的主意。"

"还记得超级碗上那个衣着暴露的女人吗？再这么下去就没人看球赛了。很多人都厌烦了。你看到了吗？那根本不是跳舞……"

"妈妈，我就在现场。"她显然喝了两三杯酒。加油，妈妈，再喝一杯。天知道她需要一场狂欢。

"……我记得汤姆·兰德里当教练的时候根本没有这种事情。他们有标准。他管球队管得很严。我不知道是不是从诺曼·奥格尔斯比买下球队之后开始的，还是因为他请的教练或者雇的什么人……"

丹尼斯越说越满腹牢骚、义愤填膺，越说越忘乎所以。比利时不时哼两声来应和一下，耐心地等妈妈发表完长篇大论。

"听说你正在家里准备大餐。"

"没什么。跟往年差不多。"

"太好了。别累着自己。"

"没事，我不累，姑娘们都在帮忙。你们过感恩节了吗？"

"当然，他们请我们吃的可好了，到体育场里的俱乐部吃的。"

"啊，那就好。"

比利突然意识到要是他死了，她的生活会变得多么可怜。抛开自尊不说，丈夫瘫痪，儿子阵亡，成堆成堆的医疗账单……他想或许应该提高他的士兵保险，接着又想不知道医院会不会全部接受。

"爸爸好吗？"

"他很好，在客厅跟皮特一起看比赛。"

"嘿，真是有趣的一对。"

"是啊，他俩好像相处得不错。"

可怜的妈妈，不得不成为自己人生的配角。

"你现在在哪里？"

"在大厅。我想他们要带我们回座位上去了。"

"暖和吗?"

"我很好,妈妈。"

"因为我看你什么厚衣服都没穿。"

"我没事。体育场里很暖和。"

"好吧,我想你一定很忙,我就不再占用你的时间了。"

"不会。"比利说,心里有些恼火。这说不定是他们最后一次讲话——别这么戏剧化!——她竟然急着挂自己儿子的电话。比利知道她这么做并没有恶意。她只是一辈子都习惯于凡事节制,她需要一切都化作索然无味、一成不变的日常生活。比利理解界线的意义,然而一旦过度,这种日常生活就变得有害了。

也许这就是他想尝试新事物的原因。"好吧,妈妈,告诉大家我爱他们。我也爱你。"

"好再见谢谢祝你今天玩得开心。"丹尼斯急匆匆地说完,比利忍不住轻笑一声。随她去吧,比利告诉自己。别管她。此刻逼她说真心话似乎太残忍了。比利咔嗒一声合上手机,悲痛袭来,让他膝盖发软。他急忙一手扶住墙壁,提醒自己又不是一定会死在伊拉克。从概率来看,他甚至有机会毫发无伤地回来,除了在亡女路遭遇爆炸时已经留下的划伤和弹片炸伤。他知道自己要是能活着回来,一定会变得很好。对妈妈很好,对家人很好。对费森特别好。比利内心突然升起一股强烈的感觉:突然渴望过上坚强而体面的生活,虽然他还不清楚要怎样做,但已经把这事纳入长期规划了——有没有针对战士的救赎之道?从学会热爱日常小事中得到救赎。最起码他猜是这样。这是他的感觉。不过他还是希望有机会找到答案。

猎杀吸血鬼换吃的

B 班又要挪地方了。大厅里挤满了暂时进来避雨的球迷，不少已经在朝出口走去要离开了。有人大声喊着 B 班，走回来跟他们握手，不过没有之前那么多了。麦克少校一直代他们守在第七排，像个孤独的哨兵一样守着他们落了些冰粒的空位子。比利依旧坐在最靠近过道的位子上，左边是曼戈，打架和跟啦啦队在一起的兴奋劲儿消退之后，B 班逐渐意识到他们的处境有多糟。此时此刻他们坐在雨夹雪和刺骨的毛毛雨里，没有任何遮拦，观看沉闷透顶的第三节比赛，双方打成七比七平，而再过两天，他们就要飞回战场去了。烂透了！曼戈打了个哈欠，缩起肩膀。

"哥们儿，我只想睡一觉。"他对比利说。

"啊哈。你的耳朵怎么样了？"

"他妈的疼得厉害。"说完，两人都觉得这太可笑了。

"他干了什么，想把你的耳朵扯下来吗？"

"他不用干什么，身上那三百磅肥肉就够用了。要不是他的腿太粗，我的胳膊抱不住，我肯定掀翻他。我心想，伙计，你听说过糖尿病吗？

也该偶尔减减肥、节节食了。"

两人试着看比赛,可是比赛节奏慢了,一点意思也没有。他们周围的球迷有的裹着毯子,有的打着伞,更多的是顶着塑料袋;只有B班像牧场里的牲口一样坐着,任凭风吹雨打。比利掏出手机,盯着费森的号码。他很想再给她打个电话,只为听语音信息。那声音听上去比真人的声音更有南方腔,元音更圆润,硬腭中空,犹如得州丘陵地带出产的羽绒床垫般柔软。

"哥们儿,我想我恋爱了。"

曼戈笑了。"当然了,除非你是个同性恋,刚刚我看你们俩在球场上有说有笑的。你知不知道那不是毫无意义的?她们喜欢你才会那样碰你。"

比利盯着手机。

"你要到她的号码了?"

比利郑重地点点头。

"啊,妈的,她是真喜欢你。可惜凯旋之旅快结束了她才出现。"

比利叹了口气,心中苦乐参半,两股截然相反的力量在互相拉扯,要把他改造成什么新东西。大屏幕上又在播放"美国英雄"的画面,接着又开始循环播放震耳欲聋的广告,相同的广告,相同的顺序,让人发疯。**福特皮卡生而无畏!丰田!日产!丰田!日产!办理一切银行业务尽在××××!**这时,塞克斯用不堪入耳的假声唱起歌来,如果你不能让我说哦哦!然后又停下,跟前后的球迷说他很爱他们,他爱全天下所有的美国人,说完又接着唱——

>　　这与爱有什么关系,有什么关系
>　　爱算什么,不过是二手感情

听队友说，二十分钟之前，戴姆悄悄给塞克斯灌了一大颗安定片，现在他是全美国最快活的小妞了。

比利的手机响了，他吓了一大跳，差点儿摔了手机。他看了看屏幕。

"她打来的？"曼戈问。

比利摇摇头。他不认识这个号码。电话响了一会儿不响了，一分钟后嘀了一声，提醒他有一则语音留言。比利盯着手机，希望手机能告诉他该怎么做。他打开留言，屏息静听，听完后靠在椅背上，闭上眼睛。换作是施鲁姆会怎么做呢？施鲁姆肯定会回去，可那是他在这个生命周期中注定要做的事，他要完成作为战士的阶段，唯有完成这一阶段才能走向下一个阶段。"那我在哪个阶段？"比利半开玩笑地问，可施鲁姆没有笑。他说不去做永远不会知道。要钻研、思考、冥想、专注。浑浑噩噩地过日子是不可能找到答案的。于是比利闭上眼，想象自己在牧场里的样子。电话留言里的声音说：十分安全，偏僻。那里是个好地方。我们会保证你什么都不缺。在想象中，比利正走在一条小路上，穿着牛仔裤、添柏岚靴子、法兰绒衬衫、灯芯绒夹克。小路通向一片树林，树林边有一条河。湍急的河水哗哗地流淌，偶尔还能从树林间瞥见河水的亮光，然而他想象的画面总是断断续续、模糊不清的，直到费森出现在他身旁，突然一切变得像高清电视画面一样豁然开朗，他和费森在安全的庇护所里安静地生活，相亲相爱，每天做八九次爱，做饭，看电影，遛狗。对，他们会养狗。还会买很多书，堆得到处都是。他要像施鲁姆那样博览群书，这样灾难来临的那天，他会比之前更博学。而当那天来临——出庭的日子真的来临时？他有费森、律师和银星勋章。他能做到。他将发表声明。从今往后不再跟战争打交道。

罗——克——姗——，塞克斯扯着嗓子高歌，你不必，然后又转身跟第八排的球迷聊起他有多爱 B 班的伙计们,没错,他爱他们就像爱自己的亲兄弟一样。他不过是佛罗里达库恩湾的一个又笨又穷的白人傻子,可现在他至少有部队这个家,多好!坐在这排尽头的洛迪斯歪倒在椅子上,睡着了。雨夹雪落在他的肩头和胳膊上,越积越多,活像搞笑的去屑洗发水广告。嘴唇伤口处露出一点皮下组织。这一幕被他们前排的一位和蔼的贵妇无意间看到,震惊得整个人转过身来,凑近看个仔细。

"他是不是很可爱?"曼戈说。

"这种天气他怎么能睡得着?"妇人惊呼道。

"确切地说他不是睡着了,夫人,他是昏过去了。"克拉克说。

那妇人笑了。真是位迷人的贵妇。她的丈夫和朋友也咯咯地笑了。

"可这天气实在是太糟糕了。"妇人抗议,"他至少应该盖条毯子什么的。部队没有给你们发大衣吗?"

"哦,夫人,别担心他。"克拉克安慰她,"我们是步兵,就跟狗啊骡子啊差不多,傻到不在乎天气。相信我,他没事,一点感觉也没有。"

"他会冻僵的!"

"不会的,夫人。"曼戈插进来说,"我们每隔一会儿就揍他一下,让他的血液保持流动。瞧,像这样。"曼戈说着便朝洛迪斯的二头肌狠狠打了一拳。洛迪斯吼了一声,挥了挥胳膊,但是没有睁眼。

"瞧见了?他没事。他很开心。他就像只蟑螂,打不死的!"曼戈笑嘻嘻地说。

妇人转过身,在包里翻了一阵,然后转回来,跪在椅子上,给洛迪斯披上一条斯纳吉牌毯子,就是深夜傻瓜电视广告中的那种带袖子的懒人毯。不一会儿,B 班就做了块牌子,塞在洛迪斯下巴底下,上面写着:流浪老兵——愿意猎杀吸血鬼换吃的。底下一行是:祝您有愉快的一天。然后是一个笑脸。观众突然兴奋起来，牛仔队的一个前锋抢过对手掉的球，一路跌跌撞撞，连跑带滑地直奔熊队三码的位置，此时裁判的哨声响起。他们随即聚集在边线看回放，讨论，紧盯录像，指指点点，仿佛一群得了诺贝尔奖的科学家在探讨治疗癌症的重大突破。最终他们做出决定。经过进一步的核实……丢球被改判为不成功传球。贵妇和同伴觉得够了，开始收拾东西。曼戈提醒那位好心的夫人别忘了拿走她的毯子。"哦，这怎么行呢。"她微笑着低头看了看洛迪斯。他睡得很香，眼睫毛上落满了雨和雪，嘴唇上掀起的皮像只压扁了的小虫子悬在半空。"他看上去多暖和。毯子留给他吧。告诉他这是我送他的礼物。"

B班齐声叫道：不——

"您会把他宠坏的！"

"他是在水沟里长大的，根本不知道什么叫冷！"

"您这是给了一头猪一块劳力士，夫人，他根本不懂得欣赏好东西。"

妇人笑了，挥挥手制止他们。"谢谢您！"B班喊道，目送他们一行离开座位。"谢谢您支持军队！"

"真是位好心的女士。"曼戈靠在椅背上说。比利表示同意。两人看着洛迪斯，笑了。这时，曼戈哆嗦了一下，缩起肩膀，双手插在大腿中间。

"你好像要撒尿。"

"我确实有点想撒尿。"曼戈皱了皱眉，哆嗦了一下，但是没动，"离开之前你会去见费森吗？"

"但愿吧。"

"兄弟，一定有什么办法能让你跟她在一起。"

"不见得。我不知道。我不想逼得太紧。"

曼戈笑了。

"我是认真的。我的意思是,倘若在正常情况下,我现在只需要考虑要带她去哪儿约会,想方设法上她。我是说,得了,我才认识她四个小时。"

"比利,我得提醒你,我们的情况不正常。你觉得她会爱你一整年,而你远在万里之外,成天只是给她发些愚蠢的邮件?亲爱的费森你好吗我很好今天我们突击搜查了一栋房子杀了很多很多坏蛋。这样的屁话很快就不新鲜了,伙计,很快就不管用了。就是咱们的妈妈听上一阵子也不想听了。"

"你知不知道你真他妈扫兴?"

"我随便说说而已。这是你最好的机会,兄弟。你离目标很近了,好好争取吧。假如她是一个好女孩,想要支持军队……"

"你个白痴。"

曼戈笑了。比利的手机又响了。

"她打来的?"

"不是,"比利看了看屏幕说,"是我姐。"

"你不接?"

比利耸耸肩。电话铃声停了。一分钟后,他收到一条短信。

> 求你别走。
> 再当一回英雄。
> 给那人回电话。
> 求你了。
> 爱你的姐姐。

比利再次点开刚才那条语音留言，这回他不是为了听那人说什么内容，而是要听那人的声音，听听能从音色和音高中听出什么信息。这是一个白人。男性。受过教育。中年。得州口音，不过说话带着大都会人的干脆利落。坚定。自信。有同情心。孩子，如果你想为生活找一个新方向，我们一定可以帮你。这是一个好听的声音。比利正再听一遍时，戴姆撞着B班队员们的膝盖和脚，从自己的座位上冲到过道，掏出手机，在比利的座位旁蹲下，一面看短信，一面说："塞克斯快把我逼疯了。"

曼戈说："化学让生活更美好，对吧，班长。"

"是啊，反正不是用药就是用口枷堵上他的烂嘴。他没事。"戴姆说道，尽管没人问他，"只要我们把他拉回部队，他就没事了。都是因为其他这……"戴姆不说话了。比利清了清嗓子。

"班长，假如你能选择，你会回去吗？我指回伊拉克？"

戴姆抬起头，一副不开心的样子。"可我没得选，不是吗？所以你的问题不成立。"

"假如你可以选择。"

"我没得选。"

"假如你可以。"

"我没得选！"

"假如你可以！"

"闭嘴！"

"我只是——"

"闭嘴！"

比利闭嘴了。曼戈朝他使了个你他妈的怎么了的眼色。戴姆哼了一声，摇摇头。

"你是不是想说:你是否希望我们可以选择?"

"啊。"比利知道自己太过分了,"可是我们没什么可选择。"

"没有错,比利,我们没得选。我们要回去,而且我们都知道回去后要面对的是什么,所以我们才要夹紧屁股,每时每刻相互照应。不过我跟你说。"戴姆停顿了一下,他的手机响了,"如果我的余生再也不打仗了,我也不在乎。喂。"戴姆拿起电话。"嗯哼。嗯哼。有意思。这样行不行,叫斯万克坐他脸上,看他干不干?"

比利和曼戈对视了一眼。该死的电影。

"要么这样要么……"戴姆抬头看看记分牌,"艾伯特,我们没时间了。"

曼戈转过身去,用西班牙语低声骂了句脏话。座位另一头,塞克斯嚷嚷起往日新兵训练营的口号,扶起你受伤的战友,扶起你死去的战友……

"他在这里。"戴姆看了比利一眼,说。他又听了一会儿,问比利:"你现在可以去开个会吗?"

比利笑了。"可以干什么?当然了,好。什么时候?"

"现在。跟诺姆开会。乔希会来接咱们。"

比利的喉咙突然揪紧了。"好。"

"他说好,"戴姆对着电话说,"还有其他人吗?"戴姆听着电话,咕哝了一声,合上手机,然后蹲在原地,盯着球场发呆。

"班长,你没事吧?"

戴姆打起精神,说:"我只是在想,有钱人都是疯子。"他转向比利,又语重心长地补充了一句:"永远不要忘记这一点。"

"收到,班长。"

钱让我们真实

戴姆和比利在诺姆的包厢外的走廊上见到了艾伯特。他背靠墙壁，低着头，用银色触控笔在手机上不停地点啊点。看到他们俩出现，他眉开眼笑。

"伙计们，怎么样？"

"还能怎么样。"戴姆回答。

"先等会儿，我先跟你们说说目前的情况。"艾伯特一边说一边和蔼地朝乔希使了个眼色。

乔希说："我去告诉奥格尔斯比先生，我们来了。"

"太好了。"艾伯特领戴姆和比利往前走了几步，离开包厢门口一段距离。"大家中场秀表现得不错，你们应该为自己感到骄傲。见到碧昂斯她们了吗？"

"才没有。"戴姆不爽地说。

"什么？没有？真可惜。中场秀后你们在球场上干什么？看上去像快闪之类的？像是北泽西沃尔玛的黑色星期五。我们不清楚发生了什么事。"

"没什么,小子们打打闹闹而已。"戴姆说。

"有人为难你们?"

戴姆看看比利。"有人为难我们吗?"

"没有,相对来说。"比利回答。

"你小子有前途,"艾伯特对戴姆说,"好了,二位,说正事。"一对夫妇从他们身边经过,艾伯特停下来朝他们笑了笑,等他们的裘皮大衣和羊绒衫的窸窣声在走廊上消失才往下说,"诺姆决定开始干了。他想召集一批投资人来拍我们的电影。而且不止这样。可以这么说,他深受启发,今天你们让他产生了宏大的想法。他决定自己成立一家制片公司,开始做电影。"

"还是这样好。他的橄榄球队真是太烂了。"戴姆说。

艾伯特窃笑一声,扫了一眼走廊。"显然他已经酝酿了一段时间,我们又在这个时候出现,他觉得这是上帝告诉他该行动了。而且说实在的,为什么不可以?制片公司向来都会想尽办法规避风险。有人带着自己的作品、自己的钱入行,对今天的好莱坞来说是求之不得的好事。"

又有几对夫妇经过,艾伯特停了下来。其中一个男的朝戴姆打了个响指。

"嘿,中场秀很棒!"

戴姆也朝他打了个响指。"嘿,你也是!"

艾伯特等他们走远后接着说:"诺姆搞得这么大对我们有好处,推销电影的时候更有底气。好莱坞对一锤子买卖不感兴趣,相反,假如他们知道你打算一直做下去呢?总之他有很多理由做好这部电影。好了,接着说我们的电影,诺姆的公司一成立,就把我的期权转给他,等我们商量好协议,制片公司就可以行使期权,你们就能先拿到一些钱,而我们就开始拍电影。"

"很好。"戴姆说。

"我需要征得你们的同意才能转让我的期权。"

戴姆迟疑了一下。"但你还是我们的制片人吧。"

"当然了。"

"那斯万克怎么办?"

"诺姆对斯万克还是有很大的成见,不过我们可以想办法。有很多解决的方法。相信我,让她来反串对我们有利无害。不过听着,"艾伯特捏起拳头,咳嗽了一声,"现在的问题是,诺姆对期权价格有些疑问。"

"什么疑问?"

"投资规模。B 班每人十万,总共十个人,这是首当其冲的难题。因为已经预计要花个五十万来写剧本,然后找希拉里或者克鲁尼这种级别的主演,这又要花好几百万。"

戴姆转向比利。"所以事情就这么黄了。"

"不!"艾伯特高声说道,"不,不,不,不,戴夫,你要有信心!咱们一起走到现在,你以为我会现在抛弃你们?戴夫啊戴夫,你的人就是我的人,我们共同进退。我刚刚在里面就是这么跟他们说的。不过我也不骗你,诺姆不是圣诞老人,不必出的钱他一个子儿也不会多出。他,他们,他的任何一个手下——听着,他们都是生意人,明白吗?你要明白,他们的想法非常简单粗暴,字面意义上的。他们提出只拍你们两个,他们认为你们俩的故事才是电影的核心,其他人,嗯,只是陪衬。我说这得你们说了算,不过——"

"不行。"

"——啊哈,想都别想,我也是这么跟他们说的。我说 B 班奉行战士守则。他们不会抛下任何一个战友。"

"他们甚至——"

"我知道！可是你得明白这些和我们打交道的人的心态。化繁为简，资本回报，MBA 的那套狗屁，不过我想他们已经知道了，B 班要么一起上，要么一个人也没有，没有折中。"

"他妈的，太对了。"戴姆吼道，音量足以令走廊上的清洁工偷笑。

"大卫，放松。"

"我很放松。比利也很放松，是不是，比利？"

"是，班长。"

"相信我，伙计们，我会帮你们把事情办成的。目前他们开的条件是，嗯，不会立刻付给你们现金预付款，而是给你们电影的净利润分成。行使期权的时候，你们会得到一笔预付款，等到电影开拍，你们会拿到另外一笔钱——"

"多少？"

"——大卫，听我说完，拜托。听着，这只是一个大致的数字，如果电影像我预想的那样成功，你们拿到的将远不止十万，不过需要耐心等等。两个星期前我定下付款数字，是因为我以为我们会得到制片公司的投资，但如果是独立制作就完全是另一码事了。这个数字就得退回起点，这种情况通常最后都是拿分成，而非现金。就算是明星，遇到心仪的片子时也是拿分成。"

"好了，我听你说完了。多少？"

"啊，首付很少。行使期权的时候，从利润里抽五千五——"

戴姆的喉咙开始咯咯作响。

"不过等到电影开拍时，你们会拿到第二笔预付款——"

"才他妈的五千五？"

"我知道这跟你们预期的有差距——"

"废话!"

"可是还有第二笔预付款——"

"多少?"

"这个,我们还在谈,但通常说来跟制作预算成正比。预算越多,预付款就越多——"

"不关我们的事,艾伯特。你说过会有十万预付款。"

"我是说过,那是因为我太相信你们的故事了,而且我依然相信这部电影会大获成功。听我说,两个星期前我以为我们很有希望获得制片公司的投资,你们实在是太受欢迎了。可是我们吃了闭门羹,罗素·克劳也拒绝了,这对我们真的是一大打击。并不是说你们不受欢迎了,但我承认我的想法有点超前,把大家的期望值抬得太高了,如今我们全都得重新调整一下。另外,战争也会影响电影票房,我说过这个问题吗?所以,还需要考虑这点。我知道和我们之前说的数字相比,五千五确实太少了,可是对你们这样的年轻人,对于领部队薪水的年轻士兵来说,还是一个不小的数字吧?"

"艾伯特,别这么跟我说话。"

"戴夫,我只是希望你想得远一点。这就像股票,你就当是股票期权,把大笔现金预付款变成今后赚大钱的机会。是你们帮忙打造了这家公司,这不就是股东的权益吗。公司赚钱你们也跟着赚钱,在这个电影项目上,你们是传奇公司绝对的得利者——"

"等一下,什么公司?"

"传奇公司。这是诺姆给公司起的名字。"

"我的老天,他连他妈的公司名字都有了?"

"你最好相信他连名字都起好了,这是好事。我不想跟只是随便说说的人做生意,你也应该这样。诺姆已经准备好出手了,扣动他妈的扳机——你难道不明白这多难能可贵？在我这行这种人太稀有了？你会死于温吞的拒绝，我稍后回复你，我稍后回复你，我稍后回复你，每个人都怕把事情搞砸，宁可丢掉一个肾也不愿意做决定。所以，咱们现在在达拉斯，遇到了这个家伙，他权衡了一下情况，砰，决定出手。我不是说你们非得喜欢他，可你们应该敬佩这种魄力。"

敬佩这玩意儿，比利简直能听到 B 班全体队员的嘘声。戴姆头痛似的左右晃动脑袋。

"可是，艾伯特。"

"什么？"

"你说过他们喜欢我们。"

"我是说过，大卫，可那是两个星期之前。生活在继续，人们又开始关注别的事情了。"

"你的意思是这是我们得到的最好的邀约？"

"戴夫，我是说这是我们得到的唯一的邀约。"

"诺姆知道吗？"

艾伯特耸耸肩。"他知道我们在跟别人谈。"

"也就是说，现在他开的条件是每个人五千五。诱饵就这么多。不保证我们可以拿到更多的钱。"

"戴夫，你想要保证书？去买个微波炉。我这行里没有保证书，除非你是汤姆·克鲁斯。"

戴姆叹了口气，突然转过来问比利："你觉得呢？"比利吓了一跳，不过他还没开口，一扇不起眼的门在他们和包厢之间突然打开，琼斯先生探出头来。

"拉特纳先生，第三节比赛快结束了。"

"谢谢。我们就来。"

琼斯先生退了回去,不过没有关门,只是半掩着。艾伯特转过头,压低声音对戴姆和比利说:"二位,告诉我你们想怎么做。你们是想进去谈谈,还是我隔着门口喊一声不用了谢谢。"

"不。"戴姆说。

"不什么?"

"烂透了。"戴姆对比利说。

艾伯特冲他们笑了笑,说:"总是这样,伙计们,总是这样的,只是程度不同而已。不是直肠出血你们就谢天谢地吧。"

"要是我们说不,会怎么样呢?他的大制片公司,他想拍的那些电影会怎么样?"

艾伯特的笑容不见了。"我想一切都会照常进行,他似乎已经下定决心。"

"你要跟他一起干吗?"

艾伯特微微噘了噘嘴。"傻瓜才不去考虑每个机会。"

"你是混蛋,艾伯特。"

制片人眼皮都没眨一下,说:"戴夫,我给你搞到了一个邀约。假如你觉得你可以弄到更好的,那就进去跟他谈谈。"

"好啊,去他妈的。咱们进去谈谈。"

比利说他在走廊上等着就好了,可戴姆狠狠瞪了他一眼,他只好心怀愧疚地跟着进去。琼斯先生就站在门口,在他们身后把门关好锁上。他们走下几级台阶,来到一个昏暗狭小、天花板很低、装修得像洗车场等候室的房间。这是球场老板包厢隔壁的一个极其私密的房间,专属于一个男人的场所,空气里混杂着让人昏昏欲睡的汗味、咖啡的焦煳味、香烟味和一股淡淡的胃胀气的味道,闻着就像变质的午餐肉。大家看到他们,都转过头来报以微笑。"先生们,欢迎来到作战室。"

有人这么说，有人把他们往前推，请他们坐下，问他们要喝点什么。挂在墙上的电视正在转播比赛，解说员像笼子里的鹦鹉似的喋喋不休。房间里的一角有个光秃秃的小酒吧。诺姆和两个儿子坐在一张工作台前。台子和落地窗一样宽，上面凌乱地放着笔记本电脑、表格、活页本、几瓶矿泉水和运动饮料。等到比利的眼睛适应了屋内昏暗的光线，他发现看不到任何酒类的踪影。两个身材高大的牛仔队经理在房间里忙前忙后，走路时裤管卷得老高，生怕踩到，想必是卸货工人出身。琼斯先生坐在小酒吧的高脚凳上，西装外套的扣子依旧扣着。其他人松开领带，卷起袖子，只有乔希像个人体模型似的站在房间后面。

戴姆要了咖啡。比利说他也一样。诺姆转动他的艾龙办公椅，面对他们，揉了揉眼睛，往后推了一把椅子，在第三节比赛结束前最后看了一眼记分牌。

"抱歉，这里的灯光比较暗。"诺姆朝天花板点点头，"比赛期间我们会把灯关掉，不然这里就像个鱼缸似的。没有人喜欢看电视的时候跟自己对视。"

"或者是对自己骂脏话。"一个经理说，"倒不是说发生过这种事。"

大家笑了，诺姆摇摇头说："在这里，我们都尽力维持在限制级以上。"

"没几个人见过这个房间。"另一个自称吉姆的经理说，"这里是私人密室，孩子们。很多人为了坐上你们现在的座位情愿放弃左臂。"

"你们应该收门票。"戴姆说，大家都笑了，只有他没笑。

"我不知道我们今天能不能赢，"诺姆说，"今天不是我们最好的表现，抱歉。我真的很希望为你们奉上一场胜利。说不定第四节时我们能翻盘。"

"斯滕豪泽要是能多一些传球保护就好了。"提到"骂脏话"的那个经理说，大家苦笑了一阵。诺姆转头问一个儿子：

"斯基普,里迪克今天带球跑阵几次?"

斯基普查了一下电脑。"十九次。推进三十四码。"

房间里响起些许呻吟。"他完了,教练。"吉姆说,"让巴克纳试试吧,至少他还有体力。"

"他没有空当可以打,有什么用。""骂脏话"经理说,"咱们需要在前锋线上加强人手。"

诺姆皱着眉头抿了一口斐济矿泉水。斯基普递给他一张刚刚打印出来的纸,诺姆大声念出第三节比赛的统计数据。一名侍应生从边门进来,让人可以瞥一眼主包厢。那边是欢乐的派对,这边是办公室漫长的一天。比利接过咖啡,抿了几口。他喜欢这里。密闭的空间给人一种原始的安全感,好像一群爷们儿亲密无间地围坐在篝火旁。这正是他一直在找寻的终极避风港,而且房间像一个洞穴,还让人有置身小圈子的优越感。比利很乐意把战争暂时抛在脑后,哪怕只是片刻,沉浸在他会永远待在这里的奢侈幻想中。

"我们今年交过手的防守组都不好对付,今天也是。"诺姆说道,大概在为赛后新闻发布会排练。他把纸放到一旁,视线越过戴姆和比利,落在艾伯特身上。艾伯特故意坐在士兵们看不到他的脸的地方。

"艾伯特,你把计划告诉我们的年轻朋友了吗?"

"当然!"艾伯特回答,有些过于热情。

"我对您的电影公司表示祝贺,先生,"戴姆说,"听上去非常了不起。"

"谢谢你,中士,非常感谢。成立一家电影公司的事,我们已经考虑一段时间了,如今得偿所愿,我们都很激动,非常激动。拍电影确实是一个挑战,不过有艾伯特加盟,我觉得我们有机会。能把你们的故事搬上大银幕也让我特别激动,我现在就向你们保证,这点我怎么强调都不为过,我们一定会竭尽全力。这里任何一个人都会告诉你,我一旦决定做一件事情,就绝对不会半途而废。"

"诺姆热爱他的工作。""骂脏话"经理说。

大家笑了,诺姆也跟着孩子气地咯咯笑起来,丝毫不介意别人拿他工作狂的名声开玩笑。比利惊讶地发现诺姆淡蓝色的眼睛深邃而真诚,很显然是在渴望认同和沟通。如此近距离地看着他,叫人很难相信他如大家说的那般吝啬。

"我看好你们的故事。"诺姆对戴姆和比利说,并用余光快速瞥了一眼球场,"而且我相信这部电影对美国有好处。这个故事关于勇气、希望、乐观、热爱自由、驱使你们这群年轻人做出那些举动的信念,我相信这部电影将大大重振我们打这场仗的决心。说实话,很多人气馁了。暴乱冲突越来越严重,伤亡人数上升,物价持续上涨,自然有人开始气馁。他们忘记了我们当初为什么要打这场仗——我们为什么要战斗?他们忘记了有些东西值得我们为之战斗。这就是你们的故事的作用,B班的故事。倘若好莱坞的人不愿意挺身而出,啊,我很乐意代劳,十分乐意。我愿意承担这份责任。"

斯基普专心致志地看着电脑屏幕。另一个儿子——叫托德还是特雷?——转过椅子来听父亲说话,不过手指依旧在手机键盘上啪啪地打字。吉姆在吧台上给自己倒了杯苏打水。"骂脏话"经理靠在墙上,嚼着三明治,随着老板说话的节奏点头。

"我对好莱坞本来就心存疑虑。"诺姆说,"他们的政治观点,整个好莱坞文化,还有他们传播的一些理念?希拉里·斯万克这事儿——我知道她是一位优秀的女演员,相信她能演得很好。可是让女人来当主角只会传递错误的信息。这是一个关于男人的故事,男人保家卫国,抱歉,确实如此。"

"但我们仍然不排斥希拉里。"艾伯特突然说道,大家都笑了。

"当然,当然,"诺姆咧嘴笑笑,做出了让步,"我没有说不要她。倘若她是电影的最佳人选,只管找她。我对拍好看的电影没兴趣,我想拍的是伟大的电影,能流芳百世的电影,能跻身美国史上最佳影片之列的经典电影。"

事情好像就这么决定了,没问题了,直到戴姆开口,破坏了这种气氛。

"您凭什么认为您能做到?"他问,嘲弄,讽刺,扬起下巴,一副不以为然的样子。有人倒吸了一口凉气,最起码比利事后回想起来,像是有人吸了口凉气。斯基普从电脑前转过来,慢慢合上屏幕。托德盯着戴姆,手指停在手机键盘上。"骂脏话"经理的三明治嚼到一半。

"你说什么?"茫然的微笑让诺姆的脸看上去像个布丁。

"您能做到吗,您能兑现承诺吗?您想花五千五百美金买下我们的故事,在我看来这实在不算什么。这个价钱我们可以随便卖给任何人,见鬼,我奶奶去趟 ATM 机就可以敲定这笔买卖。我无意冒犯,奥格尔斯比先生,但请让我们看到您的诚意。让我们看到您是真的想参与。"

诺姆脸上依旧带着震惊的笑容,他往椅背上一倒,谨慎地抱起双臂。他先看看自己的儿子,然后看看两个经理,大家好像收到了什么神秘信号,突然一起哈哈大笑起来。

"看看周围,孩子。"诺姆说,用一种温暖而怜悯的目光看着戴姆,"看看周围,想想你看到的一切。然后告诉我,我是不是真的想参与?"

比利知道,换作是他,立刻就投降了。这些有权有势的人的黑暗魔法太强大了,何况是在他们的主场。尤其是诺姆亲切的蓝眼睛、慈父般的耐心和叫人心悦诚服的自恋。比利希望艾伯特能说句话来化解眼前的僵局,然而戴姆继续施压。

"先生，能恕我直言吗？"

诺姆微笑着摊开手："但说无妨。"

诺姆的支持者们又是一阵哄笑。比利的背上已经形成了汗水汇集成的小泥塘。戴姆是早有准备还是临场发挥？比利猜测是临场发挥。他心中油然生起一股敬佩之情，决定誓死追随自己的班长。

"据我所知，我们的电影需要差不多八千万的预算——我说得对吗，艾伯特？"

"理想情况下。"艾伯特在戴姆和比利身后不知什么地方慢悠悠地说，"要拍一部一流的战争片需要六千万至八千万。"

"这是笔不小的数目。"戴姆回过头来对诺姆说。

"确实。"诺姆表示同意。

"那么钱从哪儿来呢？"

"啊。"诺姆轻笑两声，看着自己的儿子，"斯基普，再跟我说一遍，钱从哪里来？"

"资本市场。"斯基普干脆利落地回答，然后略带优越感地转向戴姆，"银行、保险公司、对冲基金、养老金计划，总有很多资金在寻找投资项目。如果经济形势好的话，传奇公司可以通过一系列私募基金获得三亿至三亿五千万的融资，维持大概，嗯，十八个月。后续再根据需要追加融资，可能是按项目进行融资。"

"通用电气金融服务公司一直想给我们投资。"托德说。

"没错。这还不算个人投资。比如隔壁的那些朋友。"斯基普朝主包厢点点头，"我打赌爸爸过去转一圈，在比赛结束时就可以筹集到两三千万的投资。"

"我们有渠道，"诺姆耐心地对戴姆说，"我们在筹集资金方面经验丰富。我想你可以称我们为——"他故意停下来微笑了一下，"玩家。"

"是的先生,我明白了,先生。您说的都是大数目,可是恕我直言,先生,相比之下 B 班每人五千五百块真的是……小数目。"

"艾伯特,他们明白咱们的计划吗?"

"我跟他们解释了。"艾伯特平静地说。

"那么你们应该知道,"诺姆转回来看着戴姆和比利,"五千五百美元只是预付款,对吧?我们当然可以花大价钱买断你们的故事,可这样会给拍摄增加困难。我们需要尽可能多的流动资金来启动整个项目,我们希望你们做的,我们需要你们做的,是接受这个类似以货代款的股权出资。作为获得你们故事的版权的回报,你们将得到这个项目的分红,也就是说你们将跟公司一起赚钱——"

"还有赔钱。"戴姆说。

"当然,当然,还有赔钱。有风险,任何投资都有风险。不过你们承担的风险并不比其他投资者多,包括我自己在内。"

"奥格尔斯比先生,恕我直言,先生。我们是士兵。我们觉得我们已经承担够多的风险了。"

"我表示完全理解,不过跟咱们现在说的完全是另一码事。如果我们想把这个项目卖给潜在投资者,就必须拿出一个扎实的方案。我们没法优先照顾你们。"

诺姆转过椅子看了眼球场,比利意识到他们的东道主希望在第四节比赛开始之前谈妥。可是太迟了,球员已经开始入场。"我相信你们明白,"诺姆转回到他们身上,"这件事不仅仅关乎金钱。我们的国家需要这部电影,非常需要。我真的不认为你们想成为阻碍这部电影的拍摄的人,你们担不起这么高的风险。当然我也不想成为阻碍电影拍摄的那个人。"

"我们明白,先生。而且我可以保证,先生,万一有任何坏事发生,

B班随时准备承担全部责任。"

诺姆看了他的幕僚们一眼。比利能看出来,诺姆几乎要笑出来,他乐在其中。双方的实力极其不对称,虽然比利说不上是怎么回事,但这一点显而易见。

诺姆说:"中士,这就是我们的条件。据我所知,这是你们得到的唯一邀约。而现在,你们就要回伊拉克去了。难道你们不想在离开之前得到些什么吗?为你们的辛劳和牺牲,为你们给国家做出的巨大贡献得到些回报?钱可能没有你们预期的那么多,但我认为多数人会同意,有点什么总比什么都没有强。"

"有点什么当然好,"戴姆说,"有点什么当然很好。可是这,"戴姆突然哽咽了,"这也,我不知道,这也太可悲了,先生。我们以为你喜欢我们呢。"

"当然了!"诺姆一下子坐直了,大声说道,"我的确喜欢你们!我认为你们是全世界最优秀的年轻人!"

戴姆伸手捂住心口:"瞧?"他对着比利激动地说,"他喜欢我们!他太喜欢我们了,喜欢到当面羞辱我们!"

艾伯特噌的一下站了起来,迫使戴姆和比利起身离座。他带着灿烂而愤怒的笑容,问诺姆有没有什么地方可以让他跟他的"小伙子们"谈一谈。虽然奥格尔斯比团队到目前为止都能泰然处之,但戴姆显然太过分了,越过了礼貌的底线。琼斯先生板着脸,带他们穿过走廊来到一间没有窗户的小房间,房间连着一间盥洗室。比利猜测这是一间按摩减压室,里面有一张堆满枕头的法式长沙发、两把钢管皮椅、一张按摩床和一张长毛绒波斯地毯。墙角高挂着无处不在的电视,不过这是他们今天看见的第一台没有打开的电视。琼斯先生探头朝厕所里看了一眼,接着绕着按摩床走了一圈,好像在做安全检查。

"嘿，琼斯先生，这房间装窃听器了吗？"戴姆问，"装了也没关系，我只是随便问问。你觉得这里装窃听器了吗？"琼斯先生一句话都没说就走了出去。戴姆还没完，又转向比利和艾伯特说："我敢说一定有，妈的，我敢说还装了录像机。我敢说这里准是诺姆白天找妓女——"

"大卫，克制一下。"

"瞧瞧这个。"戴姆伸手摸了摸长沙发，然后用屁股试了试弹性，"我要让我的屁股也沾沾财气。我打赌这些都是为了录——"

"冷静下来，戴夫，拜托——"

"大富豪往往也都是些大变态——"

"你能不能闭嘴，戴夫，拜托了，拜托你他妈的闭上嘴？求你了？行行好？行不？谢谢！"

戴姆在长沙发边上坐下，一本正经地跷起二郎腿，他看着比利，笑了起来。艾伯特也看着比利，翻了个白眼。比利在厕所门边的一把皮椅上坐下，尽量远离战火。

"你跟他是一伙的？"戴姆怒吼道。

艾伯特好像一头站直的灰熊。"妈的，没错，要是这样能把你们的电影拍出来的话。"

"他是个混蛋。"

"那又怎么样？这是在谈生意，每次拿起电话你都会遇到一个混蛋。别犯傻，想点正经的。"

"哎呀，艾伯特，对不起。我真的非常抱歉把你全新的合作关系搞砸了。"

"告诉我，大卫，你想不想参与？要是你想，那最好说话客气一些。刚才讲的那些话——听着，你想谈成的话就不能那样闹情绪。你可以争论、埋怨、发牢骚，什么都行，就是不能因为你被惹毛了就发火。"

"好像我们没从你嘴里听过难听的话似的。"

"那不一样,我懂得分寸。有些制片公司的人喜欢这种痛骂,可是刚才的举动超出了你的能力范围。诺姆不需要听你讲这些屁话。"

"诺姆可以尽情地舔我屁股上的青春痘。"

"哦,很好。好极了。我看出来我的话你究竟听进去多少了。你猜怎么着,或许应该由比利代表整个小分队。不如你留在这里,大卫,留在这里长点脑子。比利和我回去代表小分队跟他们谈。"

"我不回去。"比利说,可没有人听他说。戴姆举起一只手。

"好吧,好吧,好了,停战。好了。"他吸了口气,"艾伯特,告诉我——诺姆是在玩弄我们吗?他是真的需要这样打压我们,还是只因为他是个自以为是的大老板?"

艾伯特靠在按摩床上,抿起嘴想了想。"应该两者皆有。他可以出更高的价钱,毫无疑问。五千五确实太少。不过你们会得到股权。"

"他不会这么老实,这是他给我的感觉。他当着我们的面都不老实,背后就更不用提了,那人的原则就是这样。"

"他是很难对付,这一点我同意。要跟诺姆打仗最好穿上护裆。不过,听着,最起码,他跟我们一样想达成这笔交易。所以只要我们能一直把他留在谈判桌上,等到他累了,就会让步了。"

"如果他耗尽了我们的时间,就不用让步。你听见他的话了,他知道我们的软肋。我们没有大把时间耗在这里。"

"啊,我一直认为你们的归队时间并非真正的最后期限。签名可以用传真,也可以发电子邮件。"

"除非我们死了。"

艾伯特交叉双臂,低头沉默地看着自己的鞋子。比利的脑海里突然闪过一个令他吃惊的画面:某个雨天,高大的老艾伯特站在球场上,低着头，弓着肩，双手插在口袋里，流着眼泪。比利从未想过他们的制片人会流眼泪。

"这样吧，"戴姆提议道，"咱们拿枪抵住他的脑袋怎么样？"

"哦，大卫，别这么说话。"

"当然要这么说，老兵发疯了，亲爱的！每个人都有忍耐的极限。"

"他在开玩笑。"比利对艾伯特说，同时看向戴姆，希望得到肯定。

"每个人都说**支持军队**。"戴姆吼道，"**支持军队，支持军队**，哦是的我们真他妈的为我们的军队**自豪**，可一谈到真金白银？比如让大家出钱支持军队？一个个就都他妈的没钱了。说说容易，我明白，但是别来烦我。说说很容易，出钱很难，这就是我们的国家，各位。我很担心。我想我们都应该担心。"

艾伯特眨了眨眼睛，不知该不该把戴姆最后这番话全当真。"戴夫，我只能跟你说，我们想达成交易的唯一办法就是继续跟这个人谈。他开了价，你不满意就还价，看对方怎么说，事情就是这样做的。别闹情绪，就事论事，好吗？只有这样你才能给你的手下搞到一些钱。"

"我得给他们打电话。"戴姆掏出手机说。

"打吧。我去方便一下。"

艾伯特一走进厕所，比利就换了把椅子，免得听见电影制片人撒尿的声音。戴姆打给阿迪，谈话时，阿迪的声音有时比利听得跟戴姆一样清楚。比利清清楚楚地听到他妈的什么玩意儿？以及他妈的这个，他妈的那个和去他妈的不要脸。戴姆让阿迪问问其他人的意见，大家的回答犹如屠宰场里奶牛的咆哮，震耳欲聋。比利掏出自己的手机，啪地打开，发现自己漏接了凯瑟琳和一个陌生号码的电话，还有凯瑟琳的一条短信——

派了车去体育场接你

打电话跟他接头。

只要上车就好。

戴姆挂上电话。"他们说不。"

"我听到了。"

戴姆把手机放回口袋。"你觉得呢,比利。你觉得咱们该怎么做。"

比利闭上眼睛,回想今天一天发生的事情,想理出个头绪。就在他冥想的时候,耳边传来哗啦啦的抽水马桶声。

"他错了。"

"谁错了?"

比利睁开眼睛。"诺姆。记得他刚刚在里面说的吗?他觉得,这是你们唯一的邀约,最好接受,总比没有好,不是吗?可我不这么想。我觉得有时候没有才更好。我的意思是,我宁可什么都没有也不愿意做那家伙的婊子。而且,"比利看了看四周,压低声音,仿佛房间里真有窃听器,"我讨厌那个婊子。"

不知为什么,两人突然觉得可笑极了。当艾伯特从厕所里出来时,两人笑得跟狒狒似的。

"对不起,老伙计,"戴姆对艾伯特说,"五千五达不到我们的要求,B班全体一致这么认为。"

艾伯特面无表情地问:"好,那你们的要求是?"

"十万美金的预付款,我们再也不跟诺姆纠缠。那个诱人的股权他自己留着吧。"

"伙计们,我觉得你们得做点让步。要是咱们——稍等。"艾伯特的手机响了,"说谁谁来。我先……是,诺姆。"

比利坐在椅子上，戴姆坐在长沙发上。两人静静听着。

"你在开玩笑。"

"你不是认真的吧。"

"能这么做吗？依据是什么……"艾伯特哈哈大笑，但显然不开心。"国家什么？你认真的？我从没听说过……天啊，诺姆，至少给我们一个机会。至少等我们回去，听听我们的想法。"

"五分钟？"艾伯特转向戴姆和比利，"你们认识什么鲁思文将军吗？"但不等他们回答，他又继续打电话了。

"诺姆，我真的觉得你不必这么做。如果你能……"

"当然，我知道这不只是钱的问题。我同意。你去跟我的人说，他们每天都冒着生命危险……"

"好吧，我想是这样。好，再说吧。"

艾伯特挂上电话，塞进上衣的侧口袋，转向戴姆和比利，低头看着他们。那眼神就好像他们躺在棺材里，他在棺材盖合上之前最后看他们一眼。

"怎么回事。"戴姆问。

艾伯特眯起眼睛，好像被戴姆的声音吓了一跳。"太令人难以置信了，"他说，"他们把你们的指挥官也扯进来了。据说诺姆跟国防部副部长还是什么人的关系很好，他让那人给你们在胡德堡的上司打电话。他说联系到一个什么鲁思文将军？那位将军过几分钟会打电话来，跟你们谈谈。"艾伯特摇摇头，声音都颤抖了，"我想他们想强迫你们交易。"他看着他们，"他们能这么做吗？"

戴姆和比利很清楚，军队想干什么都可以，要是士兵想主张他们的什么什么权利，全都会被笼统地扔到"附带"那一栏，也就是说等到为时已晚才会处理。琼斯先生来带他们回到地堡去，两人受到礼貌甚至是近乎热情的欢迎。他们在之前的位子上坐下,侍应生给他们上了饮料。"掉链子了,"托德指着记分牌说,上面显示十七比七,熊队领先,"抄截和丢球,对方两分钟内得了十分。"

"骂脏话"先生冷笑一声:"赛后咱们得派支搜救队去,帮文尼找找他的屁股。"

大家一阵苦笑。

"见鬼,乔治干吗一直把布兰特安排在空当处?他指望布兰特拦截吗?"

"春季训练以来,我就没见他拦截过。"

"从二〇〇一年以后就没见着过。"

又一阵嘘声。诺姆摘下耳机,放到一旁,转向 B 班,带着疲惫的笑容说:"今天很不顺。"

"确实,先生。"戴姆生硬地回答。

"我讨厌失败,非常讨厌。我妻子说我迷恋胜利,我想确实如此,三十八年来她一直在努力让我冷静下来。但我做不到,我需要那种快感。我宁可切掉小拇指也不愿意失败。"

"早在六月,我们就预料到这个赛季会很艰难,"吉姆说,"埃米特走了,接着是穆斯、杰伊,很难找到合适的人接替他们的位置。失去核心球员……"他发现没有人在听,声音低了下来。

"我想你们现在肯定在恨我。"诺姆说,戴姆和比利以沉默作为回答。诺姆打量了他们好一会儿,然后点点头,似乎是对他们的沉默表示欣赏。

"我不怪你们,"诺姆接着说道,"我明白我的作风粗暴,不过直觉告诉我这事应该做。这部电影应该拍,现在就拍,理由我们刚刚已经说过了。如果事情像我预料的那样发展,你们一定会获得丰厚的回报。我相信在不久的将来你们会感谢我——"

房间里某处的电话响了。琼斯先生接起电话，讲了一小会儿，就把电话交给诺姆。是将军打来的。戴姆直视前方，似乎正望着远处。比利可以清晰地听到他的呼吸声，先慢慢深吸一口气，然后一点点精确均匀地从鼻孔呼出。与此同时，诺姆正与将军进行大人物之间的寒暄，感谢他百忙之中打电话来，祝他感恩节快乐，邀请他有时间过来看场比赛。当然了，哈哈，我们一定尽力为您安排一场胜利。戴姆突然站起来，好像将军真的走了进来。诺姆抬起头，注意到了戴姆的诡异行为，比利十分担心自己的班长正酝酿着什么极端行为。不过，戴姆站起来只是出于士兵的纪律。诺姆说完便把电话递给他。

"戴姆中士。"诺姆的笑容中除了客气还有些许别的意味。你会说这是扬扬得意的笑，是居高临下的，是宽宏大量的，"鲁思文将军要跟你说话。"

戴姆接过电话，走到房间后面的阴暗角落里。乔希默默走开，给戴姆让地方。不一会儿比利也离开座位，朝房间后面走去，不为别的，只是想离自己的班长近一点。他走到乔希身边，乔希万分同情地看了看他。整个房间的人都忍不住侧耳倾听。

"是，长官。"戴姆脆声说道。

"是，长官。"

"没有，长官。"

"我明白，长官。"

戴姆整整一分钟没有说话，这期间熊队又得分了。斯基普和托德把手里的笔一摔，不过出于对将军的尊重，没人说话。

"是，长官。"此时戴姆说道，"我不知道这事，长官。"

"是，长官。"

"我想我会的，长官，是，长官。"

"谢谢您，长官。我会的，长官。完毕。"

戴姆转身，把手机扔出一条高高的柔和的弧线，扔给琼斯先生。"走了比利。"他扬长而去，走廊上传来清脆的脚步声。比利小跑着跟上去。

"咱们去哪儿，班长？"

"回座位。"

"发生了什么？我是说，咱们是不是……"

"没事了，比利。结束了。"

"真的？"

戴姆点点头。

"他说咱们不用……"

"他没这么说。"又走了几步，戴姆才接着说，"比利，你知不知道鲁思文将军来自俄亥俄州的扬斯敦？"

"嗯，不知道。"

"我也是才知道的。"戴姆似乎一时间陷入了沉思，"离宾夕法尼亚州州界线不远。"

比利开始怀疑也许自己的班长疯了。不过戴姆接着说："靠近匹兹堡。他是匹兹堡钢人队的铁杆球迷。钢人队，比利，嗯？就是说他恨透了牛仔队。"

"嘿，伙计们！"有人在背后叫他们，他们俩转过头去，看见乔希小跑着追上来。"你们去哪儿？"

"回座位。"比利回答。

乔希放慢速度，回头看了一眼，又加快脚步。"等等，我跟你们一起。"他一只胳膊底下夹着一沓牛皮纸大信封，另一只胳膊伸进大衣口袋里，拿出个白色的东西。

他举着一个小塑料瓶喊道："比利，我给你拿布洛芬来了。"

骄傲的道别

　　为什么要拍电影？既然大家都能看到原始视频，何必再大费周章地拍什么电影？只要随便搜索"运河战役""B 班杀人电影""美国强奸正义"或其他无数相似的关键词，就能轻易在网上找到那个福克斯新闻视频。视频长三分四十三秒，摇晃的激战场面让观众身临其境，激烈的交火声中隐约夹杂着勇敢的摄制组人员的沉重喘息和用哔哔声盖掉的咒骂声。这段视频真实到虚假——太花哨，太做作，太影视化了，简直是对 B 级片的挑衅，或是对粗制滥造的界限保守的调情。于是有人想，稍加润色修饰的作品会不会更好些——添加些情节，丰满人物个性的发展，巧妙的灯光，多重的拍摄角度，再加些配乐渲染气氛。显然，只是虚假的东西才会如此真实。就连比利自己看过那个纪录片之后都一直纳闷，这跟他参加过的哪场战斗都不像。于是这段真实视频便有双重虚假，一是太真实了以至于看上去太虚假，一是太真实了以至于跟事实不像所以虚假，也许的确需要好莱坞的手法和骗术让影片重回真实。

　　但是话说回来，大家总是说福克斯的这段纪录片有多像电影。说它像《兰博》，就是《第一滴血》，还像《独立日》。或者就像他们的新邻居说的:"就好像重温了一遍九一一。我坐下来转到新闻台,却感觉像在电视上看电影,太奇怪了。"说这话的是一个活泼健谈的二十九岁的金发美女,跟她的丈夫和另一对年轻夫妇坐在 B 班前面的第六排。

"你们干得太漂亮了。"高大英俊的丈夫说。他身穿巴塔哥尼亚冲锋衣,脚上是质量好到可以当传家宝的牛仔靴。"看到咱们终于报了仇,真他妈痛快。"

另外一对年轻夫妇表达了同样的心情。这两对夫妇没比比利大几岁,他们在比赛余下的垃圾时间里从上层座位下来,想体验一下高价座位。他们让比利想到自己的高中同学,小城镇乡村俱乐部里精英的儿女们,毫无疑问地上了大学,一晃到了二十几岁,顺利毕业、结婚,按部就班地开始他们的成年生活。两对年轻夫妇很想见见这位得州的 B 班队员,可见到本人后一时间又不知道该说些什么。"你还是个孩子!"其中一位妻子打破沉默,大声说道。然后他们做了自我介绍,感谢他为国效力,两个妻子语气激动而深情,两个丈夫跟他握手,一副"欢迎加入兄弟会"的样子,还使劲摇晃他的胳膊。

"太了不起了。"他们说。"太棒了","很荣幸见到你"……他们说的话像已经开始融化的冰块一样,在比利脑子里哗啦哗啦地晃动——

  勇气

    荣誉

      牺牲

   勇敢

      骄傲

    和

    好好教训他们!

比利坐回挨着走道的座位上。冻雨像细小的肥料颗粒似的砸在他们身上。曼戈问:"没谈成?"比利摇摇头。

"到底是怎么回事?"

洛迪斯和阿伯特凑过来,也想听新闻。

"我猜诺姆就是个贱货。还能说什么。"

"阿迪告诉我们的时候,我们还以为他在开玩笑。才五千五——"

"真他妈抠门,"阿伯特抢着说,"他口袋里有那么多钱,就只给我们这些?那哥们儿可是有几百万。"

"也许这就是他会有几百万的原因吧,"曼戈指出,"对自己的钱小心谨慎。"

"要是我有一些钱,我也会小心。"洛迪斯说,嘴唇上的瘀青像一大坨黏糊糊的鼻屎在抖动,又像从肚子上的伤口里露出来的肠子的前端。乔希顺着座位一个个点名,点到名的人便得到一个牛皮纸袋,里面装着各色达拉斯牛仔队的纪念品:束发带,腕带,二合一的钥匙扣兼开瓶器,一套贴纸,明年的啦啦队日历,B 班与诺姆握手的 8×10 寸照片,照片上有大老板的亲笔签名,还有几张 B 班队员在新闻发布会后与各自的三名啦啦队队员合影的 8×10 寸照片,照片上同样有啦啦队队员的亲笔签名。大家看完纸袋里的东西耸了耸肩,心底充满鄙视。这时比利的手机响了,是费森的短信。

比赛后见?

好。比利回复,爱情像一块融化的切达干酪将他的心包裹。你在哪里?他补充道,然后拿着手机等着。牧场的幻想再次浮现在他的脑海里。说不定,比利琢磨着各种可能性。费森喜欢他,因他而兴奋。他和费森搬到牧场去同居,这事并不比最近发生的事情更离谱。比利从来电记录中找到那个未知号码,盯着号码,想看看会有什么感觉。这时一个电话打了进来,比利接通电话。

"比利。"

"嘿,艾伯特。"

"你们在哪儿?"

"在座位上。"

"戴姆在吗?"

"在,他在。"

"他不接电话。叫他接我电话。"

比利朝座位另一头的戴姆大喊,说艾伯特找他。戴姆摇摇头。

"他说待会儿。"一时间没人说话,"所以将军有没有……"

"你们没事,比利。他没打算让你们做什么。"

"诺姆说什么?"

艾伯特迟疑了一下。"啊,这对他来说有点艰难。正如他自己说的,他迷恋胜利。"艾伯特挤出一丝冷笑,"不过没关系。他那种人也应该学着谦虚一些。"

"他很恼火。"比利总结道。

"有一点。"

"那你呢?"

"恼火?没有,比利,实话实说,我没有。我那么喜欢你们,不会生气的。"

"哦。啊。谢谢。"

艾伯特轻轻笑了笑。"哦,啊,不客气。"

"那现在是什么情况?"

"现在嘛,我在主包厢,诺姆还在他的密室里。说不定一会儿会拿出新的邀约。咱们等着瞧吧。"

"好的。那个,艾伯特,我能问你一件事吗?"

"当然可以,比利。"

"当你躲过了越战,我是说,你懂的,当延期征集申请被批准的时候,你有什么感觉?"

艾伯特轻轻叫了一声,像一只郊狼躲开弹簧陷阱。"我有什么感觉?"

"我的意思是,比如说,难受吗?是不是觉得自己做得对?你现在又是什么感觉,我想我要问的是这个。"

"这个嘛,这事我从没多想,比利。我不会说我特别骄傲,但也不觉得羞耻。那是个糟糕透顶的年代。很多人对我们做的事都感到挣扎。"

"你觉得那个年代比现在更糟?"

"嗯。啊。好问题。"艾伯特沉思片刻,"你也许可以说过去这四十年来,情况的确没什么改善。你为什么问这个?"

"不知道。我大概只是好奇,好奇人们为什么会做那些他们做过的事。"

"比利,你是个哲学家。"

"才不是,我不过是个步兵。"

艾伯特笑了。"两个都是怎么样?好了,伙计,放松。记得叫戴姆给我打电话。"

比利说他会的,之后挂了电话,又干咽了两片布洛芬。他的头疼好像穿了副铠甲,前面三片连个痕迹都没烙下。曼戈说他也要,比利把瓶子传过去,就再也没要回来了。大批球迷陆续朝上面的出口走去,也有一小撮人正相反,往下走,打算在高价座位上一直待到比赛结束。五六个人来到第六排,看上去是那两对年轻夫妇的朋友。他们有说有笑,一坐下便拿出好几瓶一品脱装的威凤凰威士忌。"兄弟!"其中一个人冲洛迪斯吼道,"赶紧去缝一缝伤口!"这群人整洁体面,是主流盎格鲁人的模样。比利想,他们是老板和客户喜欢的类型,适合从事银行、商务、法律等高薪职业。坐在克拉克前面的那个家伙把身子整个儿转了过来。

"哥们儿,你的眼睛怎么了?"

"一直都这样,"克拉克回答,"倒是你,哥们儿,你的脸怎么了?"

哈哈哈,就连那人的朋友也大笑起来。"嘿,他们是 B 班,"其中一位年轻丈夫说,"别跟他们乱来。"

"谁?"克拉克的新朋友大喊,"什么班?哦,对,我听说过你们。是,妈的,你们很有名。嘿,你对'不问不说'政策怎么看。"

"闭嘴,特拉维斯!"一位年轻妻子斥责道,"别犯浑。"

"我绝对不是在犯浑,我真的想知道!他们是当兵的,我想知道他对军队里的同性恋有什么看法。"

"我认为他们比没参军的同性恋有胆量。"克拉克说,"至少他们有勇气参军。"

吵闹的人群又爆发出一阵大笑。"我懂,哥们儿,我懂你的意思。"特拉维斯笑着说,"为国效力什么的,很了不起。可我不知道,我想不明白,假设晚上在散兵坑里,一个同性恋过来勾搭你,要怎么办?就在散兵坑里相互口交吗?这样听起来不太对劲。是不是因为这个,我们在那里才被打得屁股开花?"

"这样吧,你为什么不参军自己弄个清楚呢。"克拉克说,"你可以跟我在一个散兵坑,看看会发生什么。"

特拉维斯微笑着说:"你愿意,哥们儿?"

比利真希望克拉克打这个白痴一巴掌,痛快了结这件事,不过克拉克只是盯着底下那个家伙不放。也许感恩节打一次架就够了。比利看了看手机。费森没有回短信。暂时。比利的脑子里又播放了一集牧场幻想,然而就算他跟费森每天做十次爱,他还是会想念蜷蛇基地的B班兄弟们,想着他们每次外出执行任务都危险重重。于是比利把这个也放进了幻想,在幻想中他会很想念B班兄弟,会悼念他们,就算他们还活着。他们是他的好伙伴,好兄弟。B班的人愿意为彼此献出生命。他们是比利这辈子最真诚的朋友,倘若不能跟他们并肩作战,他会悲伤、内疚而亡。

所以战争看上去糟糕透顶,而他的幻想也好不到哪儿去。比利给费森又发了条短信。我们想在比赛结束后跟你当面告别。费森立马回复,好!可是当比利问时间地点时,没有回音。戴姆从自己的座位上走过来,在比利身旁的过道上蹲下。

"艾伯特说什么?"

"哦,他没有生我们的气。"

"不是这个,比利,关于鲁思文,他有没有说什么。"

"哦。他说没事了。鲁思文就像你说的那样做了。"

戴姆微笑着说:"咱们应该给将军献花!"

"艾伯特说兴许诺姆一会儿会提出新的邀约——"

"去他妈的,我们不会和那个家伙达成交易,多少钱都不干。每个人一百万都不要。"

比利和曼戈对视了一下。"一百万——"曼戈刚想开口就被戴姆打断了。

"这么想吧,假设我们真的达成协议,诺姆拍了B班大电影,人们对战争的热情又高涨起来。那接下来会怎样?依我看,接下来他们会用止损命令叫我们一直打下去,打到我们死了或者老得扛不动枪为止。哈,去他的。我不需要这样的交易。"

说完,戴姆转身朝走道上方大步走去。熊队又得分了,三十一比七,比赛彻底沦为垃圾时间。第六排某个吵闹的年轻人扔掉了手里的酒瓶,玻璃的破碎声让他的同伴狂笑不止。"白痴。"曼戈嘀咕道,比利同意。这群人太醉,太吵,太自鸣得意了——又一群应该学着谦虚一些的人。

比利的手机响了,提示他有一条新短信。他看了看屏幕。

"费森?"曼戈殷切地问。

"我姐。"比利等曼戈转过头去才点开短信。

给他打电话。
他们准备好了。
他们在等你。

哦,天啊。哦,施鲁姆。施鲁姆会怎么做?这样问好了,如果施鲁姆是比利,他会怎么做?这是关乎灵魂、自我定义、人生终极目的等话题的最私密最迫切的问题。比赛最后两分钟的信号枪响了,也就是说,很好,比利还有一百二十秒的时间来考虑自己在这个地球上要做什么。哦,施鲁姆啊施鲁姆,伟大的难逃劫数的施鲁姆预言了自己会战死沙场,在"凯旋之旅"结束时,他会给比利什么建议呢?比利需要施鲁姆帮他分析眼前的情况,帮他理清混乱的思绪,可这时大屏幕上又开始播放"美国英雄"的画面,坐在第六排的那群年轻人大声欢呼起来,并且拍手跺脚。那两对年轻夫妇劝朋友们安静,但他们的朋友并不理会。

"B——班——！"

"嘿——哟，耶！"

"哦——吼——！"

"最强的军队，兄弟！"

"瞧？"特拉维斯转过来，满面笑容地对克拉克说，"我们都是铁杆的爱国者，百分百支持军队。"

"没错。"他的一个同伴喊道。

"没错，"特拉维斯叫道，"听着，什么'不问不说'，我可受够了。我才不在乎你们是同性恋、双性恋、变性人，还是想跟同性恋猴子搞。在我看来，你们就是一群爷们儿。你们是真正的美国英雄。"

说着他举起手来要跟克拉克击掌，可克拉克只是盯着他，把他的手晾在一边。"不理我？"特拉维斯笑了笑，"不理我？无所谓，没关系。我还是支持军队。"说完他大笑着转过身去，弯腰从座位底下拿起自己的酒瓶。等他坐直身子，克拉克靠上前去，动作熟练，看似很温柔。他用胳膊一把卡住特拉维斯的喉咙，使对方无法呼吸。用前臂勒住颈动脉，切断大脑的供血，使敌人瞬间失去意识，是每个士兵的必修课。特拉维斯挣扎了两下，不过并没有做多少抵抗。他抓住克拉克的胳膊，双脚在前排座位上乱蹬，克拉克稍微用了点力，特拉维斯的身子就瘫软了。他的几个同伴刚要站起来，克拉克哼了一声，警告他们不要乱动。

"他这是在干什么？快叫他住手。拜托你们谁能叫他住手。"一位年轻妻子低声说。

不料克拉克笑笑，宣布："我可以拧断这蠢货的脖子。"他说完又换了个姿势，试验起其他勒法来。特拉维斯抽搐了一下，朋友们在一旁眼巴巴地看着，似乎明白他们无能为力。

"克拉克，够了。放开那个混蛋。"阿迪说。

克拉克咯咯地笑着说:"我只是玩玩。"克拉克的手一会儿掐紧,一会儿松开,掐紧,松开,换着方法摆弄特拉维斯,慢慢试探那个生理学上有去无回的临界点,颇有些自慰的味道。特拉维斯的脸由暗红慢慢变成紫色。颈部完全窒息能在几分钟之内置人于死地。

"妈的,克拉克,别真把这狗娘养的弄死了。"曼戈低声说。

"叫他住手。谁劝劝他。"一位妻子央求道。

比利感到胃里一阵难受,他其实有点希望克拉克继续,弄死这家伙,让全世界都看看情况有他妈的多糟。但克拉克最终还是松了手,好像突然间失去了兴致,漫不经心地拍了特拉维斯的脑袋一下,特拉维斯像个坏掉的碰撞测试假人一样瘫倒在椅子上。这群闹事青年立刻决定走人。他们架着奄奄一息的朋友,依次离开座位,小心翼翼地避免跟B班的士兵们进行眼神接触。其中一个人边走边咕哝了一句:"一群疯子。"塞克斯大喊太对了我们他妈的就是疯子!然后发出一阵吃了安定的怪笑,听着确实不太正常。

那群闹事青年往上走的时候,戴姆回来了。他揉了揉下巴,狐疑地打量着沉默不语的部下。

"我不在的时候发生了什么?"

B班微弱地回了声啊哈。阿迪说:"有个贱货话太多,克拉克就给了他一点,嗯,训练指导。"

克拉克耸耸肩,挤出一丝笑容,看上去有些自责,同时又很满足。"我没有伤害他,班长。"他实事求是地说,"不过给了他的脑袋几下。"

球场上,比赛剩下最后两分钟。戴姆看了看表,看了看计分板,又看了看狂风暴雨的天空,最后转向B班说:"先生们,咱们在这里的任务结束了。走吧。"

B班发出一阵懒洋洋的或者说是嘲讽的欢呼。乔希说他们的轿车停在西边的豪华轿车专用车道，他带他们过去。B班最后一次挣扎着爬上过道的台阶，比利最后一次试图摆脱体育场中央可怕空洞的拖拽。一到大厅，他立刻掏出手机，给费森发短信——

在西边的豪华轿车专用车道见？找白色加长悍马

B班排成纵队，跟在乔希身后穿过大厅。只有塞克斯和洛迪斯还拿着签名球，其他人只拿着各自的牛皮袋，主要是为了里面的啦啦队日历和战利品般的照片。他们还要在伊拉克度过漫长孤单的十一个月，而漫长孤单还是最好的情况。在体育场里的最后这段路，没有人停下来感谢B班为国家做的贡献，或是缠着他们要签名和拍照。牛仔队王国正在全面撤退，大家全都又湿又冷又累又困，只想赶快回家，管他什么地缘政治、捍卫自由。

哦，我的同胞。看到球场大门后，乔希把大家拉到大厅边上，离开人流，对B班说："在这里等一下，有人要来送你们。"

谁？

乔希笑着说："我不知道。"

B班队员们面面相觑。管他呢。这会儿又有一大群人涌入原本已经拥挤的大厅，B班推测比赛结束了。球迷们缓缓地朝出口走去。由于人数众多，加上大家不得不缓慢前进，每个人都像背负着重担。他们沮丧的、湿漉漉的、可怜兮兮的样子像是在召唤部落幽灵，那些勇于背井离乡前往别处想过上好一点的日子的部落。比利心想，换句话说，这些人很像难民。这时他的手机响了，他转身面向墙壁，然后才敢打开短信。费森发来两个词。

就来。稍等。

比利闭上眼,头一歪,咚的一声撞在墙上,一句谢谢如一口憋了很久的气从心里喷薄而出。但是他随即紧张起来。接下来他该怎么做?对于接下来的事,他没受过训练,没有演练过,没有经验可以借鉴。他可以想象自己和费森在牧场里,可是中间的过程,怎么到那里去,他想象不出。说不定他真的应该用脑袋去撞墙?这时艾伯特和琼斯先生突然出现,像动画片里那样从人群中冒出来。

"哈,"戴姆发出威尔·法瑞尔般的尖叫声,"就像狗转过身来吃它的呕吐物,他们来了!"

艾伯特露齿而笑,对戴姆的问候似乎毫不在意,但还是小心地与他保持着一定的距离。艾伯特,艾伯特,艾伯特,B班唱歌似的呼喊着。

"我们的协议怎么样了?"塞克斯大声问道。

"伙计们,我尽力了。相信我,我真的尽全力了,我还会继续努力,你们放心。要说什么故事最适合搬上大银幕,非你们的故事莫属,不做成这件事我决不罢休。"

"可是老兄——"

"我知道,我知道,太叫人失望了,我真的很想趁你们在这里的时候把事情办成。我能说什么呢?我们尽力了,不过事情还没完,绝对没完。我会继续努力,直到事成为止,我向你们保证。"

B班的小伙子们像修道士一样不停地低语着谢谢谢谢谢。一辆车正等着接艾伯特去机场,他今晚要飞回洛杉矶。虽然他的期权有整整两年,可是感觉好像已经结束了,有种故事尾声特有的惆怅和伤感。艾伯特说要陪大家去停车场,显然琼斯先生也要一起去。是不是为了确保B班在离开前不会再搞出什么有损牛仔队品牌的事?大家跟着疲急的球迷一起朝出口走去。靠近出口的时候,比利听到从头顶上和脚底下传来了类似低音电颤琴的嗡嗡声。原来是球迷们陆续走进广场时发出的不绝于耳的哀号。体育场和北极圈之间没有任何遮拦,只有一片一望无际的平原,狂风在冰冷的水泥地上呼啸而过。B班队员们一边骂娘,一边低下头把手塞进口袋。冻雨砸在他们的脸和脖子上,激起一片鸡皮疙瘩。乔希叫B班围拢过来数人数,然后带着大家穿过广场,朝豪华轿车专用车道走去。远远望去,车道上停着黑压压的一片豪华轿车。哦,老天,光是能看清楚的十几辆车里,比利就发现了四辆雪白的悍马。

"比利。"艾伯特跟比利并排走在一起,"我觉得你们班长在生我的气。"

"啊,他是个情绪化的人。"比利真希望艾伯特能走在他的另一侧,帮他挡挡风。

"听着,你有我的邮箱,对不对?我也有你的邮箱。咱们保持联系。"

"好的。"比利扫视着那一排豪华轿车。费森怎么才能找到他坐的那辆……

"我很欣赏戴夫,可我觉得他不太可靠。所以这样如何,我联系不上他的时候,就联系你。你来做我的B班特派员。"

"好。"比利缩起迎风一侧的肩膀,下巴贴到胸口上。刮过广场的风宛如落下的利刃。

"听着。"艾伯特压低声音说,"你是这群人里面最明白事理的,你和戴姆。我信任你。你越来越有领导者的样子。我知道我能信赖你,让我们继续保持良好的通信。"

"好的。"比利心想要是他们要走的时候,费森还没有出现,他就溜走,立即当逃兵,随便找个借口说要去撒尿什么的,溜下车。下定决心,特别是在找到费森、跪在她脚边和盘托出之后。

"关于协议的事,我是认真的。"艾伯特说,"我会继续努力。事情迟早能办成,这么好的电影不会拍不成的。"

比利看着艾伯特。"真的?"

"当然。希拉里基本上确定加盟,事成只是时间问题。"

广场的灯白晃晃的,影子轮廓清晰,好像监狱的放风场。比利扭头在广场上寻找费森的身影。几乎就在一瞬间,他发现人群中有些异样,一股骚动的逆流朝他们这边涌过来。比利先是脑子一片空白,接着张开嘴,在想法形成之前,他就意识到发生什么事了。搬运工从人群里冲出来的时候,比利大叫出声,接着他只知道一个类似圆头锤的东西在不断猛击他的背,让他像胎儿一样蜷缩倒地。过了一会儿,他才反应过来每打一下,他都听到自己在发出呻吟。倒不疼,锤子虽然一下下砸在身上,他却没有感觉到疼,真是奇怪。就在比利意识到对方改为拳打脚踢之时,琼斯先生出现了。时间与其说变慢了,不如说是凝结成了重叠的积木。琼斯先生站直身子,从西装外套中掏出手枪,谁料一个彪形大汉从背后将他撞飞,手枪——一把伯莱塔P×4,定格的一瞬间比利看得清清楚楚——从琼斯先生手里飞了出去,像冰面上的冰鞋一样滑了出去,旋转着滑过比利的指尖,越滑越远。一只脚踩在比利的肋骨上,但他扔拼命挣扎着,因为他必须知道枪滑到哪儿去了——

最后,枪径直滑向了麦克少校。少校像一名经验丰富的守门员,看准时机,不费吹灰之力地稍稍抬起脚,将武器稳稳踩在脚底下。接着他捡起伯莱塔枪,检查了一下保险栓,上了一颗子弹,枪口朝下且远离自己的身体,然后优雅地——这份优雅是通过数百个小时的练习得来的——举起手臂,朝头顶上方开了一枪。

砰。

明天，所有关于这场比赛的详细报道中——严肃的新闻也好，胡编乱造的八卦也罢，或是电视和广播主持人的长篇大论——都不会有半个字提到比赛结束后的枪声。B班觉得这实在很奇怪。肯定有上千人听到了巨大的枪声；广场上一定有数百人在听到枪响后躲闪、尖叫、缩成一团、扑向自己的孩子或者撒腿逃跑，那个正狠踢比利的混蛋也突然停手。比利静静地躺在地上，享受因为不再被踢而带来的片刻内心宁静。然后他一歪头，让血不再流到眼睛里，好看清麦克少校。只见少校将伯莱塔枪的保险栓锁上，小心翼翼地放在地上，然后站直平举双手。手臂没有弯曲，也没有把双手放在脑后，不是这些表示投降的姿势。不，他把两只手直直地伸向两侧，只是在告诉冲过来的警察，他已经放下武器。

"麦克少校好样的。"比利嘟囔道。他主要是说给自己听，看看自己有没有什么大碍。

警察花了点时间才弄清真相。太多不同种类的警察，使情况有些复杂。最终他们找到了B班的豪华轿车，开了过来，士兵们坐进车里，其他人留在广场附近继续讨论。艾伯特和戴姆，还有乔希和琼斯先生正跟一群级别较高的警员讨论着什么。麦克少校站在不远处，警方并没有把他抓起来，不过派了两名警员分别站在他的左右两侧。警方目前逮捕的几名袭击他们的搬运工则低着头，戴着手铐，背对着风，狼狈地缩成一团。

一名警员把头探进轿车敞开的后门，问："有人需要去医院吗？"

士兵们摇摇头。不需要。

警官迟疑了一下。B班的小伙子几乎每个人的脸上或头上都在流血。那帮搬运工用扳手、管子、铁棍和天知道什么东西揍了他们。

"我只是确认一下。"警官说道，然后走开了。

他们在轿车的急救箱里找到两个冰袋，轮流敷了敷。曼戈的左眼划了一道口子。克拉克掉了两颗牙。阿迪的额头鼓起一个鹅蛋大的包。塞克斯的鼻子和洛迪斯的头皮都在流血。比利脸上挂彩了，颊骨处裂开了一道两英寸长的口子——他猜想就是这一下让他被击倒在地。他身上隐约有种跌倒的疼痛，不是很疼。但他不傻，清楚明天全身会疼得要命。

戴姆爬进车里，坐下，说："警察需要大家的姓名和联系方式。"说完递给阿迪一块写字板和笔。

"班长，我们会坐牢吗？"曼戈问。

"不会，我们是受害者，笨蛋。"

"麦克少校呢？"洛迪斯问。

"麦克少校是他妈的国宝。没有人会抓他去坐牢。"

"班长，"阿伯特说，"我们觉得这是事先串通好的。诺姆叫那帮搬运工来教训我们，因为我们不接受他的条件。"

"我会告诉警察的。"戴姆说，他没有笑。这太可笑了。比利的手机响了，费森的短信，哪辆白色悍马，他一面拨通费森的号码一面猛地冲出轿车。一个警察生气地问："你要去哪儿？"然而此时此刻比利如此专注，将全身心的精力都投注到唯一一件正确的事情上，身上散发出的神圣光环击退了警察的阻拦。

费森几乎是手机刚响就接通了电话。"喂！"

"看到警灯了吗？围着一堆警察的地方？"

"啊，看到了？"

"那就是我们的车。我站在外面。"

"待在原地，"费森说，"我就过去。"不一会儿，"我看见你了！别动，我看见你了，我看见你了……"

比利看着费森穿过人群，白色的靴子在深色的大衣下时隐时现，在监狱般的白灯下,她的头发看上去像柔和的银色,秀发从头上倾泻而下,披散在她的肩上、背后、胸前。她看上去太美了,比利感觉自己被掏空了,没有呼吸,没有疼痛,没有思想,没有过去,他的一生就凝聚在这一刻,看着冻雨里闪耀动人的费森大步朝他走来。

他一定也迈开了步子朝费森走过去,因为两人用力地撞在了一起,随即紧紧相拥,不愿分开。人群自动散开,一大群人从中间为他们腾出了一块私人空间。

"你的脸怎么了?"费森放开比利喊道,摸了摸他的脸。"我的天啊,你在流血。"说完她看向比利身后的警察和警灯。

"中场秀的那帮家伙,那帮舞台工作人员突然出现,打了我们。"比利笑了,"我想他们的气还没消,所以就……"

"哦,天啊。我的天啊,你受伤了。"费森仔细打量着比利的脸颊,用手指轻抚伤口边缘。"似乎麻烦总是跟着你们。"

两人开始用力地互相亲吻。叫他们只是亲吻是不可能的。"真碍事。"才吻了一会儿,费森就咕哝道,随即后退了一点儿,伸手解开大衣的扣子,只见她的手快速向下一滑,就解开了大衣,裹住比利。费森一把搂住比利,两人的胸膛贴在了一起,费森呻吟了一声。她还穿着啦啦队制服。比利把手伸进大衣里,抓住费森的屁股。费森颤抖了一下,然后踮起脚尖,扭动骨盆寻找比利裤子里隆起的地方,她的嘴巴吻得太用力,比利的嘴唇都麻木了。一个路过的人经过他们身边时说:"上啊。"另一个则建议他们"去开房"。几分钟——但是感觉好像过了几小时后,费森放下脚后跟,倒在比利怀里。

"哦,天啊。为什么你非走不可呢?"

"我休假时可以回来。大概春天的时候。"

费森抬起头:"真的?"

"真的。"如果我还活着,比利心想。

"那你要给我留出时间。"

"没问题。"

"严肃点儿,我是认真的。要不你来跟我一起住?"

比利无法回答。他甚至无法呼吸。费森从他的左眼看到右眼,再看回来,来来回回,一直用她的双眼盯着比利的其中一只眼睛。

"我知道这很疯狂,但也是战争时期,不是吗?我只知道这事是对的,我的感觉是对的。我希望每分每秒都能跟你在一起。"费森颤抖着摇摇头,"我不是那种会一见钟情的人,不是像这样。我对其他人从来没有这种感觉。"

比利搂住费森,费森把头埋在比利的胸口。"我也是。"比利轻声说,声音在两人的身体间震颤,"宝贝,我真想带着你逃跑。"

费森抬起头,只看了一眼,比利就知道不可能。她眼中的困惑,眼睛里掠过的一丝担忧,都说明了这一点。他在说什么?比利害怕失去费森,只好继续做他不得不做的英雄。

费森抚摸着比利的脸。"宝贝,咱们不用逃跑。只要你平安回来,咱们在这里就会很好。"

比利没有反驳,因为得不偿失。他愿意放弃风险较大的选择而选择风险较小的,尽管风险较小的选择——而这多么可笑,太可笑了!——是会让他丧命的那一个。比利把头埋进费森的头发里,深深吸了口气,希望能为以后的日子储存下足够多的费森的味道。

B——班——,广场那头传来戴姆中士阅兵场上的吼声。准——备——!出——发——!

"叫我了。"比利轻声说。费森呻吟了一声,两人再次激吻起来,接着费了很大力气才分开——先是紧紧抓住对方的身体,然后揪住彼此的衣服，最后才将身体分开，一股无法抑制的异样怒火在两人心中燃烧。费森的脸突然耷拉下来，瘫倒在比利怀里。

B——班——！集合！

比利最后一次吻了一下费森的嘴唇，然后一把推开她，仿佛这是他人生中的最后一件事。"你自己小心！"费森在他身后喊，比利挥了挥拳头，表示听见了。"我会为你祈祷！"费森喊得声音更大了，让他感觉更加绝望。比利快撑不住，快死了，裤子里的那个东西搞得他没法好好走路，他处男部位的顶端像面旗子一样硬挺，怎么也不肯降半旗。他用手腕、手背去敲，想把那玩意儿敲下去，别让全世界看见，谁知这时，见鬼，七八个球迷围过来要比利在他们的比赛节目单上签名。他们说太感谢了。太自豪了。太棒了。太了不起了。签名只花了一小会儿，可就在比利唰唰签上自己大名的时候，脑子里突然有一个想法。这些面带微笑一无所知的市民，他们才是对的。过去两个星期，因为在战争中学到的东西，比利自以为高人一等，比别人聪明。啊，他错了，这些愚蠢无知的傻瓜才是掌管一切的人，他们的祖国梦才是左右大局的力量。他的现实不过是给他们的现实做牛做马，他们的不知道比他的知道更加强大。现在，他经历了他经历过的，知道了他知道的，这意味着什么？某种可怕甚至是致命的想法在比利心中升起。从战争中学到你该学的，做你该做的，如此一来，你是不是就成了那些把你送上战场的人的敌人？

左右大局的是他们的现实，但又如何？这救不了你。这不能叫炸弹或子弹停下。比利心想，有没有一个临界点，有没有一个死亡人数能把祖国梦炸得粉碎。虚幻能承受多少现实？比利签完最后一份节目单，朝马路边走去。他有些恍惚，手放在口袋里，紧紧握住，希望能挡住还在疯狂勃起的阴茎。善良的市民在他身后喊：谢谢！谢谢你们的贡献！冻雨刺疼了他的眼睛，可是比利已经没有感觉了。他走近时，警察们都给他让路，乔希和艾伯特站在豪华轿车的后门旁边，艾伯特笑嘻嘻地朝他挥手，开玩笑地说："快点！他们要走了！"好像这是一趟不容错过的旅程，能救命的旅程？比利经过艾伯特身边，艾伯特给了他一个快速的拥抱。乔希祝他好运，捏了捏他的胳膊，随后比利从马路边上跌跌撞撞地坐进了轿车的后座。

艾伯特从比利身后关上车门，最后一次挥挥手。戴姆对司机喊道："人齐了，可以走了。"

"没错，带我们离开这鬼地方。"塞克斯说。

"在他们把我们杀了之前。"克拉克附和道，"带我们去安全的地方。带我们回战场。"

"大家系好安全带。"戴姆提醒队员们，大家在座椅上摸索了一番，扣上安全带。戴姆注意到比利大腿之间的尖塔。

"士兵，你那里看上去很傲人。"戴姆小声说，只有他们两个听到。

"有些事情无法控制，班长。"

戴姆窃笑一声。"跟你的小妞道别了？"

比利点点头，脸转向窗户。他知道他再也见不到费森了，不过他怎么能知道呢？人能知道什么呢——过去是一片迷雾，吐出一个接一个的幽灵，现在是以时速九十英里在高速公路上风驰电掣，将来是深不见底的黑洞，任何猜测都是徒劳的。尽管如此，比利知道，至少他觉得自己知道，这个想法已经深深植入了他真切的悲伤之中。比利一边想一边找到安全带，咔嗒一声扣上。这一声像是终于锁住了一个庞大复杂的系统。他准备好了。奔赴战场。再会，再会，晚安，我爱大家。车子启动了，比利躺在椅子里，闭上眼，试着什么都不再去想。

图书在版编目（CIP）数据

漫长的中场休息 /〔美〕本·方登著；张晓意译.
－海口：南海出版公司，2016.11
 书名原文：Billy Lynn's long halftime walk
 ISBN 978-7-5442-8511-7

Ⅰ.①漫… Ⅱ.①本…②张… Ⅲ.①长篇小说－
美国－现代 Ⅳ.①I712.45

中国版本图书馆CIP数据核字（2016）第223477号

著作权合同登记号 图字：30-2016-137

BILLY LYNN'S LONG HALFTIME WALK
By Ben Fountain
Copyright © 2012 by Ben Fountain
Chinese (Simplified Characters) copyright © (2016)
By Thinkingdom Media Group Ltd.
Published by arrangement with ICM Partners
through Bardon-Chinese Media Agency
ALL RIGHTS RESERVED

漫长的中场休息
〔美〕本·方登 著
张晓意 译

出　　版	南海出版公司　（0898）66568511	
	海口市海秀中路51号星华大厦五楼　邮编 570206	
发　　行	新经典发行有限公司	
	电话（010）68423599　邮箱 editor@readinglife.com	
经　　销	新华书店	
责任编辑	翟明明	
特邀编辑	强　梓　沈　悦	
装帧设计	韩　笑	
内文制作	田晓波	
印　　刷	北京中科印刷有限公司	
开　　本	850毫米×1168毫米　1/32	
印　　张	10	
字　　数	250千	
版　　次	2016年11月第1版	
印　　次	2016年11月第1次印刷	
书　　号	ISBN 978-7-5442-8511-7	
定　　价	45.00元	

版权所有，侵权必究
如有印装质量问题，请发邮件至 zhiliang@readinglife.com